KB239511

랜덤메이지

류연 판타지 장편 소설
FANTASY EXCITING STYLE

랜덤메이지 5

류연 판타지 장편 소설

초판 1쇄 찍은 날 § 2008년 4월 28일
초판 1쇄 펴낸 날 § 2008년 5월 9일

지은이 § 류연
펴낸이 § 서경석

편집장 § 문혜영
편집책임 § 이환진

펴낸곳 § 도서출판 청어람
등록번호 § 제1081-1-89호
등록일자 § 1999. 5. 31
어람번호 § 제1-0967호

주소 § 경기도 부천시 원미구 심곡1동 350-1 남성B/D 3F (우) 420-011
전화 § 032-656-4452 팩스 § 032-656-4453
http://cyworld.nate.com/bluebook_
E-mail § blue_book@hanmail.net

ISBN 978-89-251-1300-5 04810
ISBN 978-89-251-1037-0 (세트)

그대, 세상에 나설 것을 다짐하다

랜덤 메이지

Random Mage

5

[완결]

류연 판타지 장편 소설

FANTASY EXCITING STYLE

BLUE BOOK

도서출판 청어람

Contents

Chapter 43
의문의 종착

그것은 브리오니아의 성도가 함락되고 나서 일주일 후였다.

저벅저벅—

작은 발소리는 어둠으로 뒤덮인 거리를 가득 메웠다. 발소리의 주인공인 사내, 그는 조금 떨어진 곳에서 자신을 응시하고 있는 또 다른 사내 앞까지 걸어가서야 걸음을 멈추곤 조용히 입을 열었다.

"오랜만인가……?"

"아서, 당신이군."

먼 길을 걸어서 다가온 사람은 아서, 그리고 그런 그를 보며 말을 건넨 이는 시엘이었다. 두 사람은 인사를 주고받고는 그 뒤로 꽤나 긴 시간 동안 말없이 서로를 응시했다.

"보아하니 잘 지내지 못했나 보군."

"……."

먼저 말을 꺼낸 것은 의외였지만 아서였다. 그의 말은 시엘에게 묘한 기분을 심어주었다. 그도 그럴 것이 누구보다 성이 함락되어 쫓겨난 모양새여서 힘든 것은 아서일 것임에도 그는 오히려 자신을 걱정했기 때문이었다.

"아서."

자신들을 떠나 브리오니아로 들어선 자. 개별적으로 자신들의 아버지의 부름을 거부한 자. 하지만 누구보다 자신들을 걱정해 주고 떠나간 자. 1000년이 가까울 정도의 삶을 살아가며 누군가를 끊임없이 찾아 헤매었던 그의 표정은 한결 편안해 보였다. 아서의 이름을 부른 시엘은 말을 이었다.

"브리오니아의 성도 함락 때 사라지고, 우리 앞엔 다시는 안 나타날 거라 생각했는데. 어찌 되었든 우리와는 적대시한 관계였으니까. 찾고 싶었던 것을 찾았나 보군."

"아, 그런 셈이지……."

"그런가, 잘됐군. 처음의 당신은 아무런 의욕도 없고 삶의 목표가 없는 사람이었으니까. 그리고 늘 의구심으로 가득한 하루를 보내는 사람이었지."

그 무뚝뚝하던 시엘도 이 사내에게만큼은 그리 적은 말수로 답하지 않았다. 시엘과 필립이 없었을 때 자신들을 이끌어주던 리더는 아서, 그였으니까. 그만큼 그를 의지했고 그를 따랐다.

"하지만 넌 여전하구나."

"그런가……."

알 듯 모를 듯한 표정을 지어 보인 시엘은 이어 쓴웃음을 지었다. 이 사내는 모르는 것이 없다. 늘 그래 왔고 앞으로도 그럴 것만 같았다. 이제 슬슬 아서가 자신을 불러낸 이유를 말하려는 듯 무거운 톤의 목소리로 말을 이었다.

"너희가 말하는 아버지에 대해서 조사하고 있다. 그리고 그가 만들어 나가는 계획도."

"……."

시엘은 놀라지 않았다. 그리고 아서의 말에 대꾸하지도 않은 채 묵묵히 듣고만 있을 뿐이었다. 그는 자신들과 함께할 때에도 늘 그래 왔다. 아버지의 명령에 아무 조건 없이 따르는 자신들과 달리 늘 의문을 가지고 있었다. 물론, 그는 아버지에게 길러진 자식이 아닌 외지인이었기에 그러했으리라.

"단도직입적으로 묻겠다. 시엘 네가 생각하기에 너희 아버지가 생각하는 그것은 옳은 것인가?"

"나는 아버지께서 행하시는 일에 의문을 품지 않는다."

"그런가."

그때만 하더라도 시엘의 대단은 단호했다. 되레 시엘에게 물었던 아서가 머쓱한 표정을 지을 정도였으니 말이다. 어깨를 으쓱해 보인 아서는 등을 돌렸다.

"상관없겠지. 나는 네가 엘레니아를 지켜주길 바란다."

"그녀를 해할 사람은 아무도 없어."

"너희들 자신이 그녀를 해할 거다."

아서의 대답에 시엘의 눈동자가 크게 흔들렸다. 헛소리, 그런 일은 꿈에서조차 일어날 수 없는 일이었다. 그래, 그렇게만 생각해 왔다. 자신들의 손에 그녀가 죽는다니. 가족과 같은 그녀의 피가 자신들의 손에 묻을 것이란 것은 상상조차 해 본 적 없는 일이었다.

"웃기는 소리."

약간의 노기가 끼어 있는 시엘의 대답에 아서는 그저 작게 웃을 뿐이다. 그는 아버지의 일에 대하여 무엇을 알고 있는 것이었을까? 그때가 아마 시엘이 처음 자신의 아버지의 일에 대한 의문을 가지게 된 시점이었다.

"만약 그렇게 된다면 난 너희를 용서하지 않을 것이다. 그러기 위해 나는 아직 살아가고 있다. 그러니 그녀를 지켜주기 바란다."

"당연한 일이다."

"아버지를 물어뜯는 한이 있어도 말인가?"

또다시 아서의 물음에 시엘은 입을 굳게 다물었다. 그런 일이 있을 리가 없지 않은가.

"헛소리."

시엘의 간단한 대답에 아서는 더 이상 대꾸하지 않았다. 그저 등 뒤로 손을 들어 올려 짧은 작별의 인사를 건넬 뿐이었다. 그리고 그 헛소리고 꿈에도 있을 수 없을 것만 같던 일은 현실이 되어 자신들의 눈앞에 펼쳐져 있었다.

"필립, 넌 미쳤어!!"
"마음대로 지껄여!!"
온몸이 흙투성이가 된 그들은 서로 고함을 치며 열을 내고 있었다. 필립의 손과 검은 붉게 물들어 있었고 로우의 눈동자 또한 눈물에 젖고 붉게 충혈되어 있있다.
"뭐야!! 개새끼야!"
뻐억—!!
심한 말다툼 끝에 결국 로우의 주먹이 필립의 턱을 강타했다.

콰앙—!

동시에 그의 어깨를 거세게 밀쳐 나무기둥으로 몰고 간 로우는 연이어 주먹을 들어 필립을 내려치려 했지만 필립은 미동도 하지 않은 채 힘없는 눈으로 그를 올려다보며 입을 열었다.

"하지만 이렇게 하지 않으면 안 돼. 누군가 결정하고 앞으로 나가야 한다. 그렇지 않으면 우리 모두가 엘레니아처럼 헛되이 죽을 뿐이야. 아이리스뿐만이 아니다. 우리 모두 언젠가 죽음과 직면하게 될 거다."
"필립… 제기랄!!"
쾅—!!
로우의 주먹이 필립의 안면이 아닌 뒤편 기둥 깊숙이 박혀

들었다. 우수수 떨어지는 나무조각들이 필립의 어깨 위로 떨어져 내렸다.

"엘레니아의 죽음이 헛되었다고 생각하지 않는다."

"시엘, 그게 무슨 소리지?"

"글쎄……."

그 순간 시엘은 뭔가가 잘못되고 있다는 것을 느꼈다. 필립을 비롯한 모두가 엘레니아의 죽음을 통해 그것을 눈치 챘을 것이다. 단 한 명만 제외하고 말이다.

"꼭두각시 인형이랑 멍청한 계집애 하나 죽었다고 킥! 아버지의 말을 거역했으니 그것이 죽음인 것은 당연한 것이지, 안 그래? 킥!"

"새끼가!!"

뻐억—!!

로우의 주먹이 구석에서 킥킥대며 웃음 짓던 베릭의 안면에 그대로 꽂혔다. 로우의 주먹에 맞나 자리에 주저앉아 버린 베릭이 벌겋게 부어오르기 시작하는 볼을 매만지며 말을 떨었다.

"로, 로우, 뭐, 뭐뭐야?! 너, 너도 아버지를 거, 거거거역하고 주, 죽을 생각이야?"

베릭의 이야기에 로우가 날카롭게 쏘아붙였다. 로우는 예전부터 그랬지만 베릭이 정말 마음에 들지 않았다. 무엇보다 엘레니아의 죽음 앞에서 저런 행동을 하는 것만은 절대 용서할 수 없었다.

"그래, 죽을 생각이다! 하지만 아버지를 배신하는 게 아니라! 너를 죽이고 나도 죽을 거다!"

부우웅—!!

"히이이!!"

로우의 주먹이 밝게 빛나기 시작하자 베릭의 얼굴이 백지장처럼 하얗게 질려 버렸다. 베릭은 식은땀까지 흘리며 자리에 주저앉은 재 뒷걸음질치고 있었다.

"그, 그만둬, 로우!"

당황하긴 그 안에 있는 나머지 이들 또한 마찬가지였다. 저대로 로우의 주먹이 베릭에게 날아간다면 베릭의 얼굴은 그대로 몸통과 분리될 것이 뻔했다. 물론, 피떡이 되어서 말이다.

필립이 로우를 막아서려 했지만 로우에게 맞았던 턱의 영향으로 몸의 중심을 잡기가 힘들었다. 그리고 그러는 사이, 로우의 주먹이 베릭의 안면을 향해 날아들었다.

뻐억—!

하나, 베릭의 안면을 강타한 것은 로우의 주먹이 아닌 재빨리 날아든 시엘의 주먹이었다. 연달아 두 사람에게 안면을 맞은 베릭 또한 어벙벙해져 있었고 자신을 막아선 시엘의 등을 보며 놀라는 로우 또한 어벙벙한 모습이었다.

"시엘, 너……."

주먹을 날린 시엘은 이어 낮은 목소리로 입을 열었다.

"사과해라, 베릭."

무엇인가 잘못되었다. 지금 시엘은 그것을 확실하게 느끼게 되었다. 아버지가 수백 년 전부터 자신들을 앞세워 만든 이 계획이라는 것이, 세상을 올바르게 변화시킬 것이라는 이 행동들이 말이다.

*　　　*　　　*

가파르고 꺾여질 듯 높게 솟아오른 절벽은 올라오는 것만으로도 꽤나 오랜 시간을 허비하게 만들었다. 꽤 많아 보이는 무리의 병사들의 모습이 어렴풋이 보인다.

사아악— 쉬아아아!

절벽의 시작점에서부터 불어오던 붉은 모래 먼지는 병사들이 쉴 새 없이 걸어 더 이상 올라설 수 없는 곳까지 도착했음에도 여전히 거센 바람으로 그들을 내치려 한다.

"제길! 도대체 뭐가 있다는 거야?"

"교대로 이곳에 도착한 지 3시간이나 넘었다고! 가파른 절벽에 목숨 걸고 계속 찾고는 있지만 문 같은 건 어디에도 안 보이잖아?"

"겨우 3시간? 나는 벌써 같은 자리만 8번째 돌고 있다고. 한 바퀴 찾아 헤매이는 데 1시간은 족히 걸리는데 미치겠네!"

병사들의 불만이 하나둘씩 쌓여져 가고 결국 가장 오랜 시간을 수색했다 하던 병사는, 때마침 자신들을 독려하며 소리치던 검은 장발 사내의 부름에 조심스레 그에게 다가섰다.

“예! 프리드리 상등병! 클라제비우츠 대장님의 부름을 받았습니다!”

“가파른 곳이다. 굳이 예를 차리지 않아도 좋다. 프리드리 상등병. 그래, 작업은 진척되고 있는가?”

검은 장발 사내는 클라제비우츠였다. 그의 검고 긴 장발 머리 또한 쉴 새 없이 불어오는 모래바람에 계속 휘날리고 있었다. 그는 작업 현장에 올라서지미지 병사를 불렀고 소조한 듯 진척 사항을 물었으나 병사는 머뭇거리며 쉽사리 입을 떼지 못했다.

“자, 그것이……”

“말하라.”

클라제비우츠의 이야기가 떨어지고 나서야 프리드리는 조심스레 말을 이었다.

“아무리 찾아도 말씀하신 입구가 보이지 않습니다.”

“자네는 몇 시간 동안 이곳에서 작업 중인가?”

“8, 8시간 정도 되었습니다.”

“음, 꽤나 오래되었군……. 병사들의 불만이 나오기 시작하는가?”

이미 강철 갑옷 사이사이로 날아들어 박힌 모래들 때문에 움직이는 것 또한 힘이 들었다. 이쯤 되면 병사들 사이에서 하나둘 불만이 터져 나오는 것 또한 이해할 수 있을 것이다.

“다, 당치도 않습니다!”

클라제비우츠의 물음에 프리드리는 거세게 고개를 저었

다. 자칫 일개 병사인 자신이 입을 잘못 놀렸다간 건방져 보일 수도 있기 때문이었다.

"힘이 든 것이라면 계속 쉬지도 않고 여기 계셨던 클라제비우츠 대장님만 하겠냐마는……. 병사들이 의아해하는 것은 이 지독한 모래바람에서 아슬아슬하게 움직이는 것이 아니라. 찾아야 할 것이 보이지 않기 때문인 것 같습니다."

"음……."

쉽게 말해 불만을 토로하는 것을 돌려 말한 것이었다. 이 악조건 속에서 계속해서 뭔가를 찾고 있지만 그것은 코빼기도 보이지 않았고, 게다가 그것을 찾기 위한 수색 작업은 지금도 쉬지도 않고 계속되고 있었으니 말이다.

"우선 작업 소대장들에게 병사들을 쉬도록 내가 명했다 전해라. 이곳은 위험하니 절벽을 내려가 재정비 할 수 있도록. 그리고 내려서자마자 서신을 건넬 병사와 말을 준비하라 이르라. 폐하에게 지금 상황을 서신으로 알려 드리도록 하겠다."

"예, 예!"

클라제비우츠의 명에 따라 프리드리는 재빨리 경례를 마치곤 후다닥 소대장들을 찾아 병사들 무리로 뛰어들었다.

"폐하에게 뭐라 보고해야 할지……."

클라제비우츠가 크게 한숨을 내뱉었다. 자신들이 라시드의 명을 받들어 이곳에 온 것은 다름 아닌 아이리스 일행을 찾으러 온 것이었다.

하나 아무리 뒤져도 본트레앙의 문은 그 흔적조차 찾을 수가 없었다. 물론 지도의 표기된 것처럼 문이 사라진 뒤에는 수십의 시간이 지나서야 나타난다고 했으나, 이미 열려 버린 문에 대해서는 언급한 적이 없었기 때문에. 라시드는 하나의 희망이라도 걸어보자 하여 자신을 이곳에 보낸 것이었을 것이다.

"제1, 2수색대는 3, 4수색대와 교대가 아닌, 3, 4수색내가 대기하고 있는 아래로 내려가 곧바로 진지를 구축할 수 있도록 한다!"

결국 아무런 소득도 올리지 못한 채 클라제비우츠와 병사들은 절벽 아래로 내려와 그곳에 작은 진지를 구축했다. 현재 막사가 아닌 진지를 구축해야 할 정도로 대륙은 변해 있었다.

탁, 타탁— 탁— 탁— 탁—

태양은 조금씩 기울어져 가 어둠을 맞이할 준비를 하고 있었고 진지구축과 간단한 몇 개의 막사를 건립한 병사들은 내일을 위한 휴식에 들어섰다.

클라제비우츠 역시 자신의 개인 막사에서 작은 등불에 불을 얹어놓곤 라시드에게 보낼 서신의 내용을 끄적이고 있었다.

'그들이 사라진 지도 벌써 6개월이 지났다. 그들이 떠난 뒤로 대륙에 이상한 일들이 일어나기 시작했다. 이것들 전부가 그들의 행보와 관련있는 것이라면…… 사라져 버린 그들을 반드시 찾아야만 한다.'

그렇다. 지형은 예전과는 꽤나 다르게 변해 있었지만 이 가파른 절벽과 쉼없이 붉은 모래바람이 불어오는 이곳은 아이리스 일행이 본트레앙의 문을 열기 위해 들어섰던 곳이었다.

사삭—

마감이 잘돼 빳빳한 하얀 양피지 위에 깃털 펜의 검은 잉크가 흐르듯 써 내려져 가기 시작했다.

스스슥—

이곳에 도착해서부터 있었던 일과와 성과, 그리고 자신의 소견과 지시가 내려오기 전까지 행동하고 있을 사항들을 적고 있는 것이었다. 서신을 써 내려가는 클라제비우츠의 마음이 무겁다.

"하아, 이런 서신을 올려야 하다니……."

양피지 위로 스며든 잉크가 마르기가 무섭게 그는 거칠게 그것을 돌돌 말아 작은 원통 안에 넣어버렸다. 그리곤 그것을 책상 위에 툭 던져 버린다.

"…제길."

그의 입에서 짧고 거친 말이 흘러나왔다. 라시드의 기대와 자신들의 희망을 안고 출발한 것은 무위로 돌아갔고, 성공과 실패의 여부를 떠나 그 어떤 것도 증명할 수 없는 상황에 놓이게 된 것에 화가 났다.

쿠르르룽—!

마치 우레가 땅위로 내려친 듯 크게 울리는 굉음 소리와 땅울림이었다. 클라제비우츠가 놀라 자리에서 일어서기도 전에 막사 밖에서 빠른 걸음 소리가 들린다.

"크, 클라제비우츠 대장님!!"

"……?!"

곧이어 자신을 부르는 1수색소대장의 소리에 그는 곧바로 막사 밖으로 나섰다. 자신을 애타게 부르는 1수색소대장의 목소리는 당혹스러움과 어찌할 바를 모를 내색이 짙게 배어 있는 외침이다.

"무슨 일인가."

"그, 그것이……. 가, 갑작스레 한 사내가 이곳에 난입해서……."

"이런 시기에 여행자인가? 그러나 이곳은 군의 진지가 지어 있으니 상황에 맞게 설명 뒤 음식이나 편의를 봐주고 다른 곳으로 경유하도록 하라 지시하지 않았는가."

소대장의 안색은 못 볼 것을 본 사람마냥 하얗게 질려 있었다. 그는 클라제비우츠의 이야기에 연실 고개를 끄덕이며 말을 이었다.

"다, 당연히 처음 그를 발견한 보초 두 명이 그리하려 했지만 그것이!"

"문제가 생겼는가?"

클라제비우츠에게 상황을 설명하려는 소대장은 꽤나 큰 충격을 받은 모양인지 방금 전 일을 설명하는 데에도 기사들의 특유 절도를 싹 잊어버린 모습으로 횡설수설하기 시작했다.

"그, 그러니까! 저, 저도 그… 그런 건 처음 봐서……. 망루가 갑작스레! 사내가 소, 손을 휘젓자! 그, 그! 그래서 위에 있던 보초들이! 우선 둘러싸긴 했는데 그, 그 그것이!"

"망루가? 처음 보다니? 제1수색소대장!!"

"예, 옛!"

"기사로서의 품위를 잃고 이리 당황하는 이유가 뭔가! 당장! 그 여행자가 있는 곳이 어딘지 앞장서도록!"

결국 보다 못한 클라제비우츠가 그를 질타하며 성큼성큼 앞서 걸음을 옮겼다.

"죄, 죄송합니다! 도, 동쪽 입구입니다! 안내하겠습니다!"

그의 호통에 다시 바짝 군기가 잡힌 1수색소대장은 그제야 클라제비우츠의 앞으로 나서며 길잡이를 자청했다. 클라제비우츠가 수색1소대장이 말한 동쪽 입구로 다가갈수록 병사들의 웅성거림이 크게 다가오기 시작했다.

"브리오니아의 병사들이 왜 이리 호들갑인가!"

촤자작—! 착!

한참을 웅성거리던 병사들은 뒷전에서 들려온 클라제비우츠의 호통에 재빨리 자세를 경직시키며 그를 향해 고개를 숙였다.

"어느 간 큰 여행자가! 감히 이 브리오니아 군의 진지가 펼쳐진 곳에서 행패를 부리는 것인가?"

화난 모습으로 병사들 사이를 밀치고 앞으로 나선 클라제비우츠는 곧이어 자신의 앞에서 한쪽 입꼬리를 올린 채 미소

짓고 있는 한 붉은 머리의 미중년을 볼 수 있었다.

"이, 무슨……."

클라제비우츠는 야릇한 미소를 띤 채 자신을 바라다보는 붉은 머리의 사내와 눈이 마주치자 전신에 엄청난 압박감이 몰려오는 것을 느낄 수 있었다.

'이, 이 압박감……. 아몬? 아니, 그와는 비교조차 되지 않는 엄청난…….'

게다가 붉은 머리 사내가 입을 열자 병사들은 물론 클라제비우츠 본인 또한 그대로 자리에 굳어 꼼짝조차 할 수 없었다.

[호— 상당한 기백이었다. 네가 이곳의 책임자 녀석이냐?]

사내의 목소리가 분명! 귀가 아닌 머릿속을 파고들 듯 들려왔기 때문이었다. 단 한 마디를 했을 뿐인데 클라제비우츠는 차오르는 땀으로 인해 등이 축축하게 젖어들었다.

어째서인지 감히 고개를 들어 자신을 부른 이 남자와 눈을 마주칠 수가 없었다. 게다가 사내의 말에 대꾸하기 위해 입을 열 때까지도 상당한 시간을 들여야만 했다. 이제야, 왜 자신을 찾아온 1수색소대장의 모습이 그토록 당황스러웠는지 알 수 있었다.

"나는 브리오니아를 수호하는 검이자 총기사단장인 클라제비우츠라 하오."

그는 병사들의 사기를 저하시킬 수 없었다. 간신히 클라제비우츠가 자신을 내려다보는 붉은 머리 사내와 눈을 마주치는 순간. 숨이 탁— 막히는 듯했으나 그는 사력을 다해 태연한 척 말을 이었다.

[입을 떼기도 힘든가 보구나. 흐음, 그래도 그 정도면 보통 인간들로서는 상상도 못할 일이긴 하지.]

자신도 이해할 수 없었다. 자신이 누구인지를 말하는 그 단순한 것이 어째서 이다지도 힘든지 클라제비우츠는 본인도 의문이었다. 하지만 그런 의문은 붉은 머리 사내의 이어진 다음 이야기에서 말끔히 풀어헤칠 수 있었다.

[그래, 인간 기사. 브리오니아를 수호하는 검? 뭐, 아무튼 기백있는 녀석. 나는 너희가 부르길, 화염의 지배자라고 하며! 위대하고! 낄낄! 고귀하기까지 한! 그 아르킨님이시다! 카카카! 짜식들! 어떠냐? 놀랍지 않냐?]

분명 갑작스레 나온 그의 천박한 웃음과 섞인 황당무계한 말을 믿을 수는 없었다. 하지만 이젠 자신의 다리마서 휘청이게 하는 이 무시무시한 압박감이 그것을 사실이어야만 한다고 말해주고 있었다.

"……."

하지만 그는 자신의 말에 별 동요를 보이지 않는 병사들과 클라제비우츠를 보며 금세 신경질적인 반응을 보였다.

[아— 인간들은 뭐 그리 의심이 많냐? 너희들 지금 반신반의하고 있지? 아, 진짜 보여주기도 귀찮고, 그냥 이것들 너만 빼고 확 다 죽여 버릴까?]

순간, 자신을 화염의 지배자 아르킨이라 말했던 사내의 비아냥거림에 클라제비우츠는 물론 병사들 전부는 자신의 등골 위로 엄청나게 으스스한 한기가 불어 닥치는 것을 느껴야만 했다.

[관두자. 그런 것도 귀찮고, 내가 너희 앞에 나타난 것도 이 녀석 때문이니까.]

털썩—

아르킨이 한 번 손이 휘젓자 그의 등 뒤에 죽은 사람처럼 축 쳐져 있던 한 청년이 날아와 바닥을 굴렀다. 마치 힘없는 인형처럼 바닥을 뒹굴러 클라제비우츠의 앞에 멈춰 선 청년을 내려다본 클라제비우츠의 눈동자가 휘둥그레하게 변했다.

"어, 어디서 이자를!"

말을 더듬으며 자신의 발밑의 청년을 내려다보는 클라제비우츠. 은색의 머리, 황금의 눈동자를 가진 너무나도 익숙한 외모의 청년. 아이리스였다.

[구면이라면 구면이라고 할 수 있거든. 꽤나 마음에 들었던 녀석이기도 하고. 이 새끼가 제멋대로 폭주해서 운석을 떨구 길래 막느냐고 애 좀 먹었지. 설마 신의 알이 세상에 나올 줄은 나조차도 상상도 못했는데 말이지. 어찌 되었든 신의 알이 녹아 녀석의 몸에 퍼져 있고, 그렇다면 이 녀석이 죽기는 글렀고. 미쳐서 날뛰면 귀찮아지니까 내가 보관하고 있었다. 뭐, 대충 정리는 해놨으니까 이젠 너희들 인간 손에 맡겨두기로 한 거지.]

뭔가 공간이 일그러지는 느낌에 이곳으로 발걸음을 옮긴 아르킨. 그는 때마침 아이리스가 하늘 아래로 운석을 소환하는 것을 보았고, 결정적인 순간에 그것을 막아내며 아이리스와 아몬을 밖으로 빼내온 것이었다. 그러나 정작 클라제비우츠의 앞에 내동댕이친 것은 아이리스 혼자뿐이었다.

클라제비우츠 역시 나머지 한 사람인 아몬을 이야기하려는 듯 입을 열었다.

"다른! 다른 한 사람은 어찌 되었습니까?!"

[아? 그 다혈질 기사 녀석? 나대기에 죽였어.]

새끼손가락으로 귀 한쪽을 후빈 아르킨은 훅― 하고 바람을 불어 귓밥을 날린다. 마치 별 신경 쓸 일도 아닌 사소한 것이라는 듯한 행동이었다.

"그, 그런!"

그 강한 사내가 죽었단 말인가? 그것도 눈앞의 붉은 머리 사내. 자신들이 감히 바라보지도 못할 드래곤이라는 존재에게 거슬렸단 이유 하나만으로? 아르킨의 이야기에 클라제비우츠의 얼굴 가득 혼란스러움이 떠올랐다.

그의 두 주먹이 살짝 떨린다. 분명 전심을 내리누르는 압박감에 숨을 내쉬기조차 힘들었지만 이렇게, 이렇게 웅크리고 있어서는 도움될 것이 없었다. 하다못해 자신들을 만만히 보는 저자에게 목숨을 걸고서라도 따끔한 한마디를 던져야만 했다.

하나 그 모습에 아르킨은 뭐가 그리 우스운지 살짝 이맛자

락을 되짚고는 작게 키득거리기 시작했다.

[낄낄. 농담이고, 그 녀석 꽤나 터프한 게 일어나자마자 이 녀석부터 죽일 듯 달려들기에 때마침 너희보다 먼저 이곳에서 어슬렁거리던 녀석들이 있어 그 녀석들에게 던져줬다. 뭐, 보니까 서로 아는 사이 같더구만. 사실 데려가려고 했는데 지가 안 가겠다는데 어쩌겠어?]

아르킨의 이야기에 경직됐던 긴장이 풀어지며 온몸에 힘이 빠져나가는 느낌이다. 그리고 언제 그런 단호한 생각을 했냐는 듯 온몸을 내리누르는 압박에 다시 숨이 차오른다.

[그리고 그 녀석 일어나면 괜한 짓 하지 말고 조용히 숨어 지내도록 해라. 녀석이 나서면 아마. 더 골치 아파질지도 모르니까]

"이 은혜를 어떻게 갚아야 할지 모르겠습니다."

아르킨이 내던진 아이리스를 조심스레 안아 든 클라제비우츠가 그를 바라보며 작게 고개를 숙였다. 드래곤의 도움이라니 그것은 평생을 그리고 꿈에서도 상상치 못할 일이었다.

[은혜? 그런 거 일일이 따지다간 나에게 갚아야 할 것이 굉장히 많아질 거다. 우선적으로 내가 아까 너희를 안 죽이고 참은 것, 그것도 감사해야 하는 거니까. 그러니까 괜한 입발림 말 하지 마라.]

단도직입적이다. 말 하나하나에 가시가 돋쳐 있고 상대를 내리까는 오만함이 배어 있지만 그의 말은 모두가 사실이었고, 본론만 놓고 얘기하자면 구구절절 옳은 이야기였다.

[아참, 아까 그 망루에서 떨어진 놈들 다리만 좀 삐었을 거다. 겁만 주려 한 거니까. 괜히 잔혹한 학살이네 인간의 목숨을 파리처럼 여기네, 이런 소리는 생각도 하지 마. 맞는 소리긴 하지만 그러려고 온 게 아니니까.]

마지막 당부를 마친 아르킨은 그 길로 돌아서서 한쪽 망루가 무너진 동쪽 문으로 걸어나갔다. 아무도 그런 그의 등 뒤를 똑바로 쳐다보지 못할 정도였고 그가 점점 멀어짐에 따라 가슴을 압박하던 무거운 기운이 점점 옅어지는 것을 느낄 수 있었다.

한참이 지나서야 병사들이 망루의 잔해에 깔린 병사들을 꺼내었고 클라제비우츠는 자신의 품에 안겨 있는 아이리스를 살며시 내려다보았다.

"이런 황당한 사실을 어찌 보고해야 하나……."

어찌 되었든 클라제비우츠는 자신에게 내려진 임무를 수행해야만 하는 입장이었다.

Chapter 44

모든 것을 잃은 자는 말이 없는 법이지

어젯밤 아이리스를 아르킨에게서 건네받은 클라제비우츠는 단숨에 말을 몰아 브리오니아 왕국에 들어섰다. 정신을 차리지 못하는 아이리스는 곧바로 성 크리스교로 옮겨졌으며 그곳에서 다시 예전 자신들이 잠시 기거했던 별관으로 옮겨 집중적인 치료와 안정을 취하게 되었다.

그곳에서의 보름이란 시간이 지나고 나서야 아이리스는 가까스로 눈을 뜰 수 있었다.

"……아."

오랜 잠에서 깨어난 아이리스의 눈에 가장 처음 들어온 것은 자신의 손을 잡은 채 가만히 내려다보고 있는 에리나였다.

"이제야 깨어났네요……."

“아…….”

그녀의 울음 섞인 물음에 대답하고 싶지 않았다. 그저 신소리로 간단한 표현을 할 뿐이었다. 작게 흔들리던 에리나의 눈동자에서 이내, 굵은 눈물이 아이리스의 뺨 위로 떨어져 내리기 시작했다.

“아이리스, 깨어났네요… 하하. 하하하… 바보같이…….”

툭— 툭—

자신의 뺨 위와 다시 천천히 감아버린 눈꺼풀 위로 떨어지는 에리나의 눈물은 뜨거웠다. 그러나 그녀의 따스한 눈물은 아이리스가 재차 눈을 떴을 때는 이미 차갑게 식어 아이리스의 눈가를 타고 흘러내렸다.

“드디어 깨어났군. 거의 포기하다시피 한 상태였는데 기적인 것인가…….”

웅성거리는 소리들을 뒤로 한 교단의 높은 이들이 속속 아이리스가 누워 있는 방 안으로 들어오고 있었다. 개중엔 얼굴이 낯익은 자들도 있었다.

“괜찮은 거예요? 아이리스, 뭐라고… 뭐라고 좀… 말 좀 해 봐요…….”

고개를 돌려 연신 눈물을 흘리는 에리나를 올려다보는 아이리스였지만 그는 끝내 입을 열지 않았다. 이야기를 해줘야 하는데 그것을 하고 싶지가 않았다. 말을 한다는 것이, 괜찮다고 이야기한다는 그것이 마치 숨을 오랫동안 참아야만 하는 그런 기분이어서 그는 대답하지 않았다.

"말 좀 해봐요……. 아이리스… 뭐라 이야기 좀 해봐
요…….."

기쁨과 슬픔이 교차하는 에리나의 말에 아이리스는 가슴
이 꽉 막힌 듯 답답해져 옴을 느꼈다. 그 아려움에 아이리스
는 그저 가만히 눈을 감아 뜨거운 눈물을 배게 위로 흘러내렸
다.

'글라디스…….'

그리고 그는 그대로 또다시 깊은 잠에 빠져들었다.

"아이리스 씨, 무사하셨군요!!"

얼마나 시간이 지났을까? 아이리스가 다음번 눈을 떴을 때
자신의 이름을 부르며 어쩔 줄 몰라하는 사람. 아이리스의 손
을 부여잡고 있는 자신의 손마저 작게 떨리고 있음을 알게 해
주는 사람은 바로 조쉬페었다.

"다행입니다. 다행이에요……."

"……."

조쉬페의 뒤에는 늘 그렇듯 클라제비우츠가 서 있었다. 그
또한 한껏 걱정이 담긴 표정으로 아이리스를 내려다보고 있
었다. 그는 아이리스와 눈을 마주치자 작게 고개를 끄덕여 보
였다. 이젠 괜찮으니 푹 쉬라는 뜻이었다.

"아이리스……."

그의 옆에는 에리나가 있었다. 에리나는 아이리스가 이곳
에 실려온 그날부터 하루도 쉬지 않고 그의 옆을 지켰다. 식

사도 이곳에서 해결했으며 심지어 그녀는 잠 또한 늘 아이리스를 보살피다가 앉은 채로 그의 곁에서 잠들곤 했다.

에리나와 눈을 마주친 아이리스는 천천히 몸을 일으켜 세워 침대등받이 위로 몸을 걸쳤다. 속 안으로는 이를 악물었다. 손가락 하나 까딱하기가 쉽지 않다. 하물며 몸을 일으켜 세우려는 팔에는 힘조차 제대로 들어가지 않는다. 그럼에도 그가 기를 쓰고 일어서는 이유는 에리나 때문이었다. 직접 말을 꺼내진 않았지만 자신은 이제 괜찮다는 것을 말해주는 것이라. 그 모습에 에리나도 작게나마 미소를 지어 보였다.

"아이리스 씨……."

아이리스는 다시 천천히 고개를 돌려 조쉬페를 바라보았다.

"아몬 씨는……."

그것이 아이리스가 깨어나 처음으로 입 안에 담을 말이었다. 그의 말에 아이리스의 손을 잡고 있던 조쉬페는 한참 동안을 망설이듯 입을 떼었다 닫았다 반복하더니 조심스레 말을 이었다.

"아몬 씨는 찾지 못했습니다. 하지만 어딘가에 분명 살아 있을 것입니다. 그래, 그분을 만났습니다. 산의 주인이시자 위대한 아르킨님께서 아몬 씨는 살아 있다고 하셨습니다."

아이리스는 멍하니 조쉬페의 얼굴을 바라보았다. 조쉬페를 처음 만난 마을 어귀의 나무기둥……. 그리고 그곳에는 늘 함께하던 자신들의 동료가 있었다. 아이리스가 두 손으로 자신의 얼굴을 괴로운 듯 감싸 쥐었다.

"내가… 내가 아몬 씨를 아프게 만들었어……. 내가 망설여서 그를 힘들게 만들었어."

그래, 피할 수 없던 그런 일들이 있었다. 글라디스와의 만남을 시작으로 모든 이들과 함께했던 시간들, 마지막에 와서는 그 모든 것들이 부정을 당해야만 했던 상황들.

어쩔 수 없다는 핑계를 대야 했던 상처의 아픔과 마지막 그녀의 미소와 목소리, 그리고 아몬의 절규까지……. 모든 일들이 생생하게 기억나기 시작한다. 그리고 그 기억들은 아이리스를 너무나도 괴롭게 만들었다.

"내가 이 손으로… 내가… 내가아!!"

"아이리스 씨…… 진정하세요."

조쉬페가 아이리스의 어깨를 토닥이며 그를 진정시키려 했지만 아이리스는 거칠게 그의 손을 뿌리치며 소리쳤다.

"내가 죽였어!! 내가!! 내가 이 손으로 내가!!!"

완전히 쉬어 터진 그의 외침에 피가 섞여 떨어져 나왔다. 오랫동안 목을 쓰지 않은 상태에서 무리하게 소리를 질렀기 때문이라……. 아이리스가 피를 토하자 조쉬페가 놀라 에리나를 돌아보았다.

그녀는 이미 일행들과 떨어져 나온 시점에서부터 신관으로서의 수행을 착실히 밟아왔으며 젊은 나이로는 불가능하다 했던 고위 사제의 위치에 있었다. 그녀는 그 능력 또한 탁월했기에 브리오니아의 한편에서는 그녀를 성녀로 추앙하는 사람들까지 생겨난 상태였다.

"아이리스……."

조심스레 다가온 에리나의 따스한 온기가 아이리스를 막아섰다. 어느새 조쉬페는 한발 물러서 있었고 에리나가 아이리스를 안은 것이었다.

"아……."

'그녀의 향기, 라벤더 향의…….'

따스한 온기를 타고 에리나의 사람 냄새가 아아리스의 코를 간질인다. 아이리스를 꼬옥 안아 든 에리나가 조용히 입을 열었다.

"하지만 나는 당신이 살아 돌아와서 너무나도 기뻐요……. 분명… 그녀도… 글라디스 씨도 그럴 거예요. 그러니까… 그러니까……."

결국, 아이리스는 가슴 깊은 곳에서부터 치솟아오르는 눈물을 막지 못하고 펑펑 쏟아내기 시작했다.

"아… 아아아… 아흐흑… 아아아아!!"

그리고 그를 안아 든 에리나도 조용히 눈물을 흘렸다. 가여운 사람. 그리고 그런 두 사람을 바라보는 조쉬페의 눈가 또한 촉촉이 젖어들었다.

＊　　　＊　　　＊

한참을 서럽게 운 아이리스는 그렇게 에리나의 품에 안겨

지쳐 잠들어 버렸다. 에리나는 아이리스의 눈물자국을 조심히 닦아내곤 그를 침대 위에 눕혔다.

부우우—

그녀의 손에 작은 빛무리가 모여든다. 그리고 그녀는 그 빛나는 손을 아이리스의 목에 살며시 얹었다. 빛무리는 춤을 추듯 그의 목 위에서 넘실거리다 사라졌고, 그제야 그녀는 자리에서 일어나 조용히 조쉬페를 바라보았다.

조쉬페는 고개를 끄덕여 보이고 클라제비우츠와 함께 밖으로 나섰다. 고위 사제들 또한 두 사람을 따라 밖으로 나섰다. 방문을 닫고 밖으로 나선 에리나에게 다가선 조쉬페가 물었다.

"도대체 뭐가 어찌 된 것입니까? 에리나 사제. 그리고 다른 고위 사제분들. 당신들은 이번 일에 관하여 뭔가를 알고 있는 듯합니다만."

"폐하, 그것에 관해선 제가 설명을 드리겠습니다."

에리나가 조쉬페에 물음에 예를 갖추며 답하였다. 그리고 곧바로 조쉬페와 클라제비우츠, 에리나 세 사람은 조용한 곳으로 장소를 옮겼다.

"저희는 아이리스 씨가 이곳에 온 당일 날 그의 기억을 보았습니다. 얘기하자면 길겠지만, 아이리스 씨는 신의 알이라는 인간이 가질 수 없는 것을 품고 있던 사람입니다. 원래 같았으면 그 힘에 가로막혀 볼 수 없는 것이었지만 아이리스 씨의 상태가 공황에 빠져 있기 때문에 저희들이 쉽게 그의 기억을 열어볼 수 있었지요.”

방 안에 들어서자 에리나의 조심스럽고 낮은 목소리가 들려왔다. 조쉬페는 그녀의 말에 살짝 눈살을 찌푸렸다.

“사람의 과거를 함부로 보다니 그건 좀 언짢군요.”

예로부터 크리스교에서는 사람의 과거를 들여다보거나 해서 여러 문제들을 해결하거나 지식들을 섭렵한 경우가 있었다.

하나, 그런 것들은 전부 상대방의 허락을 받아야만 했고 교단 안에서도 인륜적으로 극도로 꺼리는 일이었기에 그리 많이 쓰지는 않는 것이었다.

“하지만 그만큼 중요한 것이었습니다. 지금의 사태 또한 저희들은 아이리스 씨가 품고 있던 신의 알 때문에 일어난 것이라 생각합니다. 아니, 분명히 신의 알 때문이겠죠.”

무엇보다 상대방의 기억을 들여다볼 때면 어느 정도 그 대상자와 감정적으로 연결이 되었기에 자칫 잘못하다간 큰일이 날 수도 있었다. 그것은 교단의 고위 사제라 하더라도 위험을 감수해야 하는 위험한 일이었다.

“신의 알? 도대체 그것이 무엇입니까?”

조쉬페로서는 처음 들어보는 이야기였다. 아이리스가 자신의 몸을 고치려 한다는 것도, 그리고 그의 몸이 비정상적이라는 것도 알았지만 그 모든 이유가 그 신의 알이라는 것 때문이라는 건지. 그것이 얼마나 중요하기에 교단에서 이렇게까지 하는 것인지. 무엇보다 지금 이 상황이 그 신의 알 때문이라니…….

"거대한 힘입니다."

"거대한 힘?"

재차 묻는 조쉬페의 말에 에리나가 무겁게 고개를 끄덕여
보였다. 잠깐의 침묵을 지킨 에리나는 살짝 떨리는 목소리로
말을 이었다.

"예, 마음만 먹는다면 세상을 완전히 바꿔놓을 수 있는 신
의 힘입니다."

신관은 규율적으로도 그리고 신에게 몸을 의탁한 사람으
로서 거짓을 말하지 않는다. 게다가 그 상대가 브리오니아의
국왕이라면 더더욱 그렇다.

"그의 기억에서 저희는 보았습니다……. 문안에서의 기억
들을……."

그렇게 에리나는 오랜 시간 동안 자신이 아이리스의 기억
에서 보았던 본트레앙의 문안에서의 일을 조쉬페와 클라제비
우츠에게 꺼내놓기 시작했다.

"말… 도 안 돼……."

그녀는 분명 거짓을 말하는 것이 아니었다. 그렇다고 해서
허황된 이야기를 꺼내는 것도 아닐 것이리라. 하지만 지금 그
녀의 이야기를 듣는 조쉬페는 자신의 귀를 의심해야만 했다.

"폐하……."

"……."

그 이야기를 듣던 조쉬페 역시 에리나와 마찬가지로 작은

눈물을 떨어뜨리어야만 했다. 그의 뒤에 있던 클라제비우츠는 가까스로 그것을 참아내는 듯했으나 그의 표정 또한 좋아 보이지 않았다.

"그의 인생이… 모두 꾸며진 것이고…… 그의 만남들이 모두 거짓이었으며…… 그리고 그가… 말도 안 돼. 어떻게 그런 일이……."

자신 또한 그중 한 사람이었다. 그가 아파하는 이유 중 하나였던 것이었다. 자신의 바로 옆에 있던 클라제비우츠 또한 개중 하나일 것이라. 그가 알고 지낸 모든 인연과 삶 자체가 전부 아이리스 자신을 아프게 하는 것이리라……. 이제야, 조쉬페는 이제야 아이리스가 눈을 뜨자마자 괴로워하고 왜 그리 울부짖었는지 가슴으로 알 수 있었다.

Chapter 45
세계

얼마나 많은 시간이 지났는지, 또 얼마만큼이나 더 긴 시간을 보내야 하는지, 그 역겹고 비릿한 피 냄새는 얼마나 맡아왔는지, 그것은……. 코끝에 아무런 느낌이 없을 정도로 긴 시간이었을 것이다.

"아악! 살려줘!!"

"그쪽으로 간다!!"

얼마나 죽였는지, 자신들이 이곳에서 얼마나 살아남아 있었는지조차 알 수 없는 그런 시간이다. 뒤쪽으로 높게 뻗어 오른 절벽이 버티고 있는 이 광활한 대지에서 그들의 목숨을 건 사투는 계속되고 있었다.

"크악!!"

“하아— 하아……. 켄트? 켄트!! 안 돼……. 안 돼, 안 돼에!! 이 개새끼들!! 전부 죽여 버리겠어!!”

“조금만 더 버텨!! 이제 얼마 남지 않았다! 한 마리도 살려 두지 마라!!”

눈앞의 적을 쓰러뜨리면 등 뒤에서 칼날이 날아오며, 옆에 있는 괴물을 물리치면 날카로운 화살이 생명을 앗아가는 아수라장. 언제 죽어도 이상할 것 없는 전쟁터의 모습이다. 그것은 그야말로 절대적인 죽음의 대지.

“뭐 해! 빨리, 이쪽도 좀 도와줘! 버겁단 말이야!”

“자, 잠시만 기다려! 치료 사제! 이봐! 죽지 마! 곧 사제가 올 거야. 그러니 제발… 치료 사제는 대체 어디 있는 거야!”

사방에서 터져 나오는 비명 소리와 다급한 병사들의 외침. 괴물들의 울부짖음. 이와 함께 결코 끝나지 않을 거라 생각한 쇠의 부딪침이 서서히 잦아들었고 마침내 길었던 3일간의 전투가 막을 내렸다.

“하, 하하… 하하하… 끝났다.”

“으아아아! 이겼다!”

“승리다! 이겼다고!”

마지막으로 온몸을 난도질당한 오크의 시체가 대지 위로 쓰러짐과 동시에 병사들은 피가 흥건히 묻은 칼을 힘없이 바닥에 떨어뜨렸다. 그리곤 저마다 소리치고 만세를 부르며 기쁨의 눈물을 흘리기 시작했다.

“아아, 나는 정말, 이젠 끝인지 알았다고.”

“아무래도 좋아. 후우… 무엇보다 이젠 제발 자고 싶어.”

“야, 끝났어. 정렬해, 인마. 이제 실컷 먹을 일만 남았다고.”

“좀 봐줘. 이제 더는 서 있지도 못하겠어.”

상스런 농담들과 곳곳에서 터지는 활기 띤 웃음. 병사들의 우스갯소리에 그들의 수장인 지휘관 역시 크게 웃으며 단상 위에 올라가 그들을 바라보았다.

“이런 썩을 놈들! 죽지 않고 또 살아남았더냐. 네놈들 얼굴을 또 봐야 한다 생각하니 아주 지겹… 어이, 거기! 말 안 듣고 뭐 해?”

“대, 대장님. 저, 저거?”

지휘관은 놀란 표정으로 하늘을 가리키는 병사의 손을 따라 고개를 돌렸다.

푸슛!

“크헉!”

지휘관의 가슴을 뚫고 나온 굵고 날카로운 발톱. 순간 승리의 함성을 지르던 병사들은 놀라 입을 다물었다. 몬스터는 커다란 발톱으로 지휘관의 시체를 꿰찬 채 하늘 위로 날아올랐다. 그리곤 크게 울부짖기 시작했다.

끼에에에!

“대장님!!”

“가고일 떼다!”

태양을 가릴 듯이 넓게 펼쳐져 있는 날개와 날카롭게 갈려 있음을 증명하듯 인간의 팔을 물고 있는 이빨. 온몸에 솟아나 있는 보랏빛 갈기털은 지휘관의 피로 물들어 그야말로 끔찍하다는 표현이 떠오르게 했다.

끼에! 끼에!

귓가를 울리는 날갯짓 소리와 알아들을 수 없는 괴상한 울음소리에 병사들의 심장은 쿵쾅거리며 뛰었다. 그것은 새로운 싸움을 알리는 신호와도 마찬가지인 것이었다.

"젠장! 적이다!"

"뭐?"

"어디서!"

넋 놓고 있던 한 병사의 다급한 외침에 다른 곳에서 환호를 지르던 이들의 표정에 순식간에 긴장감이 맴돌았다. 거의 다 부서진 망루 위로 재빨리 올라가 주변을 살피던 병사가 다급하게 외쳤다.

"맙소사! 그, 그 녀석들은 일부분이야. 그 뒤로……."

"뒤로 뭐!"

새로운 적의 출현에 우왕좌왕하는 동료들을 바라보던 망루 위의 병사는 체념한 목소리로 입을 열었다.

"끝이 보이지 않아……."

둥둥둥!

하늘을 울리는 커다란 북소리와 지축을 울리며 다가오는 거센 발 구름 소리가 귓전을 때린다. 그리고……

크와아아아!

끼에에엑!

이빨을 내보이며 입 안 가득 침을 흘리고 날카로운 칼날과 번뜩이는 도끼를 난폭하게 휘두르며 달려오는 녀석들. 자신들보다 작은 인간을 보며 미친 듯 울어 젖히는 괴물들의 모습은 그야말로 악몽 그 자체였다.

"틀렸어……."

"말도 안 돼……."

수평선 너머에서 나타나는 검은 무리의 그림자. 그것은 끝없이 생겨나며 길고 넓게 퍼지고 있었다.

"아아, 그렇게 싸워왔는데… 제기랄! 이젠 끝인 줄 알았는데! 아직도 이렇게 많이……."

그 끔찍한 광경에 다리가 풀려 바닥에 주저앉는 병사들이 생겼다. 남은 병력이라고 해봐야 고작 3, 4백여 명이니, 이런 병력의 차이는 사형선고와 다름없는 것이다.

"이젠 끝장이야……."

"서둘러! 이곳을 벗어난다! 무조건 살아남는 거다!"

지휘관을 잃어버린 병사들에게 부지휘관이 소리 높여 외쳐대지만 대부분의 병사들은 자신들을 향해 달려오는 수천, 아니, 수만의 괴물들의 모습을 멍하니 응시하고 있을 뿐이었다.

"저 많은 녀석들을 피해 어디로 가란 말이야……."

"흐흑, 어머니……."

끼에에엑!

하늘을 가득 메운 수십의 가고일 떼가 괴성을 지르며 병사들을 향해 날아들었다.

"으악! 오, 오지 마!"

대지에 퍼져 나가는 진홍의 피. 하늘에서 떨어져 내려오는 괴물들의 공격에 속수무책으로 당할 수밖에 없는 병사들. 황급히 도망치던 중 동료의 시체에 발이 걸려 자빠진 병사가 다급히 고개를 돌렸다.

끼아악!

날카로운 이빨과 선혈이 낭자한 발톱을 치켜뜬 채 날아드는 가고일의 모습에 그는 검을 들어 반항할 생각조차 못한 채 눈물을 흘리며 하늘을 향해 소리쳤다.

"제바아알!!"

대륙은 그야말로 광기에 휩싸여 있다. 광기가 시작된 때는 정확히 6개월. 아이리스와 그의 동료들이 본트레앙의 보물 동굴을 찾아 사라진 직후부터였다.

정체 모를 괴물들의 출현이 각 영지에서 심심치 않게 보고되어 왔고 희귀한 현상으로 보였던 사건들은 점차 그 규모와 빈도가 늘어만 갔다.

모든 것은 전부 우연인 것일까? 그들이 사라진 직후부터 심해진 이 현상은 결국 6개월 뒤에 아이리스가 발견되어 브리오니아로 후송 된 뒤, 또다시 똑같은 반년이라는 시간이 지나는 동안 엄청나게 악화되었고, 거대해져 현 상황에 이르기까지 되었다.

그렇다. 이제 세상은 더 이상 인간들만을 위한 삶을 제공하지 않았다. 어디서 생겨난 것인지는 모르나 세상으로 튀어나온 괴물들은 인간들의 삶을 빼앗기 시작했고 그들의 땅을 짓밟았다. 그들이 대륙을 침공하는 목적도, 그리고 그들을 이끄는 자가 누군지도 아무것도 알지 못한다.

다만 갑자기 나타난 그들이 존재는 세상을 느슨하게만 살아가고 있던 인간들의 안일함을 단번에 짓밟았다는 것이고 그 기세를 몰아 그들이 거주하던 땅마저 삽시간에 점령해 나가고 있다는 것이었다. 전쟁이라 불러야 하지만 아직 대륙은 하나가 되지 못하고 자신들의 영토를 방어하는 데만 급급했다. 반격의 시도는 엄두조차 내지 못할 정도의 물량 공세, 그리고 괴물들의 엄청난 괴력에 속수무책으로 당하거나 간신히 막아내는 정도다.

개중 그나마 가장 상황이 나은 것은 노스키아대륙의 가장 거대한 나라, 현 국왕인 조쉬페가 이끄는 브리오니아뿐이었으나 그것도 어쩌면 한시의 일일 뿐인지도 몰랐다. 그들의 군세는 이미 브리오니아의 그것을 넘어서기 시작했으니까 말이다.

끼익—

조심스레 문이 열리는 소리가 들려온다. 곧이어 작은 바구니를 들고 한 여인이 방 안으로 들어섰다. 창문 사이사이로 들어오는 햇살은 그녀의 얼굴을 더욱 밝게 만들어준다.

"아이리스, 오늘은 어때요?"

"……."

그는 여전히 말이 없었다. 그리고 그녀는 여전히 아름다운 미소로 그의 옆을 지키고 있었다. 그런 날이 벌써 180일.

그녀의 아름다운 미소에도 남자는 그저 힘없는 끄덕임뿐. 그러다가 가끔 그가 내뱉는 말이라곤 간단하고 필요한 대답들뿐이었다. 어쩌다 이 사내가 이리도 변했을까. 호기심으로 가득 차 있던 그의 눈동자는 마치 죽은 사람처럼 퀭하게 변해 있었고, 마치 여자인 것처럼 착각하게 만들었던 그의 하얀 피부는 거칠게 변해 있었다. 그는 그저 마지못해 숨을 쉬는 사람처럼 아무런 의욕도 보이지 않았다.

애당초 그녀가 계속해서 그의 곁에 있어주며 식사를 챙기지 않았다면 그는 진작 굶어 죽었을 것이다.

"들어봐요. 오늘 산에 갔다가 이걸 따왔어요."

밝게 웃으며 발밑에 내려놓았던 바구니를 들어 올린 그녀는 안에서 작은 산딸기를 한 움큼 꺼내 들어 사내의 앞으로 내밀었다.

"……."

시큼하면서도 달콤해 보이는 향기가 사내의 코끝을 감돌았지만 사내는 그저 무덤덤하게 그것을 내려다볼 뿐이었다.

그가 깨어나고 나서부터 늘 이런 식이다. 그런 그를 연민 가득한 눈빛으로 바라보던 그녀는 말없이 그 산딸기를 사내의 입가에 가져갔다. 그리고 그것을 천천히 그에게 먹인다. 마치 어린아이에게 밥을 떠먹이는 것처럼 그녀는 180일 동안 사내의 수발을 들고 있었던 것이다.

"예전 우리가 처음 만난 그 호수, 기억해요?"

"……."

"그 호수의 나무들이 지금은 어마어마하게 커졌어요. 예전 제 키만 했던 아기 나무는 이제 제가 팔을 벌려도 안지 못할 정도로 커졌다니까요? 신기하죠? 원래 나무가 그렇게 빨리 자랄 수가 없는데 말이죠. 아참, 그리고 그 호수가 이제 몰래 나가거나 그러지 않으니 안심하고요. 후훗."

사내의 기분을 북돋워 주려고 하는 것일까? 아니면 그의 기억을 조금이라도 돌려놓기 위해서일까. 하지만 그녀가 웃으며 이야기하는 그 호수는 이미 존재하지 않는 곳이다.

그곳 역시 괴물들과의 싸움으로 파헤쳐지고 뜯겨져 나갔으며 맑았던 호수의 물은 붉게 변해 지금은 바닥을 드러낸 상태다. 이미 그곳은 상상으로 만들어진 그녀만의 생각이었다.

"……."

그와 처음 만났던 그 아름다운 곳, 눈부신 햇살에 찰랑거리던 호수는 더 이상 존재하지 않는다. 하나, 그는 비록 이렇게 되어버렸을지라도 이렇게 자신 앞에 살아 있지 않은가.

"아이리스… 내가 계속 이곳에 있을게요……. 당신이 마음을 열 때까지 난 늘 이곳에 있을게요……."

아이리스의 입가로 남은 산딸기를 가져가던 에리나의 손
이 작게 떨린다. 그리고 끝내 그녀의 눈동자에서는 굵은 눈물
방울이 떨어져 내리기 시작했다.

Chapter 46
조력자

아이리스가 이곳에서 몸을 휴양하기 시작한 지도 근 일 년이 훌쩍 지나갔다. 그리고 그의 몸 역시 많은 변화를 안겨다 주었다.

우선 그의 대답이 예전에 비해 꽤나 길어졌다는 것이고 또 하나는 어느 정도 자신의 감정을 표현하기 시작했다는 것이었다. 그것이 가능했던 이유 중 가장 큰 것은 늘 그의 곁을 지키고 있던 에리나의 공이 가장 컸겠으나, 그녀를 포함한 브리오니아의 왕인 조쉬페는 물론, 대륙 전쟁에는 참여하지 않은 채 침묵으로 일관하고 있는 킹스필드의 라시드까지 종종 이곳에 찾아와 그의 마음을 열어보고자 애썼기 때문이었다.

분명 한때 같은 일행이었으나 그 중심인 아이리스와 아몬,

그리고 글라디스가 없는 그들의 사이는 서먹하기만 했다. 이번 일로 인해 그나마 가까워진 것 같다.

"아마, 그는 스스로 자신의 고통을 안고 있을 거예요. 지금은 그에 대한 후유증을 겪고 있는 거겠죠."

세 사람은 한자리에 모여 너무나도 변해져 돌아온 아이리스의 이야기를 하고 있었다. 보면 그의 곁에 있었고 그의 기억까지 더듬어보았던 에리나의 이야기를 남은 두 사람이 듣고 있는 것이었다. 자신의 고통을 스스로 안고 있다는 말에 조쉬페가 고개를 갸웃거렸다.

"스스로? 어째서입니까."

"커다란 힘이 깨어나기 위한 각성의 의식, 하지만 꺼내야 할 신의 알은 제때 꺼내지 못하는 바람에 오랜 시간이 지나 반쯤은 그의 몸에 녹아져 있었던 상태입니다."

그녀는 말을 잠시 멈추고 아이리스가 누워 있을 방을 한차례 돌아보곤 말을 이었다.

"다행이라면 다행인 것은 알을 품었던 자는 분명 죽어 껍데기만 남아야 하지만, 그는 덕분에 살아남게 되었습니다. 그렇게 되면 살아남는 것에 대한 리스크를 감수해야 하는데…… 보통 인간은 본능에 따라 깨어나는 힘을 제어하지 못하게 됩니다. 그렇게 됨과 동시에 너무나도 무섭고 고통스러운 기억들을 묻어버리거나 스스로 단절시켜 버리는 것이 대부분이죠. 마치 부분기억상실처럼 말이에요. 생존본능, 이것은 죽음에 대한 반작용이라고 합니다. 이렇게라도 몸이 스스로 반응하지 않으면 제정신으로 지낼 수 없게 될 테니까……."

"그래서 아이리스 군이 저 상태라는 겁니까? 스스로 기억을 잊지 않기 위해 껴안고 있어서?"

"그것밖에 달리 설명할 방법이 없어요. 저는 글라디스 씨의 마지막을 확실히 그의 기억을 통해 보았습니다. 믿고 싶지 않았지만, 그의 기억 속에 너무나도 크게 각인되어 있었으니 저 역시 볼 수밖에 없었죠. 그는 울고 있었습니다. 너무나도 슬프게. 아니, 슬프다는 말로는 표현하지 못할 정도로 비참하게… 자신의 무력함에, 믿었던 것들에 대한 배신감에… 어찌할 줄 모르고 어린아이처럼…… 사랑했던……."

원인을 알았다. 하지만 그 방법에 대해선 자신들이 도와줄 수 없는 것이기에 라시드의 목소리는 꽤나 풀이 죽을 수밖에 없었다. 자신은 그런 큰 도움을 받고서도 아무것도 해줄 수가 없다니……. 그리고 그것이 아이리스 스스로가 원한 모습이라니.

"그런 것을… 그 아픈 기억을 어째서 스스로 안고 있단 말입니까."

조심스레 말을 건넨 라시드의 물음에 에리나 프리이자는 표현하기 힘든 표정을 지어 보이곤 답했다. 그것은 연민? 슬픔? 고통? 아마 그녀의 말대로 그녀 역시 아이리스의 기억에서 그의 감정을 어느 정도 느꼈을 것이었으니까…….

"이겨내려 하는 거예요……. 어떻게 해서든 그것을 이겨내서……."

"이겨내서……?"

"신의 알, 그 반을 가지고 사라진 자를 찾아 복수하려는 것이겠죠. 그래서 저렇게 아파하면서도 그 기억을 놔주지 않는 거예요……."

에리나의 말에 두 사람은 놀란 표정을 지어 보였다. 그리곤 동시에 아이리스가 누워 있을 방을 향해 고개를 돌렸다. 멍한 표정으로 그곳을 바라보던 조쉬페가 입을 뗐다.

"복수라니… 아이리스와는 전혀 어울리지 않는 단어군요."

그 천성조차 착할 것 같던 그런 사람이… 저렇게 죽은 사람 같은 모습으로 누워 생각하는 것이 복수라는 글귀라니……. 자신을 버리고 몰아세우면서까지 해야 할 것이 복수라니…….

그리고 잠시 생각한 라시드 또한 입을 열었다.

"그럼, 반대로 아이리스의 생사가 적의 귀에 들어간다면 그의 신변을 노리는 자들이 분명 나타나겠군요."

"지금 우리가 그들에게 대항할 수 있는 유일한 힘이니까요."

에리나의 대답이 맞았다. 만약 이 일의 주동자가 신의 알이라는 힘을 얻은 자라면 그것을 막을 수 있는 사람은 동등한 힘을 지닌 아이리스일 것이었다.

"폐하, 펠버린 탑에 도착하기 위해선 이제 슬슬 채비를 하서야 합니다.”

“알겠습니다, 클라제비우츠.”

조심스레 다가와 말을 건네는 클라제비우츠. 조쉬페는 고개를 끄덕이곤 조용히 자리에서 일어나 두 사람을 바라보았다.

“내일모레 각 나라의 국왕들이 극비리에 펠버린 탑에 모여 회담을 가지기로 했습니다. 그곳에서 지금 내가 보고 들은 것을 그대로 이야기할 것입니다. 그리고 그를 보호해야겠습니다.”

반면 라시드의 목소리는 그리 희망적이지 못했다. 자신들의 상황이 다른 쪽에 눈을 돌릴 정도가 아니었기 때문이었다.

“킹스필드 또한 나서고 싶지만… 그렇게 되지 못하는군요. 답답하지만 저 역시 아버님을 대신해 부임한 지 얼마 되지 않았을뿐더러, 저희 쪽 상황이 여의치 않으니… 적어도 8개월 이상은 돼야 제 개인적으로라도 도울 수 있을 것 같습니다.”

그의 말에 조쉬페는 고개를 가로젓곤 작게 미소 지었다.

“지금의 상황을 예외로 치면서까지 강요할 권리가 우리에겐 없겠죠. 게다가 킹스필드에는 그에 따른 규율이 있다고 들었습니다. 그러니 무리하지 말아요, 라시드군. 하지만 언젠가……”

“예, 반드시.”

*　　　*　　　*

크진 않지만 그렇다고 작지도 않은 한눈에 경치가 들어올 외딴곳의 숲. 그 중심에 우뚝 서 있는 탑이 바로 펠버린이었다.

다그닥— 다그닥—

브리오니아의 문장이 새겨진 마차가 입구 안으로 들어서자 모두의 시선이 그쪽으로 옮겨졌다. 그도 그럴 것이 대륙의 가장 큰 나라라 하면 브리오니아가 단연 최고 아니었는가. 실질적으로 이 회담을 비밀리에 개최하기로 제의한 것 역시 조쉬페였으니 말이다.

"쳇, 드디어 등장하셨는가……?"

"등장 한번 늦게 하는군 그래… 자기네들이 먼저 요청해 놓고 말이지."

숲의 입구에서부터 느껴지는 단단함. 그리고 각 나라의 국왕이 이끌고 왔을 병사들의 갑옷이 바라보는 이들의 눈을 어지럽힌다.

"클라제비우츠, 저 병사들의 시선이 따갑게 느껴지는 건 나만 그런가요?"

마차 안에 있는 조쉬페의 물음에 클라제비우츠가 쓰게 웃었다.

"황송합니다만, 폐하. 만약 지금의 상황이 아니라면 여기 모인 자들의 대부분이 우리 브리오니아 때문에 모였을 겁니다."

그도 그럴 것이 예전 대륙 전쟁부터 악연을 가장 많이 지고 있는 것은 다름 아닌 브리오니아가 아니었던가.

"그것참 황송한 얘기로군요. 그럼 저는 늑대들을 불러 모은 꼴이 되는 거군요……."

"그래 봐야 늑대 무리가 호랑이를 제압할 수는 없습니다."

말고삐를 단단히 잡으며 가슴을 펴 보이는 클라제비우츠. 그는 이곳에서 그 누구보다 믿음직스러운 사람이다. 조쉬페 역시 그 모습에 방금 전까지 긴장으로 딱딱해져 있던 얼굴을 풀 수 있었다.

"그래, 덕분에 조금 힘이 나네요. 고맙습니다, 클라제비우츠."

"별말씀을."

한때 서로의 의견 차로 인해 작은 분쟁을 안고 있는 나라에서부터 오래전부터 앙숙으로 지내온 나라에 이르기까지. 그들이 서로 대치하고 있음에 묘한 긴장이 감도는 분위기였지만 때가 때인만큼 그런 것들을 감수하면서까지 나라의 가장 높은 이들이 이곳에 모였다.

"대체! 그 흉포한 것들이 어디에서부터 온 것인지 알 길이 없소!"

탑의 가장 꼭대기이자 삼엄한 경비를 뚫어야만 들어올 수 있는 회견장. 그곳엔 각각 단 한 명의 수행원만을 데려올 수 있는 협소한 공간이기도 했다. 그 작은 공간을 가득 메우는 격양된 목소리. 거칠면서도 푸념을 늘어놓는 그 말에 앉아 있는 국가의 원수들이 동조하기 시작했다.

"게다가 협상은커녕 그들의 의도조차 파악이 안 되는 상황입니다."

그 어느 나라도 갑작스럽게 닥쳐온 이 상황에 대해서 누구 하나 시원한 대안을 내놓는 이가 없었다.

"얘기 들었소? 괴물들을 이끄는 이들이 알고 보면 어린 청년들이라는 사실 말이오?!"

"거— 말도 안 되는 소리! 그들은 사람을 조종하고! 멀리 떨어진 병사들을 반으로 가르며 땅을 들었다 놨다 한다고 들었소! 그런 이들이 사람 일 리가 없고말고!"

그 말에 한 이가 살짝 긴장한 낯빛으로 말을 꺼냈다.

"호, 혹시 그 인물, 재앙의 마법사라 불리던 자가 아니요? 하늘에서 벼락을 내리고 땅을 가르며……."

"헛소문이오! 재앙의 마법사라니, 그런 게 존재할 리가 없지 않소? 그리고 그도 알고 보면 사람일 텐데 이런 사태를 보고 있을 리가 없지 않소?!"

여러 의견이 분분한 틈을 타 재앙의 마법사의 이야기까지 나오는 등 의견들은 점점 갈 곳을 잃고 빙빙 돌고 있었다. 개중 젊어 보이는 한 국왕이 흥미롭다는 듯 재앙의 마법사 건을 물고 늘어났다.

"한간에 재앙의 마법사, 그는 악마와 다를 바 없다고 들었소만… 덩달아 요 근래 그를 호위하던 이들의 소문도 들려왔는데……."

그 말에 다른 이들 또한 살짝 긴장을 띄웠다. 재앙의 마법사와 그를 호위하는 인물들에 대한 소식은. 분명 이 사건이 터지기 직전 대륙을 달구던 이슈 중 하나였으니 다른 이들 또한 모를 리가 없었다.

"안셀 국왕, 그건 그저 소문일 뿐이오. 아직 자네가 젊어서 그런지 그린 쪽에 관심이 많다는 건 일지민… 히히— 그니지나 이번 새로 부임한 브리오니아의 젊은 왕은 아직도 도착하지 않았는가?"

이대로 가면 분위기가 묘하게 변해져 갈 것을 우려한 브레드릭이 그들 사이를 중재했다.

"그나저나 페프릴과 아르테의 국왕들께선 어찌 오늘 안색이 안 좋아 보이십니다."

"그, 그렇지 않소!"

"뭔가 초조해하시는 듯한데 나라에 무슨 걱정이라도?"

"아니라고 하지 않았소!"

"진정들 하십시오. 모든 분들이 지금 날카로운 듯하니 브리오니아의 국왕이 올 때까지 말을 아끼도록 합시다."

그리고 무엇이 그리 재미있는지, 아니면 다른 이들의 반응 속에서 뭔가를 알아내려는 듯이 안셀 국왕은 계속해서 꺼져가는 불씨에 기름을 붓는 이야기들을 꺼내고 있었다.

"알고 계시겠지만, 브레드릭 국왕이 말씀하신 바로 그 브리오니아의 국왕 또한 재앙의 마법사를 호위하고 있으며, 그

덕에 브리오니아를 다시 되찾았다는 소리가 돌고 있습니다.”

그 결과 다시 한 번 장내가 술렁이기 시작한다.

“크, 크흠! 마, 말도 안 되는 소리입니다. 한 나라의 국왕이 그런 일에 연루되다니요.”

“그, 그렇소! 게다가 그는 젊다고 하지만 브리오니아의 국왕입니다.”

“아직 섣부른 속단은 안 하는 것이 좋습니다.”

브레드릭과 노르담, 그리고 몇몇 이들이 나서서 이 정체 모를 불안을 잠재워 보려했지만 상황은 이상한 쪽으로 이미 기울어져 있었다.

“그럼 혹시 그가 이런 자리를 마련한 것이?!”

“어, 어쩐지 갑자기 브리오니아가 우리에게 먼저 손을 내민다 했군!!”

“이, 이거 큰일 아니오? 병력들은 이미 전부 밖에!!”

긴장의 점정에 다다른 것 같은 시간, 그리고 때마침 그 이야기의 당사자가 탑 안으로 들어섰다.

“브리오니아의 국왕께서 들어오십니다!!”

조용하고 절도있는 문밖의 경비대의 목소리가 한차례 들린 뒤 나무 문이 천천히 열렸다. 그리고 모두의 시선을 받으며 조쉬페가 방 안으로 걸음을 옮겼다.

‘저자가 노스키아 대륙의 브리오니아 국왕……. 생각보다 훨씬 젊군. 하지만 한눈에 보아도 알 수 있다. 저자는 왕의 재목이라는 것을.’

처음 문안으로 들어선 조쉬페의 모습에 안셀은 알게 모르게 자신을 억누르는 압박 같은 것을 느꼈다. 그것은 방 안에 있는 다른 국왕들 또한 마찬가지였을 것이다.

"이번 브리오니아의 젊은 국왕은 젊은 그 혈기만큼이나 오만함도 가지고 계시는 듯하구려."

그가 들어서자마자 노골적인 적대를 드러내는 사람은 페리스턴 국왕. 브리오니아와는 예전부터 사이가 안 좋은 나라였다.

"늦었습니다. 중요한 일이 있어 늦게 되었습니다."

페리스턴 국왕의 비아냥거림에 조쉬페는 한차례 웃어 보인 뒤 정중히 고개 숙여 그에게는 물론 방 안에 있는 모든 이들에게 사과했다. 한 나라의 국왕이 머리를 숙인다는 것은 좀처럼 볼 수 없다. 그것은 같은 국왕이라고 하나 다른 나라 사람이라는 관념 때문에 더욱 힘든 일이기도 했다.

'한 나라의 국왕이 머리를 숙인다는 것은, 분명 어찌 보면 수치스러운 일. 하지만 그 상대가 브리오니아의 국왕이라면 얘기가 다르다.'

조쉬페의 사과에 다른 모든이들역시 가벼운 목례로 예를 갖췄다. 이 한 번의 예를 보임으로써. 방 안에 있던 모든 이들이 가지고 있던 조쉬페의 대한 불안함은 한번에 사라졌을 것이다.

그것은 덩달아 그가 어리다 하여 그를 내리깔고 볼 수 있는 가능성 또한 사라지게 하는 행동이었다.

“…….”

조쉬페는 사실 문 앞의 경비병에게 잠시 대기할 것을 당부하고 이 모든 대화를 밖에서 듣고 있었다. 그리고 불신을 없애기 위해 으름장을 내비추는 대신 강한 힘을 가지고 있는 독보적인 나라의 국왕으로서 예를 다하여 상대를 먼저 존중한 것이었다.

“페리스톤 국왕, 우리는 싸우려 이곳에 모인 것이 아닙니다. 우리가 지금 모인 것은 이 대륙의 위기를 어찌 파헤쳐 나갈 것인가를 상의하기 위해서인 것이지요.”

역시 결과는 예상했던 대로 처음 조쉬페를 비꼬았던 페리스톤 국왕에게 작은 언질을 주는 것으로 마무리되었고, 회담은 정상적으로 시작될 수 있었다.

모인 대륙의 국왕은 총 8명. 노스키아 대륙의 8나라. 개중엔 브리오니아처럼 거대하고 강력한 군사력을 가진 나라도 있었지만 노르담처럼 상업적인 요지는 좋으나 군사력이 약한 나라 또한 포함되어 있었다.

침묵 속에서 먼저 이야기를 꺼낸 것은 조쉬페였다. 그가 노르담의 국왕에게 물었다.

“노르담의 국경은 이미 그들의 손아귀에 넘어갔다고 들었습니다.”

그리고 노르담의 국왕은 고개를 살짝 떨어뜨리곤 고개를 가로저었다. 그리고 무겁게 입을 열었다. 국경뿐만이 아니라는 것이었다.

"안타깝게도 국경뿐만이 아닙니다. 우리 노르담은 나라의 중추인 수도까지 괴물들의 손에 빼앗겼소. 아무리 작은 나라라 하지만……. 일 년이 채 안 되는 사이에 이리되다니… 백성들은 인근 나라인 안셀 국왕의 배려 덕분에 모두 피신시킬 수가 있었고, 나 또한 이곳에 피신해 있는 것과 마찬가지입니다."

말을 잇는 노르담 국왕의 이야기에서 비통함이 묻어져 나왔고 그런 그의 이야기가 남 일이 아니라는 것을 잘 알기에 다른 국왕들 또한 짧은 탄식을 흘려내었다.

"전국 각지에서 괴물들이 나타나 그 피해는 이미 심한 정도에까지 다다랐습니다. 앞으로 이 상황이 계속된다면 얼마나 버티실 수 있겠습니까……."

"……."

"……."

조쉬페의 이어진 말에 모든 이들이 침묵과 신음을 내뱉었다. 그들 또한 바보가 아닌 이상 알고 있었다. 계속해서 끊임없이 쏟아져 나오는 적들과 달리 자신들의 병사는 한정되어 있다.

그것마저 여태껏 다른 나라의 일에는 일체 손을 안 대는 행동을 취해왔으니 그 피해는 실로 막대했을 것 또한 불 보듯 뻔한 일이었다.

"길어야… 1, 2년 아니겠소."

"……."

“…….”

어렵게 내뱉은 대답에, 또다시 길어지는 침묵. 상황은 생각보다 더욱 심각했다. 지금 이 회담을 통해 대륙이 하나로 뭉쳐진다면 최소 4년은 버틸 수 있었다. 하지만 버티는 것만으로는 근본적인 문제를 해결할 수 없었다.

“여기 계신 여러분들 모두 같은 생각이라 믿겠습니다. 그리고 제가 이 회담을 비밀리에 연 것 또한 여러분들에게 말씀 드릴 것이 있기 때문입니다.”

이쯤에서 조쉬페는 자신이 이곳에 온 이유. 그리고 꺼내야만 하는 이야기를 위해 입을 열었다. 재앙의 마법사라 불린 자. 아이리스의 이야기를 말이다.

“…이 전쟁을 끝낼…….”

“크악!!”

쿵—!

하지만 조쉬페의 말이 꺼내지기도 전에 한발 앞서 문 밖을 지키는 병사의 것으로 추정되는 비명 소리가 터져 나왔다. 방 안의 모든 이들의 시선은 이어 서서히 열어지는 나무 문 앞으로 향해졌다.

끼이익—

“폐하, 뒤로 물러서십시오.”

“괜찮습니다. 그대가 있으니까요.”

클라제비우츠는 아니나 다를까, 이미 검을 뽑아 들고 조쉬페의 앞을 막아선 상태였다. 그러나 그 역시 자신이 기적을 느끼지 못할 정도의 상대가 갑작스레 나타난 것에 꽤나 당황한 눈치였다.

"기척을 놓쳤습니다. 죄송합니다."

"아니요, 저 역시 전혀 눈치 채지 못했습니다."

다른 국왕들의 호위병들 역시 한껏 긴장한 모습으로 문을 열고 안으로 들어서는 사내를 똑바로 응시했다. 얼굴에 온화한 웃음을 머금고 들어온 사내의 손은 피로 젖어 붉게 변해 있었다. 살짝 기울어진 눈초리로 그는 방 안의 국왕들을 둘러본다.

론드였다.

"호, 각 나라의 국왕이 이곳에 다들 모여 계셨군. 반갑습니다."

"네, 네 녀석은 누구냐?!"

그 뻔뻔한 등장에 페리스톤 국왕이 빽하고 소리를 지르자 론드는 한차례 사람 좋은 미소를 지어 보이곤 천천히 입을 뗐다.

"새로운 질서다."

순간, 모든 이들의 얼굴이 굳었다. 말하지 않아도 알 수 있다. 이 느낌 이 기분……. 지금 자신들의 앞에서 미소 짓고 있는 이 남자가 바로 이 모든 사태의 주동자라는 것을.

"경, 경비대! 경비대는 뭘 하고 있었나! 이 녀석을 당장 끌어내라!"

그러나 그의 노한 외침은 열려진 문을 타고 끝없이 메아리

치며 내려갈 뿐. 그 어디에서도 병사들의 분주함은 들려오지
않았다.

"쯧, 대략 사태 파악은 다 되셨을 텐데……. 이젠 달려오지
못할 경비대들은 어따 쓸려고 자꾸 부르시는지… 페리스톤
국왕."

"가, 감히!"

"당신이로군! 신의 알의 힘을 지닌 자!!"

조쉬페의 말에 론드의 시선이 그를 향했다.

"잘 알고 있군. 역시 떠오르는 브리오니아의 젊은 국왕. 아
아, 그리고 말이야 숲에서 대기 중인 병사들도 이곳으론 못
올 거요. 자신들의 목숨을 부지하기 바쁠 테니까."

그 말인즉, 밖에서는 이미 전투가 일어났다는 얘기인가?
하지만 어떻게…… 그가 어떻게 이 회담장을 알아내고 이렇
게 은밀하게 이동할 수 있었는가…….

"어떻게 이곳을?! 이곳은 극비리에 연락된 곳이라 쉽게 알
수 없을 텐데?!"

"어, 어떻게 이 안으로?!"

그 생각은 역시나 조쉬페를 포함한 다른 국왕들도 하고 있
는 듯했다. 놀라 외치는 그들에게 론드는 다시 한 번 의미심
장한 미소를 다시 한 번 입가에 그려내었다.

"아— 그런 거라면 가문 대대로 나를 도와준 사람들이 이
곳에 있어서 말이지."

배신자? 이 안에 대륙 전체가 위기인 이 마당에서도 배신

자가 존재했단 말인가? 그것도 한 나라의 국왕의 신분으로써 말인가?! 하나 론드의 이야기에 모두가 놀랄 틈도 없었다.

털커덩—!

거칠게 의자가 뒤로 자빠지는 소리를 내었다. 그리고 의자를 박차고 일어선 두 명의 지도자는 곧바로 탄성을 내지르며 론드의 곁으로 다가섰다. 회담 내내 불안함을 감추지 못했던 페브릴과 이르테의 국왕이었다.

"오오, 바로 신의 알!! 그 힘으로 이뤄낸 것인가?"

"권능을 사용할 수 있는 그것!!"

방금 전까지 초초하게 한마디도 하지 않고 있던 두 국왕의 얼굴에서 이제야 혈색이 돌기 시작했다. 감탄하며 론드의 곁으로 간 두 국왕과 달리 의자에 앉아 있는 나머지 국왕들의 표정은 침통하다 못해 경악으로 가득 차 있었다.

"이, 이게 어찌 된 영문인가!"

"다, 당신들이 우리를! 아니, 이 대륙을 팔아넘긴 것이란 말인가?!"

다른 이들의 비통함과 원망 섞인 외침에도 두 국왕은 이미 개의치 않는 듯했다. 오히려 론드에게 매달리다시피 하며 여러 가지를 묻는 데 급급할 뿐이었다.

"알을 찾아 헤매였던 총 수장 론드여! 이제 새롭게 신세계를 건국할 준비가 된 것인가?"

신세계? 그것은 또 무슨 말이란 말인가?

"당신은 세계를 어쩔 셈인가!"

“어쩔 셈이냐고?”

론드의 표정이 일순간 차갑고 구역질난다는 표정으로 바뀌었다. 헛바람을 내뱉으며 강하게 비꼬는 뉘앙스로 말을 이었다.

“킥―! 전부……. 전부 다 갈아엎을 생각이다. 신세계? 모든 것을 없애는 것이 신세계를 만드는 가장 첫 번째 단계이겠지.”

“로, 론드! 우, 우리에게 했던 제안과는 다르지 않나! 신세계를, 우리와 함께 신세계를 만들기로 하지 않았나?!”

론드의 대답은 자신에게 조력했던 두 국왕마저 놀라게 할 만한 것이었다. 모든 것을 없애다니? 세상의 종말이라도 가지고 오겠다는 생각인 것인가? 론드는 놀라 되묻는 페브릴과 아르테 국왕의 면전에 대고 손가락을 휘휘 저어 보였다.

“틀렸어. 만드는 것이 아니라 없애는 것이다. 그리고 새롭게 창조되는 것이지. 하나의 색으로 물들어서 말이야. 순백의 흰색. 그 하나의 색으로 만들어진다. 그리고 인간은 다시 태어나는 것이지. 지금에 인간이라는 것은 모든 것을 파괴한다. 모든 것을 변질시키고 결국 끝없는 욕망과 탐욕으로 인해 세상에 이로울 것이 없는 존재들이야.”

완만해졌던 두 국왕의 혈색은 론드의 이야기가 진행될수록 다시 퍼렇게 질려만 갔다. 뭔가 잘못되어도 한참이 잘못된 것이다.

“뭐, 뭐야?!”

뒤로 고개를 돌리자 자신들을 바라보는 싸늘한 다른 왕들의 눈빛만이 자신들을 반길 뿐이다.

"우선 그 썩은 인간들의 위에 올라서 있던 두 왕의 목을 바친다."

"……?!"

"히— 히이익!"

쉐에에—!!

론드의 말이 떨어지기가 무섭게 날카로운 바람 소리가 났다. 그것은 클라제비우츠나 조쉬페마저 반응하지 못할 정도의 빠르기였다.

털썩— 푸슈유!!

그리고 두 국왕의 목은 허무하게 바닥을 굴렀고 머리를 잃은 몸뚱이는 붉은 피를 거세게 뿜어 바닥을 붉게 물들였다.

"그동안 이용당하느라 수고했다."

차가운 눈빛으로 싸늘하게 굳어 바닥에 너부러진 두 국왕을 내려다보던 론드의 시선이 다른 이들에게 향했다. 조쉬페의 앞을 막아선 클라제비우츠는 검의 그립을 강하게 꼬나 쥐었다.

"자, 그럼 나머지 분들께서도… 이만 죽어주셔야겠습니다."

마치 자신들을 힘없는 어린아이들처럼 생각하는 눈빛, 그리고 오만한 말투. 마지막으로 꽤 거리가 있는 곳에 앉아 있는 노르담 국왕의 목을 향해 독사처럼 날아드는 그의 검.

카앙—!!

재빨리 날아든 클라제비우츠가 노르담 국왕에게 날아드는 론드의 검을 가까스로 막아내었다.

"……?! 역시… 브리오니아를 수호하는 제1의 검. 클라제비우츠라고 불리는 자."

자신의 검을 막은 것은 놀랄 일이었으나 그 상대가 브리오니아의 제1의 검이라면 그럴 만도 하다. 하나, 검을 막아낸 클라제비우츠에겐 론드의 비웃음 섞인 말이 돌아왔을 뿐이다.

"하지만 자네는 정작 주군의 목숨을 버리고 다른 이의 목숨을 구했군……."

쉬이이익—!!

클라제비우츠에게 막혔던 검을 론드는 그대로 조쉬페에게 날려 버렸다. 게다가 동시에 재빨리 허리춤에서 뽑아낸 검으로 클라제비우츠를 공격해 그의 발을 묶어놓았다.

키기깅—!!

"주군의 목숨을 포기했다고?"

하나 론드의 검을 막아낸 클라제비우츠에게서 초조함이나 당황함은 찾아볼 수 없었다.

캉—!!

론드가 날린 검을 조쉬페는 빠르게 쳐내 버렸다. 론드가 던진 검은 그대로 천장에 깊게 박혀 들어간다. 살짝 놀란 론드의 표정. 틈을 타고 이어진 클라제비우츠의 공격에 그는 오히려 뒤로 멀찌감치 물러서야 했다.

"……."

"주군을 믿고 있기 때문이다."

이어진 클라제비우츠의 이야기에 론드가 실소를 흘렸다. 예상외다. 보통 왕권을 가지고 있는 자로서 보일 수 있는 실력이 아니었다. 적어도 그냥 던진 것처럼 보인 그 검에는 꽤 강한 힘이 실려 있었기 때문이다.

"그 어린 나이에 상당한 실력이군. 소드마스터 급이라는 것인가? 브리오니아의 국왕이여, 하지만 앞으로 얼마나 버틸 수……?!"

쉬이익—!! 사아악!

돌연 허공에서 론드의 말을 끊으며 강한 예기가 날아들었다. 그 날카로운 예기는 늑대의 발톱처럼 론드의 미간을 정확히 노리며 날아들었고. 론드는 그것은 가까스로 막아낼 수 있었다.

카앙—! 푹—

너무나도 갑작스러운 공격을 막아낸 론드의 검은 충격을 이기지 못하고 반으로 잘려 땅 아래로 떨어져 내렸다.

"……?!"

"혹시나 했던 것이 역시나가 되었군……."

침착하고 낮은 목소리, 그리고 클라제비우츠에겐 어디선가 익숙함이 묻어나는 목소리였다. 그 목소리에 론드 역시 꽤나 당황하는 듯하다.

“네 녀석, 어느 틈에?!”

“역시 아티펙트의 기척을 알아차리지 못하는 것을 보니 그 모습은 완전하지 않은 것인가 보군.”

사락—

커다란 망토가 움직이는 소리와 함께 돌연, 아무도 없는 공간에서 한 사내가 모습을 나타내었다. 그의 등장에 모두는 놀라 눈을 부릅떴고, 론드는 언성까지 높이며 그 사내의 이름을 내뱉었다.

“…아서, 아서 펜 그라프닐!!”

아서, 아서 펜 그라프닐. 환영의 기사단을 조직하고 브리오니아의 벨몬드에게 협조하여 조쉬페를 죽이려던 그 아서 펜 그라프닐이었다. 아몬과의 싸움을 마지막으로 사라졌던 그가 다시 눈앞에 나타난 것이었다. 이번엔 적이 아닌 그들의 조력사의 위치로 말이다.

눈을 부릅뜨고 자신을 바라보는 론드에게 아서가 말했다.

“처음부터 이럴 것이라 예상했다. 나는 달라. 당신이 만들어낸 자가 아니라, 나의 생명을 지니고 태어난 자이니까. 그리고 그런 자들이 너를 막아설 것이다.”

무슨 말일까? 회의장 안에 이들은 영문 모른 채 그저 이 긴장감과 불안함에 떨어야 할 뿐이다. 아서는 이어 자신을 바라보는 클라제비우츠와 조쉬페를 돌아보았다. 그리고 그는 의미심장한 미소를 두 사람에게 지어 보였다.

“하?! …하, 하하! 하하하하!! 그래, 그런가?! 겨우 한다는 소리가 꿈꾸는 소리인가? 하하하!! 오늘의 인사는 이 정도로 그쳐야겠군."

아서의 이야기에 어이없다는 웃음으로 답한 론드가 부러진 검을 바닥에 던져 놓곤 몸을 돌렸다. 그러자 그의 몸이 서서히 흐려지기 시작했다. 클라제비우츠가 앞으로 나서 그를 잡으려 했지만 조쉬페가 그를 제지했다. 아마도 저것은 론드의 본체가 아닌 것이다.

어떻게 이런 일을 할 수 있는지 설명할 수 있는 것은 단 한 가지. 신의 알의 힘을 지닌 자였기 때문이었다. 이젠 모습이 완전히 사라진 론드의 목소리가 희미하게 여운을 남기며 사라졌다.

"지금들 죽어준다면 험한 꼴은 안 봤을 텐데 말이야. 뭐, 좋아. 무대의 막도 지금 막 오를 테니 말이지. 그럼 내가 보낸 선물들을 잘 받길 바란다……."

그 말에 아서가 킥― 작은 비웃음을 터뜨렸다.

"사양하지 않도록 하지. 어떤 선물인지 대충 짐작은 가니까 말이야……."

"……."

더 이상 론드의 목소리는 들려오지 않았다. 그저 회의장에는 목이 잘린 채 바닥을 붉게 적힌 두 왕과 부러진 검, 그리고 천장 위에 박혀 떨어지지 않는 또 다른 검이 그가 왔다 갔다는 것을 알려줄 뿐이다.

"사, 사라진 것인가?"

"이러고 있을 때가 아니오! 어서! 탑밖에 병사들을!!"

"나, 나도 가겠소!!"

회담장안의 국왕들은 앞다투어 탑을 나서기 시작했다. 남은 것은 상대적으로 그들보다 젊은 안셀의 국왕뿐이었다.

그가 천천히 조쉬페에게 다가서 입을 열었다.

"이미 저 늙은이들은 평화에 안주하여 나라의 힘을 탕진하는 데만 썼소. 그리고 이곳에서 내 몇 가지 소문들로 떠본 결과 그들을 믿을 수 없음을 알게 되었지. 당신이 무엇을 말하려 이 회담을 열었는지는 알고 있소. 나 안셀국의 국왕 안셀 페 브리지는 브리오니아의 국왕 조쉬페 폰 브리오니아와 끝까지 함께하겠소."

"감사합니다, 안셀 국왕."

고개 숙여 감사를 표하는 조쉬페에게 그가 한마디 더 덧붙였다. 안셀은 생각했다. 조쉬페는 분명 상대적으로 어린 나이였다. 하지만 통찰력과 그 힘을 사용하는 것에 관해서는 세월이 가져다준 관록도 넘어설 수 있는 인물이라는 것을.

"우린 병사는 적으나 재력은 그 어느 나라보다 막강하오. 그러니 언제든지 도움이 필요하다면 말씀하시길……. 물론 후에 그에 대한 대가를 받겠지만 말이오."

빙빙 돌려 말하고 있지만 그것은 곧 이 전쟁이 끝나면 다른 나라와의 다툼 때 브리오니아의 적극적인 협조를 위한다는 일종의 깔아놓기 언변이었다.

"야망이 지나치시군요, 안셀 국왕 폐하. 저희 브리오니아를 도구로······.”

결국 클라제비우츠가 살짝 인상을 찡그리며 말했다.

“클라제비우츠 경.”

“죄송합니다… 제가 그만 무례를 용서하십시오.”

조쉬페가 딱딱하게 굳은 얼굴로 주의를 줬으나 안셀은 되려 개의치 않는다는 듯 손을 휘휘 저으며 웃어 보였다.

“하하하, 소국은 늘 그렇듯 비옥한 땅을 탐내곤 하지. 브리오니아의 제1수호검 클라제비우츠 경, 그대 같은 인재가 우리나라에 있었다면 주변국에게서 좀 더 수월했을 것을.”

나라에 대한 충정심만으로도 클라제비우츠 같은 인재는 국왕의 자리에 있는 자로서는 더할 나위 없는 힘이 되었으니 그가 부러워하는 것도 이해할 만했다.

안셀마저 탑을 내려가자 마지막으로 남은 아서가 클라제비우츠에게 말했다.

“클라제비우츠, 벨몬드가 왜 필사적으로 당신을 견제했는지 알겠군. 알겠지만 벨몬드 역시 나라를 위해······.”

“알고 있습니다.”

“그럼 변론해 주지 않아도 되겠군.”

어깨를 으쓱여 보이는 아서. 때마침 브리오니아의 병사 한 명이 턱까지 차오른 숨을 헐떡이며 급하게 뛰어올라 왔다.

“구, 국왕 폐하!! 괴물들이!! 괴물들이!!”

“왜 그리 호들갑을 떠는가?!”

“괴, 괴물들이! 크리스 신전의 별관을 포위했다는 긴급 전

갈입니다!!"

"뭣?!"

병사가 들고 온 소식에 조쉬페의 눈동자가 심하게 흔들리기 시작한다. 언젠가라는 생각은 했지만 그날이 바로 오늘이라니, 이건 빨라도 너무나도 빨랐다. 아마 론드는 바닥에 죽어 너부러진 저 두 사람을 통해 모든 것을 들었을 것이다.

"그를 노리는 것이 분명해!!"

"폐하!!"

생각이 거기까지 치닫자 조쉬페는 즉각 몸을 날려 탑 아래로 뛰어나가기 시작했다.

"클라제비우츠 경 이곳을 맡깁니다!! 반드시 승리하시오!! 나는 아이리스에게 가겠소! 에리나의 말이 맞았어!"

"폐하!! 지금 가신다고 해도 늦습니다!"

"그래도 가야 합니다!!"

클라제비우츠가 그를 불러 세웠지만 조쉬페는 막무가내로 탑을 뛰어내려 가려 했다. 하나, 그런 그의 앞을 아서가 막아서며 말했다.

"아니, 그럴 필요 없습니다, 브리오니아의 국왕."

"……?!"

조쉬페의 푸른 눈을 바라보며 아서가 말을 이었다.

"그쪽은 그쪽 나름대로 원군이 갔을 테니까."

"원군?!"

Chapter 47
만남

신전의 별관은 이미 붉은 화염에 휩싸여 있었다. 살짝 올라온 하얀색 담벼락은 흉하게 무너져 내려졌고, 커다란 그늘을 만들어주던 푸른 나무들은 힘없이 꺾여 바닥으로 곤두박질쳐져 있었다.

크어어!!

울부짖는 듯한 커다란 오크들의 포효 소리가 하늘을 가득 메운다. 그들의 투박하고 커다란 도끼는 신전을 지키는 경비대들을 한순간에 짓눌러 버렸다.

"사, 살려줘!!"

푸욱―!!

그들의 도끼엔 자비란 일절 느낄 수 없었다.

“으아아!!”

쫘드득—!

끼아!!

커다란 보랏빛 두 날개가 밝게 빛나는 태양을 가려 어둠으로 바꾼다. 수십 마리의 가고일 떼는 먹이를 노리는 독수리처럼 우왕좌왕하며 도망치는 신관들을 공격했다.

애초에 신전에서 보낸 자체적 병력으로만 지키는 곳이었다. 나라의 병사들이 있을 리가 만무했고, 그 병사들을 주둔시킬 명목을 만들기 위해 조쉬페가 회담에 참석하러 갔으나, 이리 빠른 시간 내에 이곳을 찾아내다니…….

크르르르!

“크아아!”

괴물의 숫자는 어림잡아 백여 마리. 하지만 이 정도라면 이 별관이 초토화되는 것도 시간문제나 마찬가지다. 괴물들이 이곳을 습격한 이유는 단 하나. 자신들을 만들어낸 이와 같은 힘을 몸에 지니고 있을 자. 아이리스, 그의 목숨을 취하기 위해서였다.

“어, 어서 이쪽으로!!”

막 반쯤 부서져 커다란 구멍이 생긴 벽을 통과한 여러 사제 중 남사제 한 명이 혼자 떨어져 힘겹게 뒤를 쫓아오던 여사제를 향해 손을 뻗는다. 하나 이미 기력을 다했는지 휘청이는 여사제의 모습은 금방이라도 주저앉을 듯 안쓰럽다.

끼에에!!

때마침 그들을 발견한 가고일의 날카로운 울음소리가 하늘 위에서 터져 나왔다. 그 울음소리에 반응한 다른 녀석들도 사제들이 도망치는 곳을 향해 날아들기 시작한다.

"어서!!"

"사, 살려줘요!!"

남사제가 안타까운 듯 손을 뻗어보지만 여사제는 결국 버티지 못하고 바닥에 주저앉듯 쓰러졌다. 흙먼지는 일어나지 않는다. 바닥은 이미 핏물로 흥건했으니까.

쓰러진 여사제를 구하러 구멍 밖으로 나서려는 남사제를 다른 이들이 붙잡아 말리기 시작한다.

"참게! 나가면 자네까지 죽어!!"

"놓으세요! 그럼 보고만 있으라는 겁니까!"

쒜에엑―!!

끼에에!!

"꺄악!!"

보랏빛 날개를 접고 입가에 묻은 핏물을 뿌리며 땅 아래로 쏜살같이 날아드는 가고일의 날카로운 발톱이 여사제의 머리를 움켜쥐려는 찰나.

콰드득―!!

뼈가 으스러지는 둔탁하고 커다란 소리가 모두의 귀청을 때렸다. 기세 좋게 날아들던 가고일이 허공에서 갑작스레 튀어나온 커다란 몽둥이에 맞아 멀리 나가떨어진 것이다.

촤아아아―

몽둥이, 아니, 자세히 보니 그것은 검이었다. 너무나도 커다란 검……. 그리고 몽둥이에 맞아 날아간 줄 알았던 가고일은 이미 반으로 잘려 바닥 위를 구르고 있었다.

"뛰어라, 여자."

덤덤하고 무거운 목소리가 허공에서부터 들려온다.

"가, 감사합니다."

어디서 들려오고 누구의 목소리인지도 모른 채 여사제는 감사하다 외치곤 자신들을 기다리는 사제들에게 뛰어들어 갔다.

끼에엑!!

뻐억! 뻐억! 뻐어억—!!

커다란 검은 휘둘려질 때만 그 모습을 나타냈다. 마치 마법처럼 휘두르는 자의 모습은 보이지 않는다. 커다란 검은 상대를 찾지 못하고 우왕좌왕하는 가고일들의 머리통을 으깨버리고 날개를 찢었으며 몸통을 반으로 갈라 버렸다. 그야말로 순식간의 일이다.

크워어!

크워럭!!

쉬이익—!!

그것은 가고일뿐만 아니라 기세 좋게 달려들던 오크들 또한 마찬가지였다. 커다란 검을 향해 무작정 던진 그들의 거대한 도끼는 또 다른 곳에서 튀어나온 날카로운 검에 의해 힘없이 반으로 갈라져 버렸다.

파바밧—! 팟! 파밧!

쿠어!!

모습이 보이지 않는다. 간간이 바닥 위에 고인 핏물들이 튀어 오르는 것을 빼곤 도저히 오크들을 공격하는 이의 모습은 눈 씻고 찾아봐도 보이지 않는 것이었다.

스악—!!

게다가 또 놀라운 것은 커디란 검보다 상대적으로 약해 보이는 검인데도 불구하고 그 검이 닿는 모든 곳이 반듯하게 잘려 나간다는 것이었다.

크워?!

일순간 당황한 오크들은 필사적으로 자신을 공격하는 상대를 찾으려 했지만 모든 것은 무의미했다.

스악—! 스삭! 사악!

앞을 바라보고 있으면 어느새 검은 하늘 위에서부터 나타났고 옆을 보고 있으면 뒤를 찔렀다. 이쪽 역시 순식간에 고기 잘리듯 설려 바닥에 뿌려진 오크들의 시체.

쿠웅—!

마지막 커다란 오크의 시체가 바닥에 떨어지고 나서야 작은 검은 날에 묻은 피를 바닥 아래로 털어냈다.

펄럭—

이어 망토를 젖히는 소리와 함께 두 사내가 모습을 드러내었다. 상대적으로 작은 검을 소드 벨트 안에 집어넣은 청년이 불쾌한 투로 입을 열었다.

"어디서 이런 것들이 튀어나온 거지? 무엇보다 아서님의 말씀대로 이렇게 무식하고 빠르게 쳐들어 올 줄이야. 인간끼리의 싸움도 진절머리 날 판에 이번엔 괴물이란 말이지……."

"……."

왠지 모를 도도함이 배어 있는 목소리의 청년과 여사제에게 한마디 한 뒤로는 기합 소리마저 내지 않는 거대한 검을 휘두르는 덩치의 사내.

두 사람은 환영의 기사단의 구성원이었던 젠가와 아스칼이었다. 그들은 아서의 언질을 받고 별관으로 이렇게 달려왔으나 피해를 미리 막아보기도 전에 이미 아수라장이 되어 있는 것이 꽤나 신경 쓰이는 듯했다. 시간은 충분했다. 다만 그들의 걸음이 지체된 것은 지금 자신들을 향해 절뚝거리며 다가오는 사내 때문이었다.

"여― 애새끼 안 본 사이에 실력 많이 늘었구나."

"……."

사내의 말에 아스칼은 대답하지 않았다. 화가 나 있는 것이 아니었다. 솔직히 말하면 이런 별관 따위 사라지든 말든 아스칼에겐 아무런 감흥도 없었다.

그저 아서가 자신에게 내린 명령이기에 수행할 뿐이었다. 그가 지금 신경 쓰고 싸우면서도 날카로운 반응을 보이는 것은 눈앞 사내의 건강 때문이었다.

"당신이야말로 그런 몸으로 뭘 어쩌겠다는 거야……."

아스칼의 이야기에 짙은 검은색 머리의 사내는 사람 좋은 미소를 한가득 머금을 뿐이다.

"짜식, 이래 봬도 아직까진 너 같은 녀석들 한 짐을 싣고 와도 안 돼, 인마."

사내는 왼팔 한쪽이 없어 헐렁한 소매만이 바람에 펄럭이고 있었다. 게다가 남은 오른팔마저도 뭔가 피부에 금이 간 사람처럼 보였다.

"그게 다가 아냐. 따라올 필요 없다니까 굳이 무리하게 따라와서는 발목이나 붙잡고."

"그러게 그냥 신경 쓰지 말고 버리고 가라 했잖냐."

"그, 그게! 될 리가 없잖아!"

왠지 틱틱거리는 아스칼의 말투였으나 아이러니하게도 그런 모습은 이 두 사람 사이가 꽤나 친근해졌다는 느끼게 해주었다.

"젠가, 너도 수고 많이 했다. 고맙다."

"…고맙습니다."

사내의 말에 젠가가 무거운 입을 열어 감사를 표한다. 그만큼 눈앞의 사내는 무거운 젠가의 입을 열게 만들 자격이 있는 사내였다. 뭐가 그리 못마땅한지 아스칼은 새침데기처럼 콧바람을 날리며 엄지손가락으로 자신의 등 뒤를 가리켰다.

"…쳇! 그렇게 보고 싶어하는 그 녀석은 저쪽 모퉁이 넘어 있어. 여사제가 끌고 가는 것 같던데, 따라가려다 이쪽이 더 급해 보여서 말이지. 그 녀석이 그때 재앙의 마법사가 맞다면 자기네들이 알아서 하겠지. 그리고 그쪽에도 꽤 괴물들이 있을 거야. 뭣하면 우리가 가서 티 안 나게 도와줄까?”

“고맙다. 하지만 그 마음만 받도록 하지.”

“…….”

눈앞의 사내는 상당히 사람이 차분해졌다. 죽을 고비를 넘긴 사람은 문가 성격이나 행동에 변화를 일으킨다는 것이 사실인가 보다. 예전의 거칠고 눈이 마주치는 것만으로도 오금 저리던 그 모습들은 이제 흔적만 간간이 느낄 정도다.

“당신한테 그런 소리들이니까 기분이 묘하네.”

“죽을 때가 돼서 그래.”

시원하게 웃으며 아스칼의 어깨를 툭툭— 친 짙은 검은 머리의 사내는 그가 알려준 방향으로 천천히 걸음을 옮겼다.

모퉁이에 가까워질수록 절뚝거리던 걸음도 최대한 일반인처럼 보이도록 걷기 시작한다. 분명 자신의 상태를 지금 만나려 하는 상대에게 보이지 않으려 노력하는 것일 거다.

그런 그의 모습에 아스칼이 조용히 한마디 내뱉었다.

“…죽어도 못 이기겠군.”

“그는 멋진 남자다.”

평상시에 무뚝뚝한 젠가마저 그리 얘기하는 것을 보면 그는 분명 괜찮은 사람이다. 아니, 괜찮은 사람이 되었다.

*　　　*　　　*

“홀리크로스!!”

크어어!

끼에엑!!

에리나의 커다란 목소리가 터져 나오자 녹색 잔디밭이 깔려 있는 바닥 위로 빛나는 십자가 모양의 기둥이 떠올랐다. 밝게 빛나는 기둥에 눈이 멀어버릴 것 같은 성스러움을 담고 있는 홀리크로스. 떠오른 기둥은 땅을 밟고서 있는 오크들과 가고일들을 남김없이 한 줌의 재로 만들어 버렸다.

“하아… 하아…….”

무리한 주문을 연달아 쓰고 있다. 그 덕분에 가슴이 터질 것만 같다. 다리는 후들거리고 들어선 팔은 떨리고 있었다. 상당한 파괴력과 광범위한 공격 범위를 가지고 있으나 시전자의 체력 소모가 극심하다는 홀리크로스, 에리나는 막다른 벽을 등지고 아이리스와 함께 있었다.

크워어어!!

하나 그런 그녀의 노력이 오히려 역효과를 불러온 걸까? 커다란 힘의 영향을 느낌 괴물들이 전부 그와 그녀가 있는 곳으로 몰려들었던 것이다.

“하아… 하아…… 홀리!!”

털썩—!

에리나는 더 이상 주문을 읊조리지 못했다. 그녀의 양손에 맺히던 푸른빛도 사그라졌다. 그녀의 공격을 예상하며 움찔한 괴물들도 아무런 변화가 없는 것을 알았는지 다시 포효를 지르며 그녀와 아이리스에게 달려들었다.

누군가 도와줄 사람이 있었다면… 자신이 아니더라도 이 사람… 이 사람만이라도 구해주었다면…….

크워어어!!

어느새 한달음에 그와 그녀 앞으로 달려온 커다란 덩치의 오크가 머리통만 한 도끼를 높이 쳐 올렸다.

"제발!!"

쉐아악—!!

날카로운 바람이 아이리스의 귓불을 베어버릴 듯 빠르게 옆을 스쳐 지났다. 동시에 도끼를 내려치려던 오크의 몸은 마른 고목처럼 쩌억! 반으로 쪼개져 버렸다.

쉬카악!!

쉬이익!!

연달아 날카로운 바람 소리가 닐아든다. 붉게 얼룩진 잔디들은 순식간에 파헤쳐져 버리고 아이리스와 에리나가 있는 벽면을 뺀 나머지 부분들은 날카롭게 잘려 떨어져 내렸다.

사악! 스악! 스사삭—!

크어!!

케엑!!

끄에에!!

그뿐만이 아니었다. 도끼를 내려치려던 오크를 포함해 바람이 날아드는 곳에 있는 모든 것들은 반듯하게 잘려 나가 그대로 쓰러져 내렸다. 순식간, 그야말로 순식간이었다. 하늘을 메우던 가고일 떼도, 울부짖으며 도끼를 치켜들던 오크 떼도 한순간에 반 토막 나 땅으로 떨어져 내린 것은…….

'익숙한 바람 소리…….'

어찌 보면 너무나도 싱겁게 끝난 싸움이었다. 이렇게 압도적인 힘을 가진 자가 어째서 자신들을 구해주었는가. 그는 누구인가.

인간인가? 괴물인가? 아니면 혹시?!

에리나에게 안겨 있던 아이리스가 고개를 들었다. 그는 여태껏 한 번도 본 적 없는 무엇인가 기대에 가득 차 있는 표정이었다. 그를 따라 에리나 역시 고개를 돌렸다. 저 먼 곳에서 한 사내가 다가오는 것을…….

"아……."

아이리스의 동공이 수면 위에 작은 돌이 떨어져 내린 것처럼 파르르 떨리기 시작한다. 볼 수 없는 것, 믿을 수 없는 것을 본 사람처럼 커다래진 동공과 다물지 못하는 입에서는 작은 신음이 내뱉어졌다.

"뭐— 이렇게 등장하니까 마치 정의의 용사 같은데?"

까칠하고 강한 억양을 담은 사내의 목소리가 아이리스의 귓가에 또렷이 들려온다. 붉은 눈동자를 가진 사내가 자신의 앞으로 다가올 때마다 아이리스의 두 눈엔 차오르듯 작은 눈물이 고이고 있었다.

기대하지 않았다. 그곳에서 살아났을 리라고는……. 듣지 않았다. 자신을 위한 다른 이들의 안심의 이야기라고 생각했으니까.

하지만…….

"뭘 그리 얼빠진 얼굴로 쳐다보냐, 짜식아."

"아…….”

사내의 붉은 눈과 아이리스의 황금 눈동자가 마주쳤다. 가슴가득 울컥함이 목 위로 넘어오듯 울렁거린다. 아몬……. 그 사내는 아몬이었다.

"아몬 씨… 역시 살아 있었군요……. 살아 있었어. 감사합니다, 위대한 크리스여."

에리나 또한 아몬의 모습을 보자마자 감사에 눈물을 흘리며 두 손을 모아 기도했다.

"아… 아… 아아!! 아…….”

아이리스는 좀처럼 말을 잇지 못했다. 하지만 그는 두 다리로 똑바로 일어서 아몬을 향해 걸음을 옮겼다. 천천히, 천천히 그에게 다가간 아이리스가 그대로 아몬을 으스러져라 안았다. 갑작스런 아이리스의 행동에 아몬의 얼굴이 벌겋게 달아올랐다.

"악! 이, 이 새끼가?! 놔, 인마! 징그러워! 안 떨어져?!"

아몬이 곤욕스러워하며 윽박질렀지만 아이리스는 그를 안고 있는 두 팔에 더욱 힘주어 떨어지지 않으려 애썼다. 그의 따스한 체온이 아이리스의 온몸에 느껴진다.

"아몬 씨…… 아몬 씨……. 아몬!!"

비로써 자신이 아몬을 안고 있다는 것을 알게 되었다. 꿈이 아니다. 비록 한 팔은 사라져 있었지만 그는 살아서 자신 앞에 서 있는 것이다.

"나, 너 마지막에 반말했어?! 이!! 자식아⋯⋯!"

그러나 처음엔 꽤나 당황하며 화를 내려던 아몬은 치켜든 손을 천천히 내리곤 아이리스의 머리를 쓰다듬었다.

울고 있었으니까. 힘없이 매달린 이 작고 약한 녀석은 자신의 가슴을 축축하게 만들 정도로 많은 눈물을 쏟아내고 있었으니까.

"아몬, 아몬, 아몬 씨!! 흐어어어! 흐아아!"

대부분이 무너지다시피 한 건물 사이사이를 휘감는 비릿한 바람 속에 아이리스의 울음소리가 묻혀 저 멀리까지 날아간다. 그의 울음은 그 뒤로도 한참 동안 이어졌다.

＊　　　　＊　　　　＊

크리스 신전 별관에서 오늘 많은 이들이 죽었다. 그것에 대한 슬픔을 느끼기 전에 어서 주변을 정리해야 했다. 뿔뿔이 흩어졌던 사제들을 에리나가 신전으로 다시 데려와 그들을 설득하기 시작했다.

산 사람을 살아야 한다. 먹지 아니하고 살 수 없으면 자지 아니하고 살 수 없는 것이다. 죽은 사람들을 묻어주고 기도할 수 있는 사람들은 자신들이다. 그러기 위해선 슬픔을 참는 법도 알아야 할 것이라고.

　시체들의 수습과 주변의 정리에 거의 반나절이 걸렸다. 괴물들의 시체는 그 자리에서 즉시 태워 버렸고, 죽은 사람들의 시체는 짧은 기도와 함께 간략하게 만들어진 묘지로 옮겨졌다.

　아몬의 품에 안겨 기력을 거의 전부 소진할 정도로 울어 재낀 아이리스는 그대로 아이처럼 지쳐 잠이 들어 있는 상태였다. 그리고 방 안에는 아몬과 에리나 두 사람이 있었다.
　에리나가 아몬의 눈치를 살피는 듯하다 조심스레 입을 열어,
　“살아 계실 거라 믿었어요.”
　“죽을 수가 있어야지… 그나저나 이 자식 상태가 이상하던데 말해줄 수 있어?”
　아몬에 물음에 그녀는 고개를 끄덕이고 그동안 있었던 일들을 모두 아몬에게 이야기하기 시작했다. 물론 그곳에 있던 아몬 역시 에리나의 이야기를 들으면서 모든 것을 기억할 수 있었다. 하나, 에리나가 이야기하는 것들은 아이리스의 기억에서 비롯된 것들.
　아몬에게 느꼈던 미안함과 죄스러움, 그리고 글라디스의 목에 검을 박아 넣었을 때의 패닉상태……. 그 뒤에 모든 것을 잊지 않기 위해 삶을 반년 이상 포기했던 아이리스의 상태까지……. 그런 것들은 절대로 아몬 본인이 알 수 없는 것이었다.

"…그래서 지금 그는 자신의 뜻대로 움직이지도, 말을 하지도 못하고 있어요. 마음도 몸도 아직 회복되지 못했으니까요."

아몬은 에리나의 이야기를 끝까지 묵묵히 듣기만 했다. 그는 이어 잠들어 있는 아이리스의 앞머리를 살짝 쓰다듬었다.

'그래, 네 녀석은 늘 그렇게 손해 보는 성격이었지. 착한 녀석 같으니……'

그의 손길을 잠결에라도 어렴풋이 느낀 것일까? 잠들어 있던 아이리스가 이내 조심스레 입을 열어.

"…아몬 씨."

그러나 아이리스는 좀처럼 눈을 뜨지 않았다. 눈을 뜨면 눈앞의 아몬이 사라질 것을 염려하고 불안해하는 사람처럼 아이리스는 그저 조심스럽기만 하다.

"새끼가… 자기 혼자 다 산 사람처럼 굴긴. 나 어디 안 갔다."

아몬의 목소리를 듣고 나서야 비로소 아이리스가 눈을 떴다. 그런 아이리스를 내려다보는 아몬 또한 사람 좋은 미소를 지었다. 그래, 너 역시 많은 아픔을 안고 있었구나…….

'두 사람……'

두 사람. 두 사람을 바라보는 에리나의 두 눈에 작은 눈물이 맺힌다. 슬프다. 모든 것을 잃은 두 남자가 서로를 바라보며 그 존재를 확인한다. 그리고 안도한다는 것이.

"으샤!"

“……?!”

돌연 아몬이 자리에서 벌떡 일어서자 아이리스도 그를 따라 벌떡 몸을 일으켜 세웠다. 이어 아몬은 자신의 허리춤에 메어 있는 검을 소드 벨트째 끌러 아이리스에게 툭— 내던졌다.

탁—

“이건…….”

얼떨결에 검을 받아 든 아이리스에게 아몬이 이어 말했다.

“그거 가지고 있어라.”

“어째서 이걸……?”

아이리스는 멍한 표정으로 아몬을 올려다본다. 그것은 영락없이 어째서 이것을 자신에게 주는지 모르겠다는 표정이었다. 그러자 아몬은 이제 다신 볼 수 없는 왼팔이 붙어 있던 허전한 어깨를 탁탁— 내려쳐 보였다.

“보시다시피 내 몸은 한계다. 버텨봐야 앞으로 일 년 정도일까? 그냥 부서지기 전에 와보고 싶었어.”

“…….”

분명 아몬이 죽지 않은 것은 의외의 일이었다. 물론 아르킨이 그곳에서 아몬과 아이리스를 데리고 나왔다고 했으나 아몬은 아서에게 양도되었고 아이리스만이 아르킨에게 치료를 받지 않았던가.

“그때는 네가 죽도록 미웠지만…….”

아르킨이 묵묵히 아서에게 그를 넘겨준 것이 변덕 때문이었을까? 아니면 애초에 가망이 없는 것을 알고 아몬의 고집을 들어준 것일까?

"조금 지나자 왠지 그냥, 너를 보고 싶었다."

"아몬 씨… 아몬 씨……."

왠지 아몬의 그 마지막 한마디가 다시 아이리스의 눈물을 쥐어짠다. 하지만 눈물을 흘릴 새도 없이 날아든 아몬의 독설로 인해 아이리스는 눈물을 급히 삼켜야만 했다.

"그런데 여기서 이렇게 한심하게 나뒹굴고 있을 줄이야……. 다행인 줄 알아. 마음 같아선 이 자리에서 귀싸대기를 날려주고 싶지만 한 번! 딱 한 번만 봐준다."

따끔하게 한마디 던진 아몬은 그대로 몸을 돌려 방을 나섰다. 그런 그를 잡기 위해 아이리스가 벌떡 침대 위에서 내려온다. 그것은 평상시의 무기력한 그의 모습이 아니었다.

자신도 모르는 사이에 그렇게 움직인 것이었다. 아니, 어쩌면 아몬을 만났을 그때부터 그의 병들었던 마음과 육체가 치료됐을지도 모른다.

"어, 어디 가요?"

"징징 짜는 모습 꼴 뵈기 싫어서 가출한다. 왜?!"

탁—

아이리스의 머리를 내려친 아몬은 특유의 미소를 지어 보이곤 아이리스가 들고 있는 검을 가리켰다.

"다음에 만날 때는 꼭 들고 있어라. 또 보자……."

"……."

아이리스는 잡았던 아몬의 옷을 놓았다. 그는 아몬을 잡지 않았다. 잡는다고 해서 잡혀질 사람이 아니었기 때문이다. 그리고 가장 중요한 것은 그가 살아 있다는 것이었으니까.

아이리스는 고개를 숙이곤 울먹임을 간신히 참으며 말을 이었다.

"살아 있어줘서 감사합니다… 살아 있어줘서……."

"감사하면 너도 살아."

짧게 한마디 던진 아몬은 그렇게 방문을 나섰다. 에리나가 조심스럽게 그 뒤를 따라나섰지만 아몬의 모습은 이미 온데 간데없이 보이지 않는.

"가버렸네요……. 아몬 씨."

"괜찮아. 아몬 씨는 이걸 찾으러 반드시 올 거야."

웃었다. 아이리스는 그렇게 아몬에게서 받아 든 검을 손에 쥐곤 에리나를 향해 웃어 보였다. 그것은 그의 힘든 일 년여의 싸움이 끝났음을 알리는 것이었다.

아몬이 두 사람 앞에 모습을 나타내고 나서 일주일이라는 시간이 지났다. 아이리스는 그동안 많은 심적으로도 육체적으로도 많은 회복상태를 보였다. 아마도 그가 무기력했던 모든 것들을 이겨낼 수 있는 방아쇠가 된 것은 아몬의 살아 있음이 큰 도움이 된 것 같았다.

그리고 아이리스는 그동안 작은 변화를 거듭했다. 가장 눈에 띄는 것은 성격의 변화다. 사람은 무엇인가 큰일을 겪으면 성격이 변화하는 일이 있지만 아이리스는 그 정도가 심했다.

우선 말수가 엄청나게 적어졌으며 그의 목소리 톤 또한 한 두 단계가 낮아져 예전 밝고 까불거리던 모습은 전혀 찾아볼 수가 없었다.

때론 멍하니 누군가를 바라보는 모습에서 공허함과 섬뜩함을 동시에 느끼게 할 정도로 그의 모든 것은 그 사건 이후로 달라져만 갔다.

"가야 할 곳이 있어. 그동안 고마웠어, 에리나."

"나, 나도 따라갈래요!"

아이리스의 조용한 목소리에 에리나가 놀라 소리쳤다. 하지만 아이리스는 고개를 천천히 가로젓곤 그녀의 양어깨 위에 손을 얹었다.

"안 돼……. 잘못하면 에리나까지 큰일 나니까."

에리나는 아이리스가 야박했다. 무엇을 바라고 한 것은 아니다. 다만 자신의 마음이 간 데로 그의 곁에서 그 시간 동안 그를 지켜온 단 한 사람이나 마찬가지인데 이렇게 불쑥 떠나겠다고 말을 하다니. 이번 역시 마음이 가는 대로 그를 따라 나서고 싶을 뿐이다.

"상관없어요!"

성녀라 불리는 자신의 지휘도 교단 내에서의 위치도 전부 필요없다. 모든 것이 그를 기다리기 위한 것이고 그를 위해서, 그리고 그를 만나고 싶은 마음에 이뤄낸 것이었으니까.

"상관없어요. 나… 정말로 다 필요없어요. 그러니까……."

눈물이 차오른다. 눈앞에서 그가 떠나겠다고 말하고 있는데 자신은 그를 막을 하나의 이유도 없었다. 그리고 그럴 힘도 없었다. 그저 어린아이처럼 이렇게 그에게 떼를 쓰는 것만이 자신의 유일한 무기였으며 유일한 반항이었다.

"에리나……."

"너무해요! 나는 매번 나는! 매번!"

결국 참지 못한 눈물이 그녀의 하얀 뺨을 타고 내려온다. 아이리스가 그 모습에 고개를 떨어뜨렸다. 그 역시 마음이 편치만은 않다. 그녀의 수고와 마음을 모르는 것도 아니다. 하지만 지금 자신이 가려는 곳에 그녀를 데려간다는 것은 더욱 있을 수 없는 일이다.

자신이 만들어낸 일이다. 자신 때문에 생겨난 전쟁이다. 그런 무거움 짐을 그녀에게까지 떠안길 수는 없었다.

"미안해……."

"매번 당신이 아플까 봐 걱정하는 나는… 나는요?!"

격양된 목소리로 울며 소리치는 에리나는 아이리스의 가슴을 힘없이 내려치기 시작한다. 아이리스가 그녀의 손목을 잡자 그녀가 신경질적으로 그의 손을 뿌리쳤다.

"놔!! 놔요!!"

"에리나!!"

에리나의 어깨를 잡아 그녀를 진정시키려 하지만 그녀는 아이리스의 손을 거세게 뿌리치며 몸부림쳤다.

휙—!

그러자 아이리스가 다시 한 번 에리나의 손목을 잡아채곤 강하게 자신의 품 안에 끌어안아 버렸다.

"놔요! 놔! 놓으란 말이야!!"

"미안해… 미안해. 그 말밖에 해줄 수가 없어서 더욱 미안해."

그의 품에서 빠져나가기 위해 작게 몸부림치는 에리나와 그런 그녀를 꽉 안은 채 꿈적도 하지 않는 아이리스의 목소리가 작은 창을 타고 불어오는 바람에 실려 내려간다.

"……."

"바보… 바보. 바보예요, 당신……."

몸부림치던 에리나는 조금씩 진정되는 듯 아이리스의 품에 안긴 채로 작게 중얼거리기 시작한다. 아이리스 또한 그녀를 안고 있는 지금 그 어느 것도 생각할 수 없었다.

처음 그녀와 만났을 그때가 떠오른다. 아름다운 호수의 반짝임과 어린아이처럼 웃고 있던 그날의 미소를…….

'그때로… 돌아가고 싶어……. 그때로… 단지 그것뿐이야… 그것뿐이야. 돌아갈 수 없다면…… 돌아갈 수 있도록 해보고 싶어.'

"그동안 고맙다는 말 한 번 못해줘서 미안해."

"아……."

아이리스의 가슴이 요란하게 두근거린다. 안겨 있는 에리나 또한 작게 떨고 있음을 느낄 수 있었다. 그녀는 이제 진정된 듯 그의 품 안에서 빠져나왔다. 아이리스 또한 빠져나오는 그녀를 부드럽게 놓아주었다.

사라락—

두 사람의 시선이 점차 하나가 되어가는 찰나, 두 입술 또한 서로 마주 닿았다. 생에 한 번도 느껴보지 못한 달콤함……. 따듯함과 터질 것 같은 심장의 움직임……. 그렇게 두 사람은 잠시 모든 것을 잊은 채 둘만의 키스를 나누었다.

"지금의 나는 그 누구 하나 지키지 못해……. 그걸 바꾸러 가는 거야."

"……."

"나는 나에게 수십 번을 다짐해. 이번엔 무엇이 나갈까. 잘못되면 어떠할까? 늘 불안함에 살며 자신은 안으로 숨겨놓는 거지. 그렇지 않으면 터져 버릴 것 같으니까. 내 마법이라면, 내 힘이 올바르게만 나가준다면이라는 희망을 계속 안고 있었어. 하루에도 포기하고 싶었지만…… 지금은 네가 내 곁에서 그런 희망을 가져줘서 고맙다."

"바보, 그게 바로 당신의 힘이니까요."

에리나는 더 이상 아이리스에게 소리치지 않았다. 벌게진 얼굴로 그리고 눈물을 글썽이는 눈으로 그를 바라볼 뿐이다. 그의 마음을 받았다.

"그러니, 꼭 다시 돌아올게."

그러면 된 것이다. 그가 알아줬으니……. 그가 지금 돌아오겠노라 약속했으니까.

"바보……. 기다리다 오지 않으면 내가 만나러 갈 거예요······.”

수줍은 듯 미소 짓는 두 사람. 그리고 두 사람의 입술은 다시 하나로 포개어졌다. 아이리스는 다음날 아침 일찍. 잠든 에리나를 곁에 둔 채. 크리스교의 별관을 나섰다.

'내 자신의 힘은 미약해. 아무것도 가진 것이 없어. 힘없는 정의는 그저 허황된 꿈일 테니까······.'

아이리스는 걸음을 옮겼다. 지금 자신이 찾아가는 곳이 어디인지 다시 한 번 각오를 다진다. 힘을 가져야 한다. 아니, 힘을 가졌으되 쓸 줄 모르는 것은 가지지 못한 것과 같다. 그러하니 그 힘을 쓸 수 있도록 해야 한다. 그리고 그 방법을 알려줄 사람은 이 대륙에 단 한 명뿐이다.

*   *   *

전쟁 기간이 길어질수록 사람들은 처음과 다르게 누군가의 승리보단 한시라도 빠른 종결을 원하게 된다. 하나, 1년을 끌어온 대륙 전쟁은 여러 차례 있던 전쟁과는 그 질이 달랐다. 자신들의 생존이 걸린 것은 마찬가지였으나 그 칼을 겨누고 싸우는 상대가 같은 인간이 아닌 괴물들이었기 때문이다.

압도적인 물량을 내세우는 괴물들은 물론, 그들을 이끄는 무시무시한 이들이 있었기에 연합을 이루기 전 각 나라들은 자치방어에 급급할 뿐이었다. 형세로 보면 확실히 괴물들이 유리한 싸움이었다. 하나, 인간들은 브리오니아의 조쉬페 국

왕을 중심으로 연합군을 만들어 탈환당했던 보급지나 주요거
점들을 차례대로 되찾아가기 시작했다.

　이제야 처음의 당황함에서 벗어나 균등한 싸움을 할 준비
를 마친 것이었다. 보는 것만으로도 오금을 저리던 괴물들의
모습은 이제 하나의 적으로 인식될 정도로 병사들에겐 흔한
상황이 되었다.

　하나, 두 진영엔 가장 큰 차이가 있었다. 그것은 바로 보급
과 이성이라는 사고적 논리다. 우선 보급로가 끊겨 버리는 사
태가 일어나면 인간들은 힘을 쓰지 못한다. 하나 한간에 따르
면 괴물들은 자신들이 죽인 인간을 먹음으로써 따른 보급을
받지 않아도 전쟁을 일으키는 것만으로도 보급로를 동시에
움켜지는 꼴이 되는 것이었다.

　둘째, 이성이라는 사고적 논리다. 인간의 마음은 간사하기
에 집단보다 개인이 우선시 된다. 고로 자신의 목숨이 위태로
우면 전장을 이탈하는 병사들이 쏟아져 나오는 것이 다반사
였다. 게다가 위험한 작전에 있어 자신의 목숨을 희생하면서
까지 하려는 병사는 그리 많지 않았다. 반면 괴물들에겐 절대
적인 복종만이 있을 뿐이다. 공포를 느끼는 일은 아직까진 전
무했으며 그들은 광포함에 몸을 맡기고 자신이 죽어 쓰러질
때까지 인간들을 도륙하기 위해 도끼나 창을 휘두른다.

　그리고 지금 이곳. 전투의 긴장감이 맴도는 이곳 또한 브리
오니아의 보급로 중 하나, 그것도 강을 통해 물자를 받아들이
는 이 항구는 꽤나 중요한 위치에 있어 이곳을 잃게 되면 상

당한 손실을 받을 것이었다.

그것을 알기에 조쉬페 국왕은 이곳에 평균 부대의 주둔 병력보다 4배 이상의 많은 병력을 집중시켜 놓았다. 소문에 의하면 괴물들을 이끄는 것은 이성적 사고를 가진 집단의 우두머리와 인간. 론드를 포함한 4명의 또 다른 인간이라고 한다.

'그들이 분명 머리를 쓸 줄 안다면 이렇게 병력이 집중되어 있는 곳에 시비를 걸지 않을 것이었다.'

그렇다. 그렇게 생각하는 것이 맞았다. 그리고 그것이 당연한 것이었다. 하지만… 그 조쉬페의 예상은 이번의 전투로 크게 빗나가게 되었다.

*   *   *

"다음은 이곳인가……."

"후딱 끝내 버리자고."

로우의 말에 다른 3명이 고개를 끄덕인다. 로우는 이어 크게 숨을 들이마신 뒤 쩌렁쩌렁하게 외쳤다.

"전! 투! 준! 비!"

둥! 둥! 둥! 둥!!

크워어어!!

커다란 북소리가 울리자 수천 마리의 오크들이 일제히 도끼와 창을 꼬나 쥐곤 괴성을 질러대기 시작한다. 반대로 브리오니아의 중요 보급 지점을 수비하고 있는 이들은 시작될 전투에 숨죽이고 있는 상황이다.

일정한 북소리가 계속해서 하늘 위로 울려 퍼진다.

"자, 그럼 신호탄을 쏴볼까?"

뜨드득—!

어느새 손에 커다란 활을 쥔 로우가 시위를 당겼다.

피슈숭!!

끊어질 정도로 팽팽하게 당겨진 화살을 잡고 있던 그가 손을 놓자 커다란 화살은 강한 파공음을 남기며 성곽 위에서 자신들을 살피던 병사의 머리를 꿰뚫어 버렸다.

육안으로도 수백 미터는 떨어져 있는 것으로 보이는 거리에서……. 도저히 평범한 사람, 아니, 뛰어난 사람이라 해도 쉽게 따라 하지 못할 묘기였다.

"크아아!"

처절한 비명을 내지르며 깃대와 함께 바닥으로 떨어져 버린 병사를 보자 병사들이 지레 겁을 먹기 시작했다.

"위, 위에 올라선 병사가 활에 맞았습니다!"

"마, 말도 안 돼! 저기서 어떻게 여기로 화살을 날린다는 거야!! 불가능하다고!"

"그, 그들이야…… 괴물들을 통솔한다는 사신들! 그들이 여기까지 온 거야! 우린 끝장이야! 끝장이라고!!"

"닥쳐! 끝장나긴 누가 끝장난다고 그래!!"

"역시 소문대로인가……."

병사들의 패닉 상태에 작게 신음을 내뱉으며 눈을 감아버린 장교의 모습에서 부관들은 씁쓸한 무언가를 느껴야만 했다.

"대장님!"

"모두 전투 준비 하도록!"

둥! 둥! 둥! 둥!

크워어어!!!

계속되는 괴물들의 붉소리에 브리오니아이 병사들은 거의 패닉상태에 빠질 정도였다. 화살을 쏜 로우에 이어 시엘이 조용히 허리춤의 검을 빼내어 들었다.

"가자……."

시엘의 말에 로우가 자신들 아래 있는 오크들과 하늘을 뒤덮은 가고일 들을 향해 크게 소리 질렀다.

"전군 돌격!!"

크아아!

수만의 괴물들로 이루어진 땅이 넘실거렸다. 대지는 커다랗게 울렸고 하늘 가득 그들의 괴성이 메아리쳤다. 브리오니아 군사들의 눈에는 그것이 자신들을 죽이러 오는 악마들의 진군으로 보였다.

"녀석들이 온다!!"

"전 부대 전투 준비! 목숨을 걸고 이곳을 사수하자!"

"말도 안 돼! 숫자부터가 무리라고!"

"한 놈이라도 지옥으로 보내 버리겠어!"

브리오니아의 지휘관 역시 크게 소리치며 병사의 사기를

독려하려 했지만 앞서 말했던 마음가짐과 기량까지 그 차이
는 너무나도 컸다.

"전군! 전투 준비 하라! 녀석들이 온다!"

브리오니아의 장교 역시 검을 뽑아 들며 큰 소리로 외쳤다.
협상도 배려도 없다. 오직, 그들은 오직 자신들을 살육하기
위해 달려오고 있을 뿐이다.

"우와아아아!"

이 전투에 앞서 몇 번 있던 계속된 전투에 성벽은 대부분
허물어져 있어 더 이상 큰 도움이 될 수 없었다. 시들시들해
진 사기와 지친 육체, 그중에서도 가장 큰 공포는 사신이라고
불리는 4명의 사내들……. 그자들이 지휘자라는 것이었다.

쿵! 쿵! 쿵!

"젠장, 죽고 싶지 않다고!"

"개새끼들아!"

먼 곳에서부터 울리던 발소리는 점점 더 가까워졌다. 자신
들 또한 이곳에 주둔해 있는 병력이 많을 터인데, 괴물들의
병력은 그 이상 몇 배의 차이로 자신들보다 압도적으로 위에
있었다. 사태가 이러하니 하나둘씩 절망적인 외침들이 병사
들 사이에서 터져 나오는 것은 당연한 것이었다.

"격돌한다! 성문을 단단히 막고! 궁수대 위치로!"

콰앙!

대전차가 성문과 충돌하자 커다란 굉음이 터져 나왔고 군
데군데 이가 빠진 벽들은 위태롭게 흔들렸다.

"쏴라!!"

성벽 위에 수백의 궁수들이 일제히 화살이 쏘아 내렸다.

"궁수대인가? 머리를 쓰긴 하지만……. 상대는 인간이 아니야……."

멀리서 그 모습을 바라보던 필립이 씁쓸한 미소를 담은 채 의미심장한 말을 내뱉었다.

크워어어!!

필립의 말처럼 괴물들은 웬만한 수의 화살이 아니고서는 움직임을 멈추지 않았다. 오크들은 화살을 몸으로 받으면서도 계속해서 사다리를 올려 성벽을 기어오르고 있었고 가고일들은 날아드는 화살들 통째로 물어뜯기까지 했다.

"죽어!"

크워어!!

"성벽을 못 올라오게 만들어! 문을 사수해!"

"한 놈도 올리지 마! 국왕 폐하를 위해서! 으악!"

크와아!!

브리오니아 기사들과 괴물들의 목소리가 한데 뒤엉키다시피 터져 나왔다. 커다란 함성에 묻혀 버리는 비명들… 전투의 시작인 것이다.

"이쪽이 뚫렸다! 어서!"

끼아아!!

"쏴!! 쏘란 말이야!!"

성벽 위의 궁수들은 화살을 쏟아내고 병사들이 커다란 바위를 던져 괴물들이 성벽 위로 올라오는 것을 필사적으로 막아내려 했고 괴물들은 그런 화살을 몸으로 막으며 성벽에 사다리를 걸어 올라서려 했다.

"녀석들이 밀려들어 온다! 죽어도 사수해!!"

"이 개자식들아!"

화살을 쏘아도 쏘아도 꾸역꾸역 몰려드는 오크들과 검을 마주하던 병사가 재촉하듯 다른 이들을 부르기 시작한다.

"야! 그쪽은 포기해! 이쪽이라도 사수하란 말이야!"

푸욱—!!

끄에에!!

성벽 위로 날아들며 위협적인 괴성을 내지르는 가고일의 입 안에 커다란 창을 내 꽂은 병사 또한 고함쳤다.

"덤벼! 내 가족은 너희에게!! 너희에게!! 다 죽여 버리겠어!"

쇳덩이들이 맞부딪치는 소리가 귀를 어지럽힌다. 여기저기에서 터져 나오는 비명들이 가슴을 두드린다.

"내가 나간다……."

조용히 검을 뽑아 든 시엘이 천천히 거센 전투가 일어나고 있는 성을 향해 걸음을 옮겼다. 그런 그를 발견한 브리오니아의 병사들이 놀란 눈으로 그를 가리키며 소리를 질러댔다.

"사, 사신이다! 괴물들의 사, 사신이 이쪽을 향해온다!"

"쏴! 쏴라! 쏴서 죽여 버려!"

파파파파팍—!

　수십, 수백의 화살이 일제히 그를 향해 날아들었지만 시엘은 피할 생각이 없는지 자리에 우두커니 서 있을 뿐이었다. 그의 검 또한 움직이지 않은 채다. 시엘은 아이리스와 엘레니아가 죽은 그날 이후 종종 이런 모습을 보였다. 마치 자신이 뭔가 커다란 잘못을 저지른 사람인 것처럼 언제나 극한의 상황까지 자신을 몰고 가는 행동들…….

　날아드는 수백 개의 화살에도 꿈쩍하지 않는 시엘. 그런 그를 향해 병사들이 욕지거리를 퍼붓기 시작한다.

　"죽어라! 이 악마 같은 자식!"

　"너희는 인간도 아니야!!"

　병사들의 원망을 담은 외침들은 시엘의 귀에도 똑똑히 들려왔다. 그러나 그런 병사들에게 들리지 않을 작은 목소리로 뭔가 말하기 시작했다.

　"그래, 우리는 만들어진 존재… 진정한 자신들의 아버지를 희생시킨… 패륜아다……."

　그것은 어떤 의미였을까? 진정한 자신들의 아버지라니……. 시엘이 그런 말을 내뱉는 동안 화살들은 이미 그의 코앞까지 다다랐다. 검을 뽑아 화살을 막기엔 이미 늦었다.

　"그렇게는 안 될 거다!"

　카강―!

　화살이 그의 눈앞까지 날아들었을 때. 그의 옆으로 달려나온 로우가가 크게 외치며 주변으로 날아드는 화살들을 모조리 주먹으로 튕겨내 버렸다. 화살을 튕겨내는 주먹이라니?!

병사들의 얼굴이 딱딱하게 굳었다.

"괴, 괴물 자식들!"

"뭐, 뭐 하고 있나! 녀석을 막아! 막으란 말이야!"

화살을 막아낸 로우는 화난 표정으로 시엘을 돌아보았다.

"시엘! 이제 걱정 좀 작작 끼쳐!"

"…미안하다."

너무나도 덤덤하게 자신의 행동을 사과하는 시엘의 모습에 되려 머쓱해진 것은 로우였다. 이마를 긁적인 로우가 고개를 돌린다.

"아, 아니. 뭐, 그럴 거까진 없고……. 그냥 후딱 끝내자!"

단숨에 성벽을 향해 도약해 나가는 로우, 그리고 서서히 꺼내 든 검을 머리 위로 치켜드는 시엘의 슬픈 눈동자……. 피로 물든 붉은 대지와 서서히 척척한 적색으로 물들어가는 성벽은 그렇게 어두워지는 하늘의 밤을 맞이하고 있었다.

Chapter 48
도와주십시오

한편, 이러한 전쟁이 일어나는 동안 아이리스가 별관을 떠나고 며칠을 쉬지 않고 걸어 도착한 곳은 숨소리 하나 들리지 않는 조용하고 거대한 산이었다. 그곳은 모든 이들이 가기를 두려워하는 그곳은 바로 침묵의 산.

"……."

그러나 오랜 시간이 걸려 산에 올라선 아이리스가 그토록 만나고 싶어하던 이는 그를 보고선 대뜸 성의없이 한마디 내던질 뿐이었다.

[응? 네 녀석? 여긴 왜 또 기어 올라왔냐? 여기가 너네 집 안방이냐? 누가 보면 여기가 무슨 등산 코스인지 알겠네? 어쭈? 이 새끼 눈 안 깔아? 겨우 기어 올라오더니 죽으러 온 거냐?]

눈부실 정도의 미모를 가진 사내, 하지만 그 누구보다 이 세상의 강력한 힘을 가진 자. 누구나가 두려워하는 존재. 침묵의 산을 대륙의 절대 금기시 되는 장소로 만든 장본인…….

[머리 먹었냐? 왜 왔냐니까?]

자신을 그 지옥의 장소에서 빼내주었던 존재. 구해주어 지금 이곳에 서 있을 수 있도록 만들어준 존재인 화염의 지배자, 아르킨이었다.

"아르킨, 당신을……."

[허쭈? 위대한 존재라고 말 안 해?]

아이리스의 갑작스런 방문에 황당해하면서도 까칠한 반응을 보이는 아르킨, 그런 그의 앞에 아이리스는 조용히 무릎을 꿇었다.

[카카카. 그래, 무릎 꿇으니까 좀 기분이 나아지는구만!]

그러나 아르킨의 눈동자가 살짝 흔들리고 있었다. 아이리스가 자신을 바라보는 눈동자에서 어떤 각오를 느낄 수 있었기 때문이었다. 그것은 두려움에 꿇은 무릎이 아니라 절박한 누군가가 도움을 위해 자신의 모든 것을 바닥에 내던지고 꿇는 그런 무릎이었음을 알았기 때문이다.

이내 말없이 아르킨을 올려다보던 아이리스가 입을 열었다.

"당신을 만나러 왔습니다."

*　　　*　　　*

아이리스의 의중을 눈치 챈 아르킨의 얼굴은 이미 딱딱하게 굳어 있었다. 그가 이어 독기 가득한 어투로 아이리스를 향해 입을 열었다.

[꺼져.]

짧지만 강한 한마디, 그가 내뿜는 살기가 아이리스의 온몸을 바늘로 찌르듯 쑤셔대기 시작한다. 상황이 그러할진대 아이리스는 그곳에서 미동도 하지 않은 채 물끄러미 아르킨을 바라보기만 한다.

"……."

그런 아이리스를 바라보던 아르킨의 눈가에 독기가 서렸다. 그의 몸은 서서히 밝은 빛에 감싸여졌고, 그 빛은 점차 거대해져 그를 본래의 모습으로 돌려놓았다.

압도적인 크기와 위용성, 그리고 누구나가 그 앞에서 고개를 숙일 수밖에 없는 공포를 주는 자신의 본 모습으로 말이다.

[내 말 안 들리냐!!]

콰아아—!!

아르킨의 커다란 고함이 터지자 산 전체가 요동치듯 흔들렸다. 아래 나무숲에서는 한 무리의 새 떼가 놀라 울어 재끼며 하늘 위로 날아올랐고, 불어오던 바람 또한 갑작스럽게 멈춰 버렸다. 그리고 아이리스 또한 그 압도적인 중압감에 한쪽 무릎을 꿇어야만 했다.

"……."

하지만 그럼에도 아이리스는 미동조차 없이 무릎 꿇은 그 자세 그대로 아르킨을 올려다보고 있다. 힘이 필요하다. 자신이 가진 이 힘을 사용할 수 있는 능력이, 그런 것이 필요했다.

[마지막이다. 난 참을성 없거든? 지금도 기적이니까 딱 10초 준다. 10. 9. 5. 2!]

제멋대로 숫자를 세어 내려가는 것을 보니 이미 그는 아이리스를 짓밟아 죽일 생각인 듯싶었다. 아르킨의 입 모양이 마지막 숫자를 내뱉을 때쯤에서야 아이리스는 무겁게 입을 열었다.

"도와주십시오……."

[뭐?]

"저를 왜 살려주셨습니까."

순간, 숫자를 내뱉으려던 아르킨이 말을 거두었다.

쏴아아아―

그와 동시에 거대하게 변했던 그의 모습이 원래대로 돌아왔다. 그는 무릎 꿇고 있는 아이리스를 향해 걸어오더니 작게 속삭이듯 입을 열어.

"그냥, 내 변덕이니까."

"신의 알……. 그 반쪽이 저의 몸속에 녹아 있는 것도 사실입니까?"

아르킨은 그리 말하는 아이리스의 눈빛을 똑바로 응시했다. 이 인간은 위험하다. 이미 삶의 끝을 보고 난 후의 인간의 모습이다. 그런 인간을 오랜만에 만나기도 했지만 이런 그가 살아서 자신의 앞에 있다는 것 또한 놀라웠다.

[이 새끼, 그런 건 너희 인간들에게 물어봐. 내가 무슨 지식 창고야? 이게 좋게 봐주려고 해도 밉상이네? 너 처음 왔을 때 랑 너무 다른 거 아니냐? 완전 똥폼이 가득하구만! 기껏 왼팔도 도로 붙여주니까 속이나 벅벅 긁고.]

" 당신의 도움이 너무나도 필요합니다."

아이리스가 어렵게 입을 열어 말했으나 아르킨은 그저 콧 방귀만 뀔 뿐이었다.

[아서라, 그냥 붙은 팔로 평범하게 살아. 이 대륙이 괴물 천 지가 되든 말든 너랑 나는 아무 걱정 없을 테니까. 그냥 네 맘에 드는 여자 한 명 데리고 살면 되지 뭘 그래. 나는 솔직히 인간이든 너희가 괴물이라고 부르는 녀석들이든 내 땅에만 안 들어오면 노터치! 알아, 노터치라고?]

"그렇다면 이 팔……."

조용히 말을 내뱉은 아이리스는 그대로 자리에서 일어나 검을 뽑아 들었다. 클라제비우츠에게서 받은 아몬의 검이었다. 그리고 그는 한 치의 망설임도 없이 그 검을 자신의 왼 어깨로 향했다.

[그, 근데 이 자식이 어디서 협박질이야? 네깟 놈 팔 하나 자른다고 해서 내가 눈 하나라도 깜빡?! 야, 얌마!!]

"돌려 드리겠습니다."

미처 아르킨이 놀라기도 전에, 무성의한 눈빛의 아이리스

는 자신의 오른팔에 든 칼로 또 다른 자신의 왼쪽 어깨를 깊
숙이 찔러 버렸다.

　푸욱―! 스악―!

　이어 아이리스는 마치 고통을 느끼지 못하는 사람마냥 그
대로 자신의 어깨 아래쪽의 왼팔을 잘라 버렸다.

　털썩― 촤아아아―!!

　반듯하게 잘려 바닥에 떨어진 팔, 잘려진 상처에서 폭포 같
은 피가 무지막지하게 흘러내린다. 하나, 그것도 잠시 그의
왼팔의 상처는 순식간에 아물어 버렸다.

　그의 몸속에 잠재되어 있는 신의 알 때문이었다. 그리고 아
르킨은 땅바닥에 피에 젖은 그의 팔을 잡아들었다. 그리고 그
팔을 잘려진 아이리스의 어깨 위로 옮겨다 붙였다.

　스스슥, 뜨드드득―!

　그러자 놀랍게도 잘려진 아이리스의 팔에 새살이 돋아나
며 어깨와 다시 합쳐지는 것이 아닌가. 그야말로 신의 알을
품고 있는 아이리스는 불사의 몸과 마찬가지가 되어 있었단
말인가? 그래서, 그래서 아르킨이 괴물들이 이 대륙을 차지한
다 하여도 괜찮을 것이라 말한 것일까?

　어느새 처음과 같이 붙어버린 아이리스의 팔에서 아르킨
이 손을 놓았다. 감각이 돌아오진 않았으나 마지막 아르킨의
따스한 온기가 느껴지는 듯하다.

　그의 팔을 붙여준 아르킨이 작은 한숨을 내뱉곤 입을 열었
다. 머리 안을 울리는 중후하고 위압감을 주는 소리가 아닌

자신의 귀를 통해 들려오는 청명한 목소리였다.

"예전, 인간이지만 인간이 아닌 친구 녀석이 하나 있었다. 나 역시 그때는 정체를 숨기고 살아왔지. 그 녀석은 자신 스스로의 목숨을 끊었지. 너처럼 소중한 것을 잃고 복수에 불타 있었고 그 복수를 이루고 나서……. 나는 그 녀석을 말리지 않았다. 가슴이 찢어질 듯 아팠지만 그럴 수 없었지. 그 녀석을 가장 잘 이해할 사람은 그때 이 세상에 나밖에 없었으니까."

아이리스가 바라보는 아르킨의 눈빛이 너무나도 슬프다. 금세라도 눈에서 눈물이 떨어질듯 붉게 물드는 것에 그 역시 놀랄 수밖에 없었다. 친구라니 영원한 삶을 약속받고 무한한 힘을 가진 그들에게 친구라니…….

"그 녀석과 함께한 시간은 정말 너무나도 짧다. 아니, 짧다 못해 어쩌면 내가 낮잠을 자고 일어났을 때 느끼는 짧은 시간의 흐름일 수도 있었다. 그때의 나는 정말 과묵했고 필요한 말 이상은 하지 않았다면 이해할 수 있겠느냐? 그런 내가 변할 정도의 시간이 지났다. 하지만…… 그때, 그 녀석 그리고 나의 사랑하는 가족들과 그 짧았던 기억, 시간은 지금 내가 몇천 년의 세월을 살아가면서 가장 소중한 부분이다."

"……."

아르킨이 조용히 아이리스의 어깨 위로 손을 얹었다. 얹어진 그의 손에 작은 떨림이 느껴진다. 그래, 그런 위대한 그가 떨 정도로 그것은 아픈 기억이었고 소중한 시간이었을 것이다.

"나는 그 마음을 이해한다. 소중한 것을 잃어버리는 아픔을 모든 것에게서 배신당하는 듯한, 찢어질 듯한 고통을. 그래서 묻겠다. 너 역시 복수를 끝내고 나면 스스로 목숨을 버릴 것인가?"

그의 물음에 아이리스는 그저 가만히 고개를 가로저었다. 자신은 살아갈 것이다. 살아서, 살아서 그녀의 몫까지 살고 싶었다. 아이리스의 가로저음에 아르킨 또한 알 듯 모를 듯한 미소를 지었다.

"그래, 알았다. 나는 너를 통해 그때 나의 소중한 친구인 제라늄 폰 그리스텔의 삶을 그려 나아가겠다."

*　　　*　　　*

그리고 아이리스는 자신의 힘을 제어하고 사용할 수 있는 훈련이 시작되었다. 하나, 훈련이 시작된 지 일주일가량 아르킨은 아이리스에게 아무것도 시키지 않았다.

다만 그저 산을 어슬렁거리다 눈에 띄는 꽃들을 꺾어오라든지, 산 정상에 올라서 보라든지 하는 잡다한 일들뿐 아이리스가 생각하는 그런 훈련들은 일절 시키지 않았다. 아이리스가 그것에 대해 궁금해함을 내비치자 아르킨은 가볍게 콧방귀를 뀌며 답했다.

"넌 내가 시키는 일들을 하면서 뭘 느꼈냐?"

“무엇을 느끼다니 말입니까.”

아르킨은 더 이상 아이리스의 머릿속으로 말을 하지 않았다. 그는 함께하기로 한 그 순간부터 자신의 입을 열어 대화에 임해주었다. 그것이 어찌 보면 그가 미천한 인간에게 보여줄 수 있는 최대한의 예의일 것이었다.

“봐봐, 넌 지금도 머릿속에 복수하고 싶어서 안달 난 망아지 새끼처럼 자신을 긴장시키고 스트레스받고 있지?”

“……”

“이런 말이 있어. 강한 것은 부러지지만 유연한 것은 단지 휘어질 뿐이라고. 뼈대다가 부러지는 건 상관없는데 그 피해가 나한테까지 올 거 아냐. 그래서 살짝 긴장 좀 풀라고 이 조용하고 자연 그대로 남아 있는 산을 좀 둘러보라 한 건데… 그런 것도 모르고. 쯧.”

‘알 리가 없잖아…….’

아이리스는 목 언저리까지 새어 나오려던 말을 간신히 참아 삼켰다. 다만 그 뒤로도 계속된 아르킨의 설교에 묵묵히 고개를 끄덕일 뿐이었다. 생각해 보면 설교하거나 무가를 지시하는 아르킨도 분위기가 사뭇 많이 누그러들어 있었다.

혼자가 아닌 두 사람. 아니, 한 위대한 존재와 그에게 도움을 청하러 온 나약한 인간이었지만 누군가와 함께한다는 것이 아르킨의 모습을 조금씩 변화시키는 것일지도 모른다.

결국 아르킨의 말대로 아이리스는 그 뒤로도 아무것 하는 일 없이 그저 산언저리를 돌아다니거나 꽃이나 과일을 따오고 아르킨의 옛날이야기들을 들으며 지냈다.

그렇게 보름이라는 시간이 또 흘렀다. 그리고 결국 아르킨의 입에서 이런 이야기를 듣게 된다.

"지독한 새끼. 내가 만들어낸 치료법인데 너한텐 씨알도 안 먹히는구나. 그래 그렇다면 네가 원하는 대로 내일부터 훈련하자! 훈련해! 내일 돌아올 테니까 오늘은 너 혼자 자, 인마!"

멍해하는 아이리스에게 한껏 분통을 터뜨린 아르킨은 그 말을 남기고 산을 내려가 어디론가 사라져 버렸다. 아르킨 나름대로 아이리스를 배려한 치료법이었겠지만 그런 것에 치유될 정도로 가벼운 상처가 아니다. 아르킨 또한 그것을 알기 때문에 안타까운 것이고 분통을 터뜨리는 것이겠지…….

약속한 다음날이 밝았다.

"그는?"

그리고 그날 아침. 아이리스는 웬일로 벙찐 표정으로 아르킨이 하루사이에 데려온 한 남자를 바라보고 있었다. 아이리스의 멍한 물음에 아르킨이 한껏 우쭐해하는 표정을 지으며 대답했다.

"훗, 내가 불렀다. 너에겐 인간의 검술이 필요할 테니까. 그 성질 더러운 녀석이 저 녀석보단 좀 더 잘 다루는 거 같지만 이 자식이 기척을 감추곤 사라져 버려서 찾기가 귀찮았거든. 그리고 뭐, 생각 외로 기억력 저주에 걸렸던 쟤네 나라 젊은 국왕 녀석이 선뜻 내주기도 했고, 그 녀석 내가 자기 저주를 풀어줘서 감사하다고 말도 하고. 몰랐는데 기특하더구만.
카카!"

이런 아르킨의 옆에 난처한 모습으로 서 있는 사내, 그리고
아이리스와 눈이 마주치자 더욱 어쩔 줄 몰라 하는 사내…….
그는 바로 브리오니아의 제1의 검이라 불리는 클라제비우츠
였다.

상황은 이랬다. 난데없는 아르킨의 등장에 성내는 그야말
로 혼비백산. 가뜩이나 괴물들의 출현으로 민감해져 있는 상
황에 그림자뿐이었지만 그 몸집만으로도 성채만 한 아르킨이
날아들었으니 왕국 모두의 가슴이 얼마나 철렁하였겠는가.

다행히도 공중에서 모습을 바꾼 그는 그의 앞을 막아선 투
철한 직업정신의 경비병들의 저지를 가뿐히(?) 벗어나, 놀라
뛰어나온 조쉬페에게 다짜고짜 클라제비우츠를 내놓을 것을
명하였던 것이다.

'폐하. 황송합니다만, 지금 제가 전선에서 빠져 버린다
면…….'

'괜찮습니다. 모든 것은 전부 이 싸움의 승리를 위한 것,
게다가 클라제비우츠 경 당신의 부하들을 믿어보세요. 생각
외로 그들은 든든한 사람들이랍니다.'

다행히도 에리나에게서 아이리스가 아르킨을 만나러 갔다
는 사정을 이미 들은 바 있는 조쉬페는 아르킨의 이야기에 흔
쾌히 그러하겠노라 수락할 수 있었다…… 라기보단 수락할

수밖에 없던 상태에 좋은 구실이 생긴 것이라 부랴부랴 그를 넘겨주게 된 것이었다.

"오랜만이네요, 클라제비우츠 씨."

"그, 그렇군……."

어찌 담담하게 인사를 건네는 아이리스와 달리 클라제비우츠의 안색이 그리 좋아 보이지만은 않았다. 이곳에 오면서 무슨 일이 있었던 것일까?

"안색이 별로 안 좋아 보이시네요."

"그, 그런가……."

어물쩍 말꼬리를 흐리며 아르킨을 곁눈질하는 클라제비우츠를 보며 아르킨이 크게 웃었다.

"카카카! 그거라면 왜 그런지 내가 말해주지!"

"……??"

뭐가 그리 우스운지 아르킨은 좀처럼 보이지 않던 행동인 배 잡고 웃기까지 동원하며 웃음을 터뜨렸다.

"카카카! 이 녀석 오늘 하루 종일 내 목에 매달려서 날아왔거든. 카카! 대롱대롱 매달려서 살려달라고 소리는 못 지르겠고 안간힘을 써서 매달리긴 해야겠고. 멀미를 하는 건지, 아니면 이 몸의 압도적인 강함에 끌려 그러는 건진 모르지만 이러고 있네? 야, 긴장 풀라니까?"

툭—

아르킨이 클라제비우츠의 어깨를 치자 그가 몸을 똑바로 세우며 경직된 움직임을 보여준다. 그 모습을 보아하니 클라제비우츠가 아르킨에게 꽤나 호되게 당한 듯싶었다.

하나, 아르킨이 몸소(?) 그 야밤에 브리오니아까지 날아가서 데려온 클라제비우츠를 앞에 둔 아이리스의 표정은 그리 밝지 않았다.

"저에겐 검보단 우선 저의 힘을 제어하는 것이 더욱 필요합니다."

딱 부러지는 아이리스의 말에 왠지 부끄러움이 솟아난 클라제비우츠의 얼굴이 작게 달아올랐다. 그리고 또 다른 의미로 붉게 달아오른 얼굴의 아르킨은 사나운 투로 말했다.

"허? 이게 아주 머리 꼭대기까지 올라와서 날 가르치려 드네? 이걸 확 죽일까?"

"……."

그야말로 클라제비우츠는 옆에서 죽을 맛이었다. 상대는 드래곤 감히 자신이 어찌할 수 없는 위대한 존재. 게다가 브리오니아 전군이 있어도 어느 것 하나 장담할 수 없는 그러한 존재에게 이런 무례함을 보이다니. 게다가 들리는 바에 의하면 성격도 뭐 같아서 마음에 들지 않으면 가차없이 죽이고 보는 성격이라 들었는데 말이다.

"……."

"……."

하나, 다행히도 클라제비우츠의 모든 걱정들은 빗나가 버렸다. 사납게 외친 아르킨은 잠시 동안 아이리스를 물끄러미 바라보더니 이내 신경질적으로 머리를 벅벅 긁곤 어린아이가 칭얼거리듯 말했다.

"아아— 또! 또! 또오—! 저 연민 가득한 쓸쓸한 눈빛 공격. 내 진짜 너 같은 자식은 처음 본다."

"……."

참아야 한다……. 괜히 성질내면서 손이라도 잘못 휘둘렀다간 자신은 분명 예전처럼 커다란 후회를 안고 살아갈 것이었으니 말이다.

"잘 들어, 한 번만 말해줄 테니까 앞으로 토달면 진짜 눈까리부터 파버릴 거다."

결국 아르킨은 대답없이 자신을 연민 가득한 눈동자로 바라보는 아이리스를 어찌하지 못하고 크게 심호흡을 두어 번 하며 자신을 가다듬은 뒤 말을 이었다.

"너, 사지가 잘린다 해도 가져다 붙이면 도로 붙지? 저번에 보여줬잖아."

아르킨의 말에 아이리스가 고개를 끄덕였다. 확실히 보았다. 잘려진 자신의 왼팔이 스스로 붙어버리는 것을. 그리고 그것이 신의 알을 품은 자의 힘이라는 것을…….

"……?"

그러나 클라제비우츠는 지금 상황이 아리송하기만 했다. 분명 그는 아이리스에게 말을 건네고 있었지만 대화의 내용은 전혀 이해할 수 없는 것이었다. 사지가 잘려도 도로 붙는다? 게다가 그런 것을 저번에 보여줬다? 아이리스가 신의 알을 품어 커다란 힘을 가지고 있다는 것은 에리나의 이야기를 간접적으로나마 들어서 알고 있지만 사지가 잘려도 붙는다면 그야말로 불사신이 아니었던가.

클라제비우츠가 계속해서 골똘히 생각에 잠기려는 찰나, 자신을 가리키는 아르킨의 손짓에 그는 생각을 멈추고 급히 긴장된 표정을 지어야 했다. 클라제비우츠에게 아르킨의 뻗어져 있는 손가락은 세상의 그 어떤 검보다 날카로운 예기를 내뿜는 모습일 것이다.

"자, 생각해 보자, 네가 검술을 모른다. 그리고 검을 오질 나게 잘 쓰는 애가 있어."

아르킨의 이야기에 아이리스는 곧장 한 사람을 떠올렸다. 시엘, 마지막까지 자신에게 말 못한 복잡한 눈빛을 보내던 그의 모습을……. 자신에게 검을 쥐어준 마지막 모습까지도…….

뿌드득―

그 상황이 떠오르자 아이리스는 자신도 모르게 이를 강하게 갈았다. 하나, 아이리스가 옛 생각에 이를 갈든 말든 아르킨은 자신의 이야기를 계속해 나가고 있었다.

"걔가 어찌어찌해서 네 앞에 왔다고 치자. 뭐, 동료를 방패로 삼던 네가 무능력해서 그랬건 간에 말이야. 너는 그 녀석의 검을 막을 수 있나?"

막을 수 있냐는 말에 아이리스는 곧바로 고개를 가로저었다. 시엘의 검을 자신이 막으라면 무리였다. 절대적으로 무리다. 웬만한 실력으론 일반기사들의 검도 막아낼 수 없다. 게

다가 시엘은 그 아몬과의 싸움에도 팽팽했던 사람이다. 자신이 그런 그의 검을 막아낼 리가 없었다.

그 순간, 아이리스의 뒤통수를 강하게 치는 한 가설이 떠올랐다. 그렇다. 어째서 아르킨이 클라제비우츠를 데려왔는지, 어째서 자신에게 검을 가르치려 하는 것인지 말이다.

"물론 베이는 거 정도면 모르겠는데, 너 사지가 잘리면 어쩔래? 팔이나 다리, 심지어는 목이라도 붙어 있어야지 가져다 붙일 거 아냐. 뭐 하기도 전에 순식간에 다 잘리면 어쩔래? 적어도 너희 인간은 마법을 위해 주문 단계를 거쳐야 하는데, 그 시간은 벌어야 할 거 아냐?"

"……."

"이 몸이 다 생각이 있어서 부른 거니까 걱정 마."

그렇다. 공격을 위한 검이 아니라 방어를 위한 검. 그것을 가르치기 위해 아르킨은 클라제비우츠를 데려온 것이었다. 하지만 왜 굳이…….

짝―

때마침 뭔가 다른 이야기가 생각난 듯 아르킨이 손뼉을 마주치며 입을 열었다.

"아, 하나 더! 노파심에서 하는 얘긴데 말이지, 내가 검을 가르치면 될 걸 어쩔 걸 하는 생각하지 마라. 너랑 달라서 난 엔간한 너희가 휘두르는 검은 씨알도 안 먹히고 검을 사용할 때도 있지만 그건 어디까지나 장난 식이다. 너한텐 도움이 안 돼. 나랑 너랑 비교하지 마라. 신의 알의 힘을 지니고 있다고 해서 나랑 대등하다 어쩐다 생각하지 말라 이거지. 너랑 근본부터가 다른 존재이시니까."

굳이 그랬던 이유가 있었다. 하나, 그러다 보면 또 다른 의문이 생겨 버린다. 이것은 아이리스가 이곳에 그를 만나기 위해 산을 오르면서도 한 생각이었고 의문점이기도 했던 것이다.

그는 절대적인 존재. 그리고 마음만 먹으면 이 대륙을 거의 불바다로 만들 수 있는 힘을 가진 그러한 존재다. 한데 어째서 그런 그는 이 전쟁에…….

짝—!

이번에도 타이밍 좋게 아르킨의 손뼉 마주치는 소리가 들렸다.

"아, 말하다 보니까 또 하나 생각나네! 오늘 특별히 하나다. 내가 이리 짱 센데 왜 앞으로 나서지 않냐는 생각 하지도 마라. 말 그대로 난 너를 도와주는 거지 내가 전선에 나설 생각은 쥐꼬리만큼도 없으니까. 그리고 인간들은 한번 뭐 좀 해 주면 바라는 게 많아지거든? 결국 날 귀찮게 하고. 내 손에 다씨가 마를걸? 물론 지금 반쪽을 가진 녀석이 날 방해한다면 얘기는 달라지겠지만. 봐라, 지금 네가 여기 있는 걸 알 텐데 아무 반응이 없지? 괜히 나 건드렸다간 좋을 게 없다는 걸 재도 알고 나도 아니까 그런 거야. 이상 끝. 이제 훈련 시작!"

"……."

아르킨은 곧바로 돌아서서 자신의 둥지로 돌아갔고, 그사

이 아이리스의 곁으로 다가온 클라제비우츠가 넌지시 말을
건넸다.

"한마디도 반박할 곳이 없군."

아이리스 역시 동조하듯 고개를 끄덕였다. 그렇다, 아르킨
의 말투는 분명 거칠었으나 틀린 곳이 한군데도 없는 정설이
었던 것이다. 거칠지만 그는 아이리스를 강하게 만들기 위해,
그리고 그 힘을 사용할 수 있도록 차근차근 그리고 확실히 도
와주고 있는 것이다.

"어찌 되었든… 영원불멸의 존재니까 말이죠."

[다 들린다.]

꼭 이럴 때만 권위가 가득 담긴 근엄한 목소리가 머릿속에
흘러들어 온다. 그리고 클라제비우츠는 반사적으로 흠칫 놀
라며 자세를 곱잡는다.

Chapter 49
그대, 세상에 나설 것을 다짐하다

시간은 기다려 주지 않는다. 그대가 무엇을 하든 어떠한 일을 하든 그 세월은 기다려 주지 않는다. 그렇기 때문에 이미 지나간 세월을 따라잡기란 여간 힘든 것이 아니다. 무엇인가를 희생하지 않으면 그만큼의 대가를 취하지 못하는 것처럼. 이미 늦게 시작한 것은 앞서나가는 무엇인가를 따라잡기 위해서 몇 배의 노력을 필요로 하기 때문이었다.

"음, 우선 검술의 기본을 시작하기 전에 가장 먼저 필요한 것부터 시작하도록 하지."

"예."

클라제비우츠는 도착한 당일 멀미 증세와 꽤나 지친 심신 덕분에 하루를 휴식으로 보내야 했다. 훈련은 그 다음날부터 본격적으로 시작되었다.

"우선은 체력과 근력, 그리고 유연성과 민첩성. 이 4가지가 기본 중에 기본으로 깔려 있어야 한다."

"예."

"말은 잘하고 있지만, 솔직히 말해서 자네는 근력이나 체력이랑은 거리가 멀다고 생각한다."

"인정합니다."

순순히 인정하는 모습에 클라제비우츠는 그의 의지를 엿볼 수 있었다. 그것은 바로 바닥부터 시작하겠다는 굳은 결의였다.

"자신의 모자람을 인정하는 것이 첫 번째. 그것만은 합격점이군. 우선, 체력을 기르고 검을 휘두르는 데 있어 필요한 근력을 짧은 시간 내에 해결할 수 있는 방법은 단 하나뿐이나. 고로, 기초라고 불리는 내려치기부터 시작하지. 방법은 간단하니 한 번만 말하겠다. 머리 위로 검을 들어 올려 힘껏 내려친다. 단, 검은 가슴 부근에서 절도있게 멈출 것."

"예."

아이리스의 손에 쥐어져 있는 검은 별관에서 아몬에게 건네받은 그의 검이었다. 그 검은 보통의 검보다 예리했으나 그 중량이 두 배나 무겁기에 클라제비우츠로선 좀 더 가벼운 것을 들길 원했으나 끝내 아이리스의 고집을 꺾진 못했다.

"우선 천 개를 목표로 잡도록 하자."

"만 개로 하겠습니다."

들려온 대답에 클라제비우츠가 놀라 눈을 크게 떴다. 때마침 어슬렁거리며 밖으로 나온 아르킨이 그의 놀라는 반응에 궁금한 표정을 지었다.

"왜 놀래? 만 개가 많은 거냐?"

"…예, 상당히 많은 횟수입니다. 초보자로서는 도저히 무리인 숫자입니다. 게다가 하루 안에는 더더욱 할 수 없는 숫자이기도 합니다……."

말꼬리를 흐리는 그를 바라보던 아르킨이 고개를 갸웃거린다. 그는 만 번이라는 숫자에 대한 개념이 잘 서지 않는 듯했다.

"그래? 네가 지금 저거 하면 몇 개까지 가능한데?"

"예전에 손을 뗀지라 잘은 모르지만 한 이만 개 정도 하지 않을까 싶습니다."

클라제비우츠의 슬며시 지어진 미소를 바라보던 아르킨. 그는 이어 뾰로통한 어투로 그의 대답에 응수하듯 입을 연다.

"흐응― 그래? 그럼 한 만 이천 개 정도 하겠네."

"……."

하나, 클라제비우츠는 아르킨의 말에 아무런 반박도 하지 못했다. 이유를 꼽으라면 수십 개가 있겠지만 반은 사실이었고 반은… 두려웠기 때문이겠지.

"100!"

어느새 백이라는 숫자를 훌쩍 넘겨 버린 아이리스의 내려치기를 지켜보는 두 사람의 대화는 끊어질 듯 말 듯 계속해서 이어지고 있었다.

"9,600!"

시간이 계속 지날수록 클라제비우츠의 얼굴이 딱딱하게 굳어갔다. 날은 이미 저물어 어둑한 밤이 되었고 그사이 아르킨은 둥지에 들어가 인간의 몸으로서의 낮잠을 즐기고 나온 상태였다.

"9,800!"

크게 터져 나온 횟수에 그는 자신도 모르게 입을 반쯤 벌려 버렸다. 놀랍다. 놀랍다 못해 경이롭기까지 하다.

"…지독하군요, 아이리스에게 달라붙은 복수의 원혼은."

"상상을 초월하지? 얼마나 지독하면 내 앞에서도 눈 하나 깜빡 안 하고 도와달라고 빌러 오겠냐."

뭐가 그리 즐거운지 킥킥거리며 웃어 재낀 아르킨이 온몸을 땀으로 적신 아이리스를 물끄러미 바라본다.

"그나저나 기대되지 않냐?"

그 말에 클라제비우츠 또한 작게 고개를 끄덕였다.

"예, 그가 얼마나 대단해질지 벌써부터 기대가 됩니다. …아니, 솔직히 두렵습니다. 인간이 아닌 자를 가르치는 것 같아서."

"이미 인간이라고 부르기엔 너무 달라졌지. 저 녀석이 계속 인간으로 남을 수 있는 건 단 하나의 일념 때문이니까."

"……"

"10,000!"

　결국 그날 아이리스는 손바닥이 만신창이가 되어서까지 약속했던 만 개를 채웠다. 그리고 그의 몸속에 녹아 있는 신의 알의 힘은 그의 상처를 흉터 하나 없이 깨끗하게 치유해 버렸다. 시작은 그렇게 처음부터 말도 안 되는 방향과 가능성을 제시하며 그 첫걸음을 뗐다.

　그리고 그로부터 근 1년…….
　시간은 눈 깜박할 새에 지나 벌써 약속했던 1년이라는 세월이 바로 코앞까지 다가오기에 이르렀다. 이미 대륙의 절반 정도는 론드의 손에 넘어간 상태였고, 하루하루 인간들은 이제 이기기 위한 전쟁이 아닌, 살아남기 위한 전쟁을 치러야 할 판국에 이른 상태다.
　클라제비우츠는 가끔 이곳으로 날아오는 서신들로 대륙의 정세와 브리오니아의 현 상황을 전해 들었다. 그때마다 자신이 뛰쳐나가 싸우고 싶은 맘이 한가득 들었지만 그는 그러할 수 없었다. 그리고 그러하지 않았다.
　"하앗!"
　카앙—!
　클라제비우츠가 강하게 휘두른 검을 아이리스가 간단하게 쳐내 버렸다.
　"아직 멀었어!!"
　카앙! 캉! 캉! 캉!
　계속되는 바람처럼 빠른 클라제비우츠의 공격. 예전의 아이리스라면 날카로운 클라제비우츠의 검을 받아내긴커녕 단한 번의 공격에 목이 날아갈 정도였다. 하지만 놀랍게도 아이리스는 그 짧은 1년이라는 시간 동안 그의 공격들을 묵묵히막아낼 만큼 강해져 있었다.

휘익!

재빨리 몸을 뒤로 뺀 클라제비우츠는 숨이 살짝 차오른 상태다. 반면 아이리스는 호흡의 흐트러짐도 없이 검을 든 자세그대로 클라제비우츠를 바라볼 뿐이다.

"놀랍다. 정말 진심으로 놀라워……. 검뿐만이 아닌 마법에 대한 것까지 배우길 1년……. 그 짧은 시간 안에… 이미너는……."

거기까지 이야기를 꺼냈던 클라제비우츠는 돌연 입을 다물곤 숨을 크게 들이마시며 자세를 가다듬었다. 이어 자신의가슴 위로 검을 치켜든다.

"이것이 내가 지금 최대한으로 보여줄 수 있는 공격이다.받아봐라."

"……."

우우웅.

클라제비우츠의 검이 작은 빛무리에 휩싸였다. 작은 떨림과 검의 주변을 감싸고 있는 약간 빛줄기는 분명 소드마스터의 기술이었다.

"하아앗!"

카가강!

기합을 내지르며 뛰어오른 클라제비우츠의 검과 아이리스의 검이 격돌하며 날카로운 쇠소리를 내지른다.

"윽!"

카앙! 캉! 캉! 캉!

엄청난 빠르기. 검의 위력은 더해졌고 클라제비우츠의 공격은 배 이상 빨라졌다. 하지만 놀라운 것은 그것이 아니다. 바로 아이리스의 검 역시 은은한 빛무리에 감싸여져 있다는 것이었고, 그 검이 계속해서 날아드는 클라제비우츠의 공격을 막아내고 있다는 사실이었다.

"……."

카앙!

돌연 빠르게 검을 내려치던 클라제비우츠의 검이 화염에 휩싸인 아이리스의 검에 의해 하늘로 튕겨 버렸다. 순간적으로 뜨거운 열기가 클라제비우츠의 온몸을 훑고 지나간다.

'이건 위험하다.'

그는 급히 몸을 뒤로 빼려고 했지만 두 다리가 빠르게 움직이지 않았다. 설마 공포로 얼어붙은 것인가?

"이 마지막 시험, 전력을 다하겠습니다."

이어 낮은 아이리스의 목소리가 들렸고 그의 공격이 곧바로 물 흐르듯 이어졌다.

카카캉! 캉!

눈과 몸이 반응하기도 전에 움직이는 아이리스의 빠른 공격은 클라제비우츠가 들고 있는 검에 집중되기 시작했다. 자신이 공격을 막아내는 것이 아니라 아이리스가 공격을 막아내게끔 휘두르는 것을 클라제비우츠는 느낄 수 있었다. 결국 계속되는 성난 아이리스의 공격에 검을 잡은 손아귀가 찢어졌다.

'이런 말도 안 되는 위력이…….'

다시 한 번 아이리스의 검이 성난 파도처럼 치켜 올라갔고, 그대로 클라제비우츠의 검을 내려쳤다.

카앙!

결국 조금씩 금이 가던 클라제비우츠의 검은 허무하게 두 동강 나 바닥 아래로 떨어져 내렸다.

"하아, 하아……."

승부는 났다. 인정할 수밖에 없는 완패였다. 아이리스는 저런 격한 공격을 하고 나서도 숨 한 번 흐뜨리지 않고 있었다. 반면 클라제비우츠는 창피한 일이었지만 아이리스의 마지막 공격을 읽어낼 수 없었다. 그가 검을 노린 공격을 했기에 망정이지, 그러지 않았다면 자신의 목숨은 몇 개가 있어도 모자랄 판국이었다.

게다가 아이리스의 검이 불길에 휩싸였을 때부터 굳어버린 두 다리로는 단 한 발자국도 움직일 수 없었던 것이다. 그의 검이 어디서 날아오는지, 몇 번 휘둘렀는지 그저 멍하니 서 있는 채로 자신의 검이 부러지는 것을 보고 있을 수밖에 없었다.

브리오니아의 제1의 검. 대륙의 누구라도 한번쯤을 들어왔을 기사의 상징적인 인물 중에 하나라는 바로 자신 클라제비우츠가 검을 배운 지 단 1년밖에 되지 않는 이에게 너무나도 허무하게 패하고 만 것이었다.

"하아… 하아…….."

거친 숨을 내뱉는 클라제비우츠의 손아귀로 핏방울이 떨어지고 있었다. 이것이 정녕 인간의 힘이란 말인가? 도저히 이길 수 있다는 생각이 들지 않는다. 천재라는 칭호를 가지고 있던 자신 역시 아이리스를 훈련시키면서 동시에 자신을 단련함에 있어 게을리 하지 않았음은 자기 자신이 더욱 잘 알고 있었다.

"아이리스…….."

"예."

스르릉—

묵묵히 자신의 검을 소드 벨트 안에 집어넣는 아이리스를 향해 클라제비우츠는 엄지손가락을 들어 보였다.

"너는 최고다. 더 이상 내가 너에게 가르칠 것이 없어."

"고맙습니다, 클라제비우츠 씨."

그래, 그라면 이 전쟁을 끝내줄 수 있을 것이다. 이 악몽 같은 현실을 뒤바꿀 힘을 가진 인간…….. 자신이 좀 더 뛰어났다면 하는 아쉬움이 남긴 했지만 지금 이 상태의 아이리스를 꺾을 수 있는 자가 이 세상에 존재하긴 할는지 그것부터 의심이 간다.

그가 배운 것은 단순히 검술뿐이 아니니까. 아니, 오히려 검술은 자신을 보호하기 위한 수단으로 배운 두 번째 훈련에 불과하니 말이다.

"흐음, 나 역시 네놈한테 더 이상 가르쳐 줄 게 없어. 여기서 뭔가 해내지 못한다면 네 자신이 멍청하기 때문이니까, 알아서 해라."

아르킨 역시 아이리스에게 자신의 모든 것을 가르쳤다고 으름장을 늘어놓았다. 그는 그야말로 스펀지였다. 하나를 가르치면 10을 배우는 그런 것이 아니다. 하지만 하나를 가르치면 그 하나를 하루도 되지 않아 완벽하게 소화해 낸다. 마력은 무제한 마르지 않는 샘물처럼 계속해서 나온다. 게다가 그 양은 바다만큼 넓어 끝을 알 수 없다. 그 역시 드래곤이지만 순간적인 마나의 양을 따지자면 자신과 비등할 정도로 아이리스의 잠재력은 대단한 것이었다.

[아, 그리고 이제 나 배웠으년 지긋지긋한 너희늘과의 1년을 끝내야 하니까 후딱 내려가지?]

마지막은 늘 그렇듯 아르킨은 근엄하고 도도한 머리 울림으로 끝을 맺었다. 그 내용은 참으로 유치하고 자신의 마음을 숨기는 데 서투른 감이 느껴지긴 했지만 말이다.

Chapter 50
무대 위, 올라서는 주인공

"**살**려줘!"

"사신이 그쪽으로 간다!"

그것은 파란 하늘과 핏빛 대지, 귓가를 가득 채운 비명 소리를 동반한 눈앞을 어지럽히는 수많은 병사들 사이에서 시엘이 그들의 목숨을 빼앗고 있을 때 일어났다.

카가강! 스악!

"크악!"

"허억!"

시엘의 검이 춤을 추듯 움직이면 사방에 수많은 핏물이 흘렀다. 이 정도로 병사들이 베어버리면 웬만해선 지레 먼저 겁을 먹고 자신에게 다가오지 않는데 이번 전투는 워낙에 대군

끼리의 전투이다 보니 그 줄이 끊이지 않았다.

"우아아아!"

우우웅—!

"모, 모두 피해!!"

"늦어!"

시엘의 검이 작게 울린다. 그리고 곧이어 날카로운 예기가 병사들 한가운데를 휩쓸듯 지나쳤다. 그가 검을 휘두르면 어김없이 병사들의 사지가 종이 자락처럼 잘려져 나간다.

그럴 때면 눈앞이 휑하게 뚫려 버리는 느낌이다. 하지만 그것도 잠시, 벌 떼처럼 몰려든 또 다른 병사들이 시엘을 향해 창과 검을 뻗어왔다.

스악—

하지만 그것들 역시 전부 몸에 닿기도 전에 잘려 바닥으로 떨어져 내렸고 동시에 창과 검을 내질렀던 병사들의 목 또한 바닥으로 떨어뜨려졌다.

얼마나 많은 이들을 죽여왔을까? 눈앞에 보이는 적이라면 주저없이 검을 휘두르던 그의 주변은 온통 비명 소리만이 남아 있었다.

"죽어! 이 악마야!"

스악

또 한 명, 내려치려던 칼과 함께 얼굴이 잘려 나간 병사가 목숨을 다했다. 그를 둘러싸고 있던 수백, 수천의 군사들은 죽어 널브러졌고 그들이 만들어낸 피의 대지는 코끝을 마비

시킬 정도의 비린내를 뿜어냈다.

드드드―!

크와아악―!

오크들의 비명과 가고일들의 울음소리에 이미 이곳은 아수라장이다. 인간들은 점점 진화하고 새로운 무기로 가고일들을 하늘에서 꿰어 죽였으며, 오크들에겐 거대하고 강력한 칼날 전차를 이용해 상대하고 있었다.

언제까지 죽여야 하는가. 무엇을 위해 자신들은 이 행위를 저지르고 있는 것인가…….

"……!!"

가까스로 시엘에게 창을 뻗을 수 있었던 병사. 하나, 시엘의 몸은 사고를 뛰어넘을 정도로 빨랐다.

스악―

그의 검은 어김없이 검은 갑옷 병사의 몸을 베어나갔다. 잘려 버린 병사의 검은 투구는 힘없이 바닥으로 떨어져 내렸다. 몇 명을 죽였는지 기억조차 나지 않는다. 이젠 달려드는 것이 인간이라는 생각조차 들지 않는다.

"아이리스… 너는 지금 어디에 있는 것이냐……. 나는, 나는 이런 나를 이제 멈춰주길……. 제발 막아주길 간절히 원하고 있다."

*　　　*　　　*

어두운 조명 그리고 그곳에서 문가를 유심히 바라보며 손을 치켜드는 수많은 사람들. 유독 밝은 조명들이 집중되어 있는 무대 위와 고급스러운 탁자 위에 놓인 알 수 없는 물품들. 무대 위에서 뭐라 고래고래 소리치는 남자의 말은 너무 빠르다 못해 시장통의 장사치를 생각나게 하는 그것이었다.

"5만!! 5만 골드 나왔습니다! 더 이상 없으십니까? 5만! 예, 저쪽 6만 나왔습니다! 6만 골드입니다! 더 없으십니까? 6만! 6만에 낙찰되었습니다!"

땡땡땡—

요란한 종소리가 장안을 울린다. 곧이어 탁자 위에 올려져 있던 경매품은 아리따운 아가씨의 손에 이끌려 6만 골드를 부른 자의 손에 쥐어진다. 축하의 박수가 쏟아지고 물품을 얻은 당사자는 기쁨에 미소 짓는다.

이곳은 전쟁통으로 인해 값비싸거나 골동품, 때로는 노예 문서와 귀족들의 작위서 같은 귀한 물건이자 정상적인 방식으로는 얻을 수 없는 것들을 구할 수 있는 곳. 일종의 암시장이었다. 그리고 그 희귀한 물품들을 구할 수 있는 방법은 단 하나.

경매뿐이었다.

"어서 다음 물품! 그걸 기다렸다고!"

"이걸 위해 다른 건 사지도 않았어!"

웅성거리던 경매장은 조금씩 소란스러워지더니 이내 떠나갈 듯 시끄러워지기 시작한다.

"드디어 나오는구나!"

사람들의 열렬한 환호와 호기심 속에 안내인은 흡족한 미소를 지었다. 그리고 작고 붉은 천에 감싸진 물건이 탁자 위에 오른다.

"자―! 다음은 정말! 정말! 정말! 정말로! 보기 힘든! 이야기로만 전해 듣던 그 물품입니다! 이번 전쟁통에 어떻게 입수되었는지 모르지만, 예전 아득한 시절에 이 대륙에 살았다는 종족의 눈! 다크엘프의 붉은 눈 한 쌍입니다!"

곧이어 붉은 천이 걷어지고 그 안에 작은 유리관이 나타났다.

"오오오!!"

"저, 저것이 바로 그 전설의!"

아마도 부패를 막고 보관을 위해 넣어졌을 액체 안에 떠 있는 두 개의 보석 같은 눈동자. 붉다는 말로는 표현이 안 되는 반짝임과 선명함.

마치 하나의 예술 작품을 보는 듯한 착각을 일으키는 그것은 이미 살아 있는 한 생명에게서 나온 눈동자라는 것을 망각할 정도였다.

"자, 그럼 경매가는 10만! 10만 골드부터 1만 단위로 시작되겠습니다. 많은 입찰 부탁드리며, 절대 모조품이 아니라는 것을 다시 한 번 말씀드립니다!"

"10만!"

안내자의 말이 끝나기 무섭게 구석의 한 사내가 손을 번쩍 들어 올렸다. 그리고 그것을 기점으로 꼬리에 꼬리를 물 듯 커다란 외침들이 여기저기서 쏟아져 나오기 시작했다.

"12만!"

"22만 부르겠어!"

"30만!! 더 이상은 못 내!"

그 어느 물품보다 뜨거운 접전이다. 어째서 눈동자 하나 때문에 이리 혈안들이 되어 있는 것일까? 한간에 떠도는 불사를 준다는 풍문들 때문이었는지 그 열기는 정말 대단하다.

"50만! 50만에 내가 사도록 하지!"

눈을 가져다 대는 것만으로도 이식이 가능. 밤에도 낮처럼 볼 수 있다는 것에 대한 희귀한 궁금증. 신체적인 능력을 올려준다는 소리가 나온 것도 그쯤에서였다. 게다가 고대 종족이 존재하였음을 입증해 주는 결정적인 역사적 자료까지.

"100만! 여기 100만이다!"

그 가치는 상상조차 할 수 없을 정도였다. 게다가 이곳에 모인 사람들은 하나같이 넘쳐 나는 돈을 가지고 있는 부자들이 아닌가.

"자, 자자! 여러분들 진정해 주시기 바랍니다. 이제 입찰 단위를 1만에서 50만씩 올리기로 하겠습니다. 그러니 계속해서 입찰을 희망하시는 분들은 앞으로 나서주시기 바랍니다."

안내자의 말에 대략 십여 명의 사람들이 한 발짝 앞으로 나섰다. 유난히 번들거리는 얼굴의 사내부터 날카롭고 까다로운 눈매를 가진 중년의 여인까지. 경매는 이어 앞으로 나선 십여 명만을 가지고 시작되었다.

"150만 가도록 하지."

"200만!"

"350만!"

"4⋯ 400만!"

돈의 단위가 올라갈수록 처음의 불꽃 튀는 접전이나 의기
양양함은 많이 수그러들었다. 슬슬 서로의 눈치를 보며 간신
히 50만의 경매가를 맞추고 있지만 그것도 잠시뿐. 가격은
600만에서 더 이상 올라갈 기미를 보이지 않았다.

"600만 나왔습니다. 더 이상 안 계십니까? 600만! 카운트에
들어가겠습니다. 5, 4, 3!!"

"6⋯ 650만!"

"7, 7⋯ 700만!"

꽤나 고심을 한 끝에 비대한 몸을 이끌고 나선 부자 한 명
이 손을 들었다. 미세한 떨림이 있는 것을 보니 상당히 무리
를 하고 있다는 것을 알 수 있었다.

"700만이라니! 이, 이거 정말 내긴 낼 수 있는 돈인 거야?"

"당신! 유찰시키려고 거짓말하는 건 아니겠지?!"

장내가 700만이라는 소리에 잠시 웅성거린다. 700만 골드
라 하면 정말 엄청난 돈이었다. 평범한 시민이 평생을 일한다
고 해도 1백 골드도 벌기 힘든 것을 감안한다면 그 돈의 단위
는 이미 상식을 초월한 것이라는 걸 알 수 있었다.

"700만 카운트 들어갑니다! 5, 4, 3, 2⋯⋯."

장내는 안내자의 카운터에 맞춰 순식간에 침묵을 맞이했

다. 안내자의 손이 서서히 700만을 부른 입찰자에게 향해지고 1이라는 숫자를 내뱉는 순간.

"1……."

"…천만."

조용한 목소리였다. 하지만 모두의 이목을 한순간에 집중시킬 정도로 충격적인 발언이기도 했다. 모두의 시선이 천만이라는 단위를 부른 구석의 한 사내에게 몰렸다.

"처, 천만?!"

"자, 잘못 들은 거 아니겠지?"

사내의 얼굴은 깊게 씌어진 로브에 의해 가려져 있었다. 다만 로브 사이로 삐져나온 은발의 머리카락만 확인할 수 있었을 뿐.

"루, 룰 위반이다! 저 남자는 중간에 이뤄진 경매 의사에 참여를 하지 않았어!"

순간, 700백만을 불렀던 한 명이 당황한 듯 말을 더듬는다. 천만이라니……. 700만도 엄청나게 무리한 것인데 천만을 저렇게 아무렇지 않게 내뱉는 상대를 이기기 위해선 자신은 거의 파산에 가까운 모험을 강행해야 했기 때문이었다.

안내자 또한 룰이 룰인지라 꽤 고민을 거듭하는 눈치였다. 하지만 그 고민은 오래가지 못했다.

"이천만. 차용증서 같은 건 필요하지 않다. 지금 당장 내놓도록 하지."

"이, 이천만!?"

그리고 더불어 의견을 내놓았던 부자들 또한 압도적인 사내의 가격 책정에 입을 꾹 다물어 버렸다. 안내자 또한 상상도 못할 가격에 잠시 넋을 잃고 있다가 부랴부랴 말을 이어 내려갔다.

"이, 이천만 나, 나왔습니다. 더, 더 이상은 없으신지요?!"

앞에 나선 모두가 안내자의 시선을 회피한다. 그리고 안내자의 카운트는 한 치의 망설임도, 주저함도 없이 세어져 내려갔다.

"2, 1! 이천만!! 저기 계신 귀빈이 제시하신 이천만 골드에! 다크엘프의 보석 같은 붉은 눈 한 쌍이 낙찰되었습니다!"

땡땡땡땡—

경매장의 종소리는 그 어느 때보다 길고 격렬하게 울렸다.

"마, 말도 안 돼! 이천만이라니……. 그 정도 돈이라면 큰 영지 하나를 통째로 사고도 남을 돈이잖아."

"대, 대체 저자는 누구야?"

"어느 나라의 귀족인가?"

경악하는 사람들 사이를 비집고 사내는 붉은 눈이 놓여져 있는 무대 위로 올라섰다. 아무도 그를 막아내지 못하였다. 상냥한 미소를 건네며 낙찰된 물건을 사내에게 넘겨주던 아가씨는 물건을 넘기는 순간 슬쩍 후드 안에 가려진 사내의 얼굴을 훔쳐보았다.

"아……."

물건을 건넨 아가씨의 양 볼이 붉게 물들었다. 사내의 아름다운 모습에 그만 넋을 잃어버린 것이다. 은발의 머리와 보면 빨려들 것 같은 황금색의 눈동자. 물건을 건네받은 그는 안내에 따라 대금을 지불하기 위해 뒤편 계산대로 이동한다. 사내가 사라지자 조용하던 경매장이 폭탄을 얻어맞은 것처럼 술렁이기 시작한다.

"귀족이라고 해도 저럴 수는 없어! 차원이 다른 돈의 단위라고!"

"이런 역사적인 순간에 내가 있었다니 정말 난 행운아다."

"이천만 골드라니……. 나도 꽤 돈을 만졌다고 생각했는데 우물 안의 개구리였군."

사내는 무사히 낙찰받은 눈의 대금을 지급했다. 그것도 어찌 보면 값을 따질 수 없는 새로운 경매 물품을 내놓은 것이었다. 하나하나가 예술 작품 같은 수백 개의 보석들을 내려놓음으로써 말이다.

이제 한동안 사내가 지불한 보석들 덕분에 경매장은 호황을 누릴 것이었다. 이날의 경매는 역사에 남을 만큼 충격적이었으며 이곳이 사라지는 그 순간까지도 절대 깨지지 않는 금액의 단위를 새겨놓았다.

*　　　*　　　*

도시에서 가장 고급 숙박 시설을 갖춘 곳. 최상층에 마련돼 있는 스위트룸 안에서는 사내의 신음 소리가 새어 나오고 있었다.

"아으윽······."

왼쪽 눈이 불에 달군 쇳덩이를 댄 것처럼 화끈거리고 아파 온다. 이어 아무것도 보이지 않는 깜깜한 어둠이 눈을 지배한다. 까무러칠 정도의 아픔이 지나고 어두웠던 왼쪽 눈에 서서히 밝은 빛이 스며들기 시작했다.

"······."

바닥은 붉은 핏물이 떨어져 내려 있었다. 놀랍게도 사내의 손에는 자신의 왼쪽 황금색 눈동자가 들려 있었다.

"이제······."

작지만 또렷한 목소리. 무엇인가 결심을 했을 법한 단호한 어투와 함께 사내는 고개를 숙여 눈앞의 욕조를 바라보았다. 찰랑거리는 물살에 비춰지는 자신의 얼굴······.

"이제 됐어······."

그의 왼쪽 눈에는 아름다운 보석 같은 붉은색 눈이 자리 잡고 있었다. 황금의 오른쪽과 붉은 왼쪽의 각기 다른 눈. 일반 사람이라면 이런 엽기적인 행위를 하지 않았겠지만 사내에게는 가능했다. 팔이 잘려도 가져다 붙이면 금세 붙어버리니까. 까무러칠 고통만 참아내면 자신은 죽지 않는 불사의 몸을 가지게 되었으니 말이다.

"글라디스······. 네가 찾던 것··· 늦었지만 내가 찾았어······."

사내의 슬픈 중얼거림······. 그의 왼쪽 눈에서 한줄기 눈물이 흘러내린다. 힘을 가진 자신은 이제 그 힘을 사용할 수 있는 능력을 갖췄다. 그리고 자신을 돌봐준 자로부터 얻은 진귀한 보석들을 가지고 이곳에 내려왔다.

사내는 바로 아이리스였다. 가녀리고 희기만 했던 그의 몸과 피부는 살짝 그을려 있었고, 팔엔 자잘하고 선명한 근육이 그려져 있었다. 모든 것이 변했다. 그날 이후부터…….

침묵의 산에서 내려온 아이리스는 그 길로 같이 브리오니아로 돌아가자는 클라제비우츠의 제안을 거절하고 홀로 길을 나섰다.

그는 오랜 시간 동안 많은 것을 보았다. 고통받는 현지인들의 모습에서부터 전투가 끝난 직후의 참혹함까지. 피난 가는 사람들의 억울함과 가족을 잃고 싸우기 위해 자원 입대하는 한 아버지의 분노까지……. 그러던 중 이 경매장의 존재를 알게 되었고 그녀의 배려인지 경매 물품으로 붉은 눈동자가 나온다는 것을 알게 된 것이었다.

받아온 돈은 절반가량 써버렸지만 덕분에 떠돌기만 했던 마음을 가다듬을 수 있었다. 각오는 다져졌다. 그리고 잊지 않기 위해 그녀의 눈을 자신에게 옮겼다. 이제 남은 것은 단 하나.

싸우는 것뿐이다.

"먼저 가야 할 곳은 그곳이겠지……."

다음날 아침, 아이리스는 전서구를 매단 새를 브리오니아 왕국을 향해 날렸다. 그리고 자신의 다음 목적지이자 싸움의 시작. 그 발판을 마련할 그곳을 향해 걸음을 옮겼다.

Chapter 51
시작의 관

온통 붉었다. 산 자들의 비명 소리가 하늘을 뒤덮었고 죽은 자들의 침묵이 땅 위를 점령했다. 등골을 쭈뼛하게 만드는 쇳소리는 사방에서 터져 나왔으며, 단 하나뿐인 생명을 담보로 한 싸움은 끝나지 않았다.

"제3지점에 오우거 출현!!"

앞서 나갔던 상황병의 쉬어터진 고함 소리만이 이 지옥 같은 전투의 흐름을 알게 해주는 유일한 목소리였다.

크워어어!!

땅을 울리는 괴성이 터져 나온다. 사람의 몇 배? 아니, 몇십 배는 되어 보이는 덩치를 가진 괴물의 출현. 얼마 전부턴가 새롭게 나타나기 시작한 괴물의 이름은 오우거였다.

"모두 피해라! 공석기와 발석차는 물러서고, 마상창을 앞으로 내보내!"

뻐어억—!

마치 가벼운 짚단마냥 또 몇 명의 병사가 허공에 피를 토하며 저 먼발치로 날아갔다. 몇 분 전만 해도 녀석은 이곳에서 수백 명의 병사들에게 둘러싸여 있었지만 수백을 단 몇십으로 줄여 버리는 믿을 수 없는 광경을 연출해 내고 말았다.

"피, 피해!! 크악!!"

"크헙!"

커다란 몸집과 그에 어울리는 거대한 몽둥이를 휘두름으로써 수십 명씩 목숨을 앗아가는 괴물. 그 모습이 병사들의 눈에 처음 들어오는 순간, 그들은 아무것도 기대할 수 없었다.

'그 많은 병사들을 어떻게 쓰러뜨리고 이곳에 오게 되었는가?' 라는 물음 따위는 사라진 지 오래였다.

히이잉—!!

달리는 말의 힘을 고스란히 실어 날리는 기사들의 마상창은 녀석의 앞에 도달하기도 전에 거대한 발에 걷어차여 치워졌으며 기름을 담은 거대한 솥을 던지는 공석기의 화염은 괴물의 피부조차 태우지 못했다. 되레 녀석의 주위를 에워싸고 화살이나 창을 던지던 병사들만 고통스럽게 할 뿐이었다.

두두두두—!

성벽마저 허물어 버리던 대전차의 차가운 금속 뿔로 저지

하려 했지만 오히려 거대한 몽둥이에 짓눌려 버렸다.

그 어느 것 하나 통하지 않는다.

크워어어!!

"사, 살려줘!!"

"크악!"

지독할 만치 거대한 위압감으로 시퍼런 두 눈을 굴리는 녀석이 손에 들린 거대한 몽둥이를 휘두를 때마다 몇 명의 병사들이 피를 토하며 인형처럼 날아가 버렸다.

"도, 도망치지 마라! 어떻게 해서든 저놈을 막아! 막으라고!"

"하, 하지만 그 어떤 것도 통하지가!!"

속수무책의 상황이었다. 게다가 이 성을 지키는 수비대장은 계속해서 몰려드는 오크들과 가장 앞에 서서 병사들을 짓밟고 있는 오우거를 바라보며 어찌할 바를 모른 채 계속 뺄소리만을 내뱉고 있었다.

"안 되면 달라붙어서라도 막으란 말이야!! 저런 녀석이 성벽으로 오면 이곳은 순식간에 허물어진다고!!"

"하, 하지만!"

이미 상황의 심각함에 그는 패닉에 빠져 버린 듯 고래고래 소리치며 부하들을 닦달하기만 했다. 하나, 그런다고 해서 뾰족한 방도가 생길 리 만무했다. 오히려 침착하게 대응하지 못한 탓에 병사들의 애꿎은 희생만이 더해지고 있었다.

"듣고 있자니 당신의 무책임한 정도에 내 자신까지 화가 나는군."

그때 싸늘한 말 한마디와 함께 지휘통제실, 그곳에 그들이 나타났다.

"너희들 방해만 된다. 비켜."

"……."

툭—

어디선가 갑자기 나타나 입구를 지키던 병사들까지 당황하게 만든 두 사람. 어깨를 부딪치며 다짜고짜 반말을 날린 사내와 그 뒤를 묵묵히 따르는 거대한 덩치의 또 한 명의 사내. 풍기는 분위기가 너무나도 절대적이라 병사는 그만 자신도 모르게 경어를 쓰고 말았다.

"다, 당신들 대체 누굽니까?"

"지원군."

한 치의 망설임도 없는 대답에 병사는 그만 어안이 벙벙해진 듯했다. 지원군? 지금 보이는 것은 단 두 사람…아니, 그 뒤에 어슬렁어슬렁 걸어 올라오는 나머지 두 명이 더 있었다.

"여긴 뭔 놈의 계단을 이리 만들어놨냐? 무릎이 다 쑤시네, 진짜."

투덜거리며 계단을 오른 사내는 다짜고짜 자신들을 의아한 눈으로 바라보는 수비대장을 턱으로 가리켰다.

"네가 이 질리안 성의 수비대장이냐?"

당돌한 말이었지만 그는 사내의 물음에 화를 낼 수 없었다.

자신을 바라보는 붉은 눈동자에 얼어붙었기 때문이었다.

"그, 그렇다! 네, 네 녀석들은 누, 누구냐!?"

간신히 꺼낸 그의 말에 이번엔 다른 한 사내가 대답했다. 침착한 말투와 정돈된 움직임. 듣는 사람으로 하여금 엄청난 압박감을 주는 목소리였다.

"나는 아서 펠 그라프닐. 브리오니아의 조쉬페 국왕의 명을 받아 이곳에 왔다."

지휘통제실에 올라온 네 사람. 아몬과 아서 그리고 신경질적인 말을 내뱉으며 처음 올라온 아스칼과 젠가였다. 아서의 말에 안에 있는 모든 이들이 성곽 주변을 두리번거렸다. 그들이 데려왔을 지원군을 찾아보기 위해서였다. 하지만 성안과 밖 할 것 없이 병사는커녕 개미새끼 한 마리 보이지 않았다.

장내는 술렁이고 동요한 병사들의 시선은 자연스럽게 네 사람에게 향해졌다. 그중 가장 당황해하는 것은 이곳의 책임자인 수비대장이었다.

"뭐, 뭐냐!? 나머지 병사들은 어디에 있지? 브리오니아 군은 이곳의 중요성을 모르는 건가!? 아, 아니면. 설마!! 달랑 4명이 와놓고 지원군이라는 건 아니겠지!? 게다가! 다, 당신은 외팔 병신이 아닌가! 브리오니아의 국왕은 우리를 버릴 셈인가!!"

"조쉬페 녀석은 필사적이다. 그러니 우리를 보낸 것이겠지."

"제기랄!! 우린 이제 전부 죽는 건가!? 그런 건가!? 저렇게 커다란 녀석을 어떻게 막느냔 말이다!"

말을 더듬는 것은 물론이요, 손짓 발짓까지 섞어가며 요란을 떠는 그 모습을 바라보던 아몬이 실소를 터뜨렸다.

"풋! 너, 정말 이곳의 수비대장이 맞냐?"

아몬의 말에 정곡이라도 찔린 것일까? 그는 두어 번 정도 입을 떼었다 다물다를 반복하더니 기어들어 가는 목소리로 답했다.

"수, 수비대장님은 어젯밤 전사하셨다. 그러니 지금은 내가 실질적인 이곳의 책임자… 지……."

더 이상 들을 가치도 없었다. 아몬은 곧바로 자신의 뒤에 서 있는 아서를 돌아보았다.

"어쩐지— 아무리 봐도 대장스럽지 않더라. 잘됐네. 아서, 네가 통솔하는 편이 좋겠는데?"

"무, 무슨!"

그가 자신의 발언에 대하여 발끈하는 모습을 보이자 아몬의 비웃음이 더욱 짙어졌다.

"꼴에 또 욕심은 있어가지고. 무능력한 지휘관 아래서는 병사들만 고생하는 법이지. 예전 같았으면 한 치의 망설임도 없이 이 자리에서 너를 죽였을 것이다."

"뭐, 뭐야!? 뚫린 입이라고 감히!"

"왜? 너도 뚫어줄까?"

"무, 무슨! 도대체 너희는 어디서!"

"설교는 전투가 끝나고 나서 듣도록 하지. 물론 자네가 들어야 하겠지만 말이야.”

두 사람 사이에 자연스럽게 껴든 아서가 분위기를 조정한다. 기가 찬다는 표정의 수비대장의 말허리를 잘라 버린 아서는 이어 뒤에서 조용히 자신의 명을 기다리고 있는 두 사람을 돌아보았다.

“아스칼, 젠가. 고립된 병사들을 빼내야겠다. 진형 자체가 흐트러져 있어.”

“예, 그리하겠습니다.”

아서는 이어 아몬을 바라보곤 한눈에도 알아볼 수 있는 커다란 오우거를 가리켰다.

“저 커다란 녀석을 부탁합니다.”

“킥— 외팔 병신에게 너무 무리한 부탁 아냐?”

분명 누가 보아도 수비대장을 향한 아몬의 비꼼이었다. 설마, 그런 일이 있겠냐마는 팔 병신이라고 불린 아몬이 저 오우거를 물리친다면 제삼자인 아서에게 지휘권 이전에 관하여 엄청나게 유리한 입장을 가져다줄 것이었다.

“그럼.”

“……”

고개 숙여 보인 아스칼과 젠가는 동시에 커다란 망토를 온몸에 둘렀다.

스슥—

그러자 그들의 모습이 감쪽같이 사라져 버렸다.

“사, 사라졌다!?”

"저, 저거!?"

"마법인가!?"

병사들은 두 사람의 모습이 사라져 버리자 몹시 당황해하는 듯하다.

얼마 안 있어 성벽을 둘러싸고 있던 괴물들이 끔찍한 비명을 지르며 죽어나가기 시작했다.

스악—!

크어어!!

거대한 오크들은 자신이 내려치던 도끼와 같이 힘없이 썰려 버린다.

끼아악!!

푸푸푹—!

낮게 날아다니며 병사들을 위협하던 가고일들은 갑자기 허공에서 나타난 거대한 검에 꿰뚫려 그야말로 꼬치구이 같은 형상을 만들어낸다.

길이 뚫린다. 퇴로가 막혀 병사들이 죽어가던 곳에 활로가 펼쳐진다. 눈에 보이지 않지만 분명 저곳에 있는 자들은 이곳에서 사라진 두 사람일 것이다.

"지금 내가 꿈을 꾸고 있는 건가?"

"소, 소드마스터다… 그것도 무려……!"

두 사람을 내려다보는 병사들의 표정이 아연실색하다. 더불어 수비대장은 엄청난 충격을 받은 모습이었다. 그가 급하게 아몬과 아서를 돌아보았다.

“설마 당신 네 명 전부!?”

아서는 그의 물음에 답하지 않았다. 오히려 뒤에 있던 아몬이 손가락 다섯 개를 펴 보이며 입을 열었다.

“5명이다. 5명의 지원군. 하지만 브리오니아의 핵심 전력일 수도 있는 우리다.”

“다, 다섯!?”

놀랄 틈도 없었다. 곧바로 하늘 위에서 커다란 울림이 내려왔던 것이다.

“따스한 품의 자비(慈悲)로 생명(生命)의 안식(安息)을.”

마치 아침 이슬이 풀잎 위를 내려가는 것처럼 맑고 투명한 목소리가 모든 곳을 뒤덮었다. 그 아름다운 목소리는 병기가 부딪치고 비명과 탄식이 가득 차 있던 전쟁터의 모든 소리들을 모두 잠재울 정도.

“나머지 한 명이 지금 도착했나 보군.”

“이, 이 오로라는!?”

사방이 옅은 수십 가지의 색으로 둘러싸이기 시작했다. 따스한 느낌의 그것은 마치 안개처럼 일어났고 안개처럼 서서히 사라진다.

카앙—!

크와아아!

불꽃이 튀고 병사는 오크의 커다란 도끼에 밀려 주저앉아 버렸다. 긴 시간 쉬지도 않고 살기 위해 휘둘렀던 검. 그것을 쥔 두 손이 덜덜 떨려옴을 느낀다.

‘이제 끝인가…….’

사락—

“……!?”

분홍빛 안개가 자신을 감싸는 것이 느껴진다. 동시에 검을 잡았던 손아귀에 힘이 들어오는 것을 느낀다. 풀려 버린 두 다리가 빠르게 올라서는 것을 느낀다! 마지막으로 자신의 검이 오크의 놀란 눈을 꿰뚫어 버리는 것을 느낀다!

“하아앗!”

뜨드득—!

어찌 된 영문인지 피로가 가득했던 몸엔 활력이 가득했다. 그것은 마치 며칠간 푹 쉬고 든든하게 식사까지 마친 뒤, 살짝 땀에 젖어 상쾌한 운동을 한 기분과 같았다.

“저, 저!”

“저 모습은!? 저 빛의 날개! 저것은 영락없는 천사의 모습!”

오크를 쓰러뜨리고 자신의 몸에 차오르는 힘에 의아해하는 병사는 주변 동료들이 가리키며 탄성을 내지르는 하늘을 올려다보았다.

밝은 빛의 날개, 그리고 아름다운 여인의 모습, 자신을 내려다보는 따스한 눈동자……. 그의 입이 감동에 젖어 조금씩 움직인다.

“서, 성녀…….”

“성녀 에리나가 이곳에 왔다!”

성녀 에리나. 놀라운 성력으로 병사들에게 희망과 승리를

안겨준다는 여신의 환생. 그녀가 지금 하늘 위 밝은 빛의 날
개를 휘날리고 있다.

"오오!! 진정… 이것은 진정 기적인가……."

"움직인다! 내 팔이 움직인다고!"

"힘들지 않아! 이럴 수가!"

우와아아아—!!

기적을 눈으로 마주한 병사들이 환호가 대지를 진동시킨
다. 그들은 검을 되잡는다. 쓰러져 가던 이들은 자리에서 일
어나 피로 젖은 그 검을 다시 한 번 쥐었다.

"이길 수 있다!"

"이길 수 있어!! 우리에겐 성녀님이 함께하신다!"

"저 괴물들을! 친구의, 가족의 복수를 위해!!"

푸욱—!

뜨드드—!!

놀란 오크들과 가고일들은 일순간 창과 검에 도륙되었으
며 반대로 검을 휘두르는 병사들의 얼굴에 활력이 샘솟기 시
작했다. 전세가 서서히 역전되어 가는 것이었다.

"어째, 우리 4명보다 저 녀석 한 명이 더 인기가 많은 거 같
네."

"훗, 별로 남자답지 못한 생각이로군."

아서의 작은 웃음에 아몬 또한 웃어 보였다. 그 역시 아이
리스를 만난 뒤 예전 자신의 모습을 조금씩 찾아가고 있었다.

살아 있다. 살아 있다는 것만으로도 조각난 마음을 붙잡을 수
있는 거니까.

"남자다우니까 이 몸의 인기를 신경 쓰는 거다, 자식아."

뚜벅뚜벅—

높은 성벽 위, 난간을 발밑에 둔 아몬이 검을 빼내 들었다.
그러자 작은 빛무리들이 그의 검에 모여든다. 그것은 바로 소
드마스터의 상징. 검 안에 모이는 강철의 오로라.

우우웅—!

"우리들을 이곳으로 보내준 조쉬페 녀석에게 감사하도록
해."

갑작스런 상황에 혼비백산해하는 이들을 둘러보던 아몬은
수비대장을 바라보며 특유의 미소를 지었다.

"더불어 널 죽이지 않은 나의 성격에도 말이야."

휘익—!

그의 몸이 밟고 있는 성벽을 내려치며 하늘 위로 솟구쳐 올
랐다. 바람을 밟고 올라서는 것처럼, 마치 한 마리 새처럼 하
늘 위를 날아선 아몬의 검이 춤을 추기 시작한다.

스악—!

사악—!!

빠르게 휘둘리는 그의 검 앞에 가고일들은 비명 한번 지르
지 못한 채 조각조각 잘려 떨어져 내렸다. 마지막 자신을 향
해 발톱을 내세운 가고일을 밟은 그는 크게 도약하듯 뛰어올
랐다.

쉬이이— 쿠웅!!

흙먼지를 일으키며 착지한 곳. 그가 몸을 일으켜 세워 바라본 것은 자신을 내려다보며 괴성을 지르고 있는 오우거였다.

크와아아아—!!

아몬과 대치한 오우거가 갑자기 괴성을 질러대기 시작한다. 땅이 울리고 주변의 오크들 또한 오우거의 행동에 놀라 살짝 뒷걸음질쳤다.

"…그렇게 발악해 봐야."

우우웅—

다시 한 번 아몬의 검에 빛무리가 들어온다. 그 빛은 더욱 진해져만 간다.

드득. 투둑—!

아몬의 힘을 이기지 못하는 듯 검날에 작은 균열이 나기 시작했지만 그는 별로 개의치 않는 듯하다. 빛이 절정에 다다랐을 때, 아몬의 검이 바람보다 빠른 속도로 휘둘리기 시작한다.

스악! 사악! 사아악—!

뻗어나가는 빛의 예기, 바람조차 갈라 버리는 날카로운 검의 예기는 울부짖으며 달려드는 오우거를 향해 날아들었다. 마치 먹이를 노리는 맹수의 발톱처럼 오우거에게 그대로 직격을 날려 버린 그의 공격. 공격받은 오우거는 움직이지 않았다. 아니, 움직이지 못했다.

"너는 이미 죽었다."

탈칵—

소드 벨트 안에 반쯤 부서진 그의 검이 들어선다. 벨트와 검날의 격찰음이 울림과 동시에 오우거의 온몸에 새겨진 갈라진 틈 사이로 엄청난 양의 핏물들이 쏟아져 나왔다.

퓨슈아아—!

삽시간에 그 거대한 오우거를 한 줌의 고깃덩어리로 만들어 버린 아몬의 무시무시함에 기세 좋게 달려들던 병사들은 물론이요, 오우거의 주변에 포진하고 있던 오크들과 가고일까지 순간 움직임을 멈췄다.

씨익—

아몬이 특유의 미소를 입가에 그려낸다.

"자, 이제 우리들의 반격이다!"

*　　　*　　　*

"오랜만이야, 라시드."

"아이리스 씨……."

경매장에서 아이리스가 발걸음을 돌려 온 곳은 바로 킹스필드였다. 너무나도 갑작스러운 그의 방문에 라시드는 꽤나 놀란 듯하다.

"아이리스 씨, 그 눈……."

"아, 나름의 각오다."

그는 왼쪽 눈 위를 살며시 쓰다듬고는 쓴 미소를 지었다.

"그보다 킹스필드가 이번 전쟁에 참여하지 않는 이유… 확실히 알아왔으니까."

"계율이라는 것은 목숨만큼 소중하다고 생각하는 집단이라서 말입니다."

그리고 이번엔 라시드가 그와 똑같이 쓴 미소를 입가에 그렸다. 킹스필드의 계율은 즉 대가성. 말뿐인 신뢰는 존재하지 않는, 모든 것은 동등한 대가를 치러야 한다는 것이 킹스필드의 계율이었고, 그것을 지켜오며 살아가는 것이 그들에게는 당연시되는 것이었다.

그런 세월이 오래 지속되다 보니 계율이 곧 삶과 동일시되었고 이런 대륙의 존망이 걸린 전투에서도 고지식하게 외길을 고집했던 것이다. 물증이라고 한다면 바로 돈일 것이다.

하지만 자기 나라의 안위를 꾸리기에 바쁜 국가들이 킹스필드를 움직일 만큼 큰 액수를 지불할 여유가 있을 리 만무했다. 그것을 알기에 일전 라시드와 조쉬페의 이야기에서도 이에 대한 것들이 오가기도 했다.

아이리스 또한 그러한 사실은 산에서 내려와 얻은 정보들 중에 있었기에 잘 알고 있었다. 아이리스는 곧바로 자신의 품에서 작은 주머니를 꺼내 들었다.

"그래, 그래서 나도 나름의 성의를 준비했다."

휘익— 탁—

아이리스에게서 받아 든 주머니를 열어본 라시드의 눈동자가 커진다. 그는 주머니와 아이리스를 여러 차례 번갈아 보더니 살짝 떨리는 말투로 입을 열었다.

"이, 이건?"

"대금이다. 넉넉잡아 2천만 골드는 넘을 거라고 생각해."

"아니, 이렇게 큰돈이 어디에서……. 혹시 조쉬페 씨가……."

앞서 경매장에서도 나왔던 반응이지만 그만한 자금은 한 개인이 갖기엔 너무나도 큰돈이었다. 브리오니아의 국왕 조쉬페조차 마음대로 하지 못할 커다란 액수였으니 말이다.

"아니, 성질 더러운 늙은이에게서 좀 얻어왔지. 더 필요하다면 더 구해올 수도 있어. 시간은 좀 걸리겠지만."

돈이라는 것은 무궁했다. 그가 가지고 있던 주머니는 아이리스가 산을 내려가는 때에 아르킨이 자신의 방에 쌓여 있는 보석 더미에서 아무렇게나 한 움큼 손에 쥐어줬던 보석들이었기 때문이다.

원래 예전부터 드래곤은 반짝이는 물건을 좋아하다 보니 여러 나라에서 앞 다투어 조공이나 선물로 보내왔던 것이고, 그 세월이 수백 수천 년 이어져 지금에 이르렀던 것이다.

"아이리스 씨……."

라시드는 그에게 받은 보석 주머니를 작은 테이블 위에 올려놓았다. 그리고 뭔가 고민하듯 몇 번을 망설이더니 조심스레 입을 열었다.

"저는……."

두 사람 사이에 조용한 침묵이 잠시 동안 흘렀다.

"저는 어쩌면 당신이 이렇게 돌아와 주길 바라고 있었는지도 모르겠습니다. 계율이라는 것을 비켜 나갈 그럴싸한 이유를 가진 자를 말이죠."

라시드는 이어 주머니의 수많은 보석들 중 단 한 개의 보석만을 집어 올렸다.

"대금은 이것 하나만으로도 충분합니다. 이것으로 물질적인 계약을 했다는 실리로써의 역할은 충분하니까요."

"고맙다. 그리고 미안하다. 무리한 일을 시켜서……."

그 말에 라시드는 아니라는 듯 고개를 저었다.

"제가 언젠가 그랬을 것입니다. 당신에게 진 빚이 있어 그것을 꼭 갚겠노라. 아이리스 씨는 기억하지 못하겠지만, 저는 분명 그리 생각하였습니다. 예, 그리고 지금이 그때입니다."

짝—

라시드가 작게 손뼉을 마주치자 놀랍게도 천장 위에서 복면의 남자가 날렵하게 떨어져 내려와 그 앞에 공손히 무릎 꿇었다.

"지금 가서 전하십시오! 오늘부로 우리는 의뢰자 재앙의 마법사라 불린 이, 그리고 우리 킹스필드의 은인 중 한 명인 아이리스를 따라 이번 전쟁에 참여한다는 것을 말입니다!"

"명!"

고개 숙여 보인 복면의 사내는 소리없이 곧바로 밖을 나섰다. 어쩌면 너무나도 쉽게 일이 풀렸을지 모르나 결론적으로 킹스필드의 참전 그 마지막 숙제까지도 이젠 이뤄졌다.

"몰라보겠군……."

방 안에 들어선 아이리스를 보고 감탄하는 라시드의 아버지는 예전과 다르게 꽤나 쇠약해져 있었다. 시엘과의 싸움에서 큰 타격을 받아 아직까지 요양 중이었으나, 아이리스가 찾아왔다는 소식을 듣고 그를 만난 것이었다.

작은 목례로 인사를 대신한 아이리스를 아래위로 찬찬히 훑어보는 그의 시선이 예사롭지 않다.

"그 짧은 시간에 예전에 느꼈던 그 힘과는 차원이 다른 힘을 얻었고, 그것을 자네는 완벽하게 써낼 수 있는 능력을 갖추게 되었군."

"그렇게 해야만 했습니다."

아이리스는 그런 감탄사에도 묵묵히 대답할 뿐이다. 그래야만 했으니까 그리한 것이다. 그리고 앞으로는 그보다 더한 일을 해야 했다.

"소식은 들어서 알고 있네. 아들을 부탁하네……."

아이리스는 다시 한 번 가볍게 고개를 끄덕이는 것으로 대답을 대신하고 방을 나왔다. 아버지가 아들을 사랑하는, 그리고 아끼는 마음을 느낄 수 있어 가슴 한 켠이 아려온다.

"아버지라……."

자신은 아버지라 생각했던 존재에게 모든 것을 빼앗겼으니 말이다. 그를 만나면 어떤 말을 해야 할까? 어떤 것부터 물어야 하는 걸까? 아니, 아무것도 묻지 않고 아무 말도 하지 않아도 될지도 모른다.

　그게 편할 테니까.

＊　　　　＊　　　　＊

　늘 그렇듯 이곳은 여기저기 북적거리는 소리와 쇠망치 두드리는 소리, 바쁘게 뛰어다니는 몇 놈의 전령과 말 울음소리, 자신의 동료를 찾는 소리, 울음소리, 그리고 신음과 비명이 끊이지 않는 병동 막사에서의 소리가 가득 차 있었다.

　어둑어둑하게 날이 저물어갈 즈음 아득한 곳에서 들려오는 괴물 녀석들의 포효는 이젠 시간의 주기를 알려주는 하나의 표식이 되기도 한다. 모든 일들은 전투가 끝난 뒤 체력을 보강해야 하는 시간이 되어야 알 수 있었다.

　"여~ 에튼, 살아 있어!? 야, 대답 좀 해봐라—!"

　"여기 있다, 자식아!!"

　누가 살아남아 있고 누가 죽었으며 어디의 누가 공을 세웠는지, 어느 소대가 사상자가 많아 병력을 보충해야 하고 어떤 물자가 부족하며 앞으로는 어떻게 해야 하는지 등을 말이다. 전투가 시작된 이후로는 세상과의 단절이다.

　"아, 그나저나 이 전쟁 오질나게도 안 끝나네. 벌써 2년째에 접어드는 건가?"

　"그러게 말이다. 피난 간 마누라랑 새끼들은 잘 있는지 요즘은 바빠서 편지도 못했는데. 이번 기회에 편지나 좀 써야겠다.”

약속이나 한 것처럼 아침부터 오후까지 싸우고 저녁에 휴
전하는 방식의 놀이가 아니었다. 어느 한쪽이 쓰러져 움직이
지 못할 때까지 잠을 잘 수도 없으며 먹을 수도 씻을 수도 없
는 것이었다.

“그래서 말이야! 내가 딱 이렇게 칼로 막아서니까 뒤에서
또 한 놈이 달려들더라 이거지!”

“웃기네! 그걸 어떻게 막나, 이 사람아!”

“허어～? 글쎄 막았다니까 그러네!? 따악—! 이렇게!”

하물며 사람과 같이 말이 통하는 상대도 아니다. 자비를 구
할 수도 없으며, 오로지 지금처럼 눈앞의 적들을 쓰러뜨려 전
투가 종결돼야만 누릴 수 있는 자유인 것. 하지만 그 자유마
저도 앞으로 언제 다가올지 모르는 또 다른 위협에 온 신경을
집중하고 누리는 세약의 사유일 것이었다.

“여— 여기 앉아서 뜨거운 수프라도 한 그릇 들어～”

“그럴까? 아, 가뜩이나 몸이 어슬했는데 잘됐네.”

모처럼 찾아온 작은 휴식에 병사들은 숨을 돌리고 있었고,
그동안의 물자 보급과 여러 소식을 전하기 위해 여기저기 옹
기종기 모여 앉아 이야기꽃을 피우는 이들도 많이 보인다.

옹기종기 모여 앉은 병사들의 중심에는 솥단지 안에서 냄
새 좋게 끓고 있는 이름 모를 수프가 담겨 있다. 그들은 저마
다 각기 취향에 따라 빵이나 육포 등을 씹으며 대화를 나누고
있었다.

"들었어? 소문에는 집채만 한 녀석이라던데?"

한 병사가 다른 이들을 둘러보며 이야기를 시작한다. 그 소리에 어이없다는 듯 긴 빵을 잘라 수프 위에 얹으며 이야기에 끼어든 새로운 병사가 말했다.

"집채만 하다고? 이봐, 거짓말도 정도껏 해야지. 집채만 한 녀석이 돌아다니면 뭔 수로 이겨?"

모두들 그 병사의 이야기에 동조하는 듯 고개를 끄덕여 보였으나 이야기를 꺼낸 사내는 아직 소문도 듣지 못했냐는 듯이 의기양양하게 주변을 훑어보곤 말을 이어나갔다. 그들 역시 숱하게 많은 전투를 경험하며, 눈에 보이는 것만이 진실이 아니라는 것은 이제 알고 있었지만, 이렇게 늘 새로운 사실을 접할 때쯤이면 이런 반응들은 나오기 마련이다.

"거참, 이 사람들 속고만 살았나? 옆 병원 막사에 그 큰 괴물 녀석과 싸워서 살아남은 녀석 중 하나가 말해줬다니까?"

사람과 사람만을 알고 지내던 이 시대에 그런 괴물을 누가 상상이나 했었겠는가? 하지만 그들은 실제로 그 괴물들과 검을 들고 싸우고 있었고 살아남아 이런 이야기를 하고 있다. 사내는 이야기를 이어가며 옆에 있는 병사의 빵을 낚아채 입 안에 넣고 우물거렸다. 핀잔에 대한 대가라고 생각한 듯, 빵을 빼앗긴 병사 역시 말없이 새로 빵을 잘라 수프 위에 얹어 놓는다.

"그럼, 그 괴물은 어떻게 됐다는 건데? 살아서 온 걸 보면 어떻게든 이겼다는 건데, 공성병기로 밀어붙인 거 아냐?"

"얼마나 거대하기에 공성병기까지 동원되는 거야? 그전에 마상창 부대가 알아서 했겠지."

저마다의 추측론을 내세우는 병사들에게 사내는 검지를 들어 올리곤 양쪽으로 휘휘 저으며 혀를 찼다.

"쯧쯧, 모두 틀렸어! 우선 녀석의 크기는 지금 우리 막사에 만들어진 망루만 하고."

"망루?"

그 말에 모두는 고개를 돌려 우뚝 솟아 있는 망루를 바라보았다. 멀리에서 다가오는 적이나 아군의 식별을 위해 수십 개의 통나무들을 쌓아 올린 목조 건물로서 맨 위 꼭대기에는 정찰병으로 임명된 자가 교대를 할 수 있도록 길게 늘어진 사다리가 놓여 있다. 높이는 어림잡아도 10—12미터.

"하하하, 장난해? 저만한 괴물을 어떻게 한단 말이야?"

"망루만 하다라는 건 좀 의심스러운데?"

망루를 일제히 바라보던 병사들은 제각각 믿을 수 없다는 얼굴로 말을 꺼낸 사내를 돌아보며 핀잔을 주기 시작했다.

"아—! 나도 처음에는 안 믿었지. 하.지.만. 공석병기도 마상창도 모두 통하지 않았다고 하더군."

"그럼, 말 그대로 괴물이잖아? 성문조차 부숴 버리는 공성병기들인데, 그걸 어떻게 이겨!"

"도대체 어떻게 이겼다는 거야?"

"혹시, 도망쳐 살아 돌아온 거 아니야?"

"안 믿는 게 당연한 거야!"

슬슬 궁금증이 유발되기 시작한 병사들이 하나같이 그를 재촉하기 시작했다. 빵을 다 집어삼킨 사내는 우유를 한 잔 들이켜며 이제부터가 중요한 대목이라는 듯 목소리 톤을 한 단계 낮추곤 말하기 시작했다.

"그게 말이지, 지금부터 듣고 놀라지 말라고⋯⋯. 재앙의 마법사."

"뭐!?"

그 말에 몇몇 이들이 눈을 치켜뜨며 놀란 표정을 지었다. 꼴깍— 마른침이 넘어가는 소리가 유난히 크게 들리는 것으로 주변이 순식간에 조용해졌다는 것을 알린다.

"쉬, 쉿! 아직 확인된 건 아니지만 그 오우거를 물리친 자가 재앙의 마법사와 일행이었던 자라고 들었어. 붉은 눈의 악마 라고 하던가?"

"그, 그러니까 재앙의 마법사와 그 동료들은 괴물이 아니 었던 거야!?"

"괴물이라니! 우리 연합군의 수장인 브리오니아의 국왕 조 쉬페님도 같은 일행이었다는 소리가 있는데!"

계속해서 놀라운 이야기들이 터져 나왔다. 하지만 그것이 끝이 아니라는 듯 의기양양한 표정을 지어 보인 그는 마지막 으로 뒤쪽 커다란 막사를 가리켰다.

"게다가 더욱 놀라운 건⋯⋯."

"놀라운 건⋯⋯?"

"그, 그게 뭔데?"

그리고 궁금해 참을 수 없다는 그들의 표정에 충분히 화답할 만한 대답이 나왔다.

"지금 그자들이 있는 곳이 저 막사라는 거지."

그러자 곧바로 적막함과 뻘쭘함이 공존한다. 하물며 조금 떨어진 곳에서 그들의 이야기를 듣고 있던 다른 무리들까지 곧바로 침묵에 동참했다.

"나, 나 잠시 화장실 좀……."

"나, 나도 같이 가지."

"저, 우리 차라리 자리를 옮기는 건 어떨까?"

"……."

엉거주춤 일어서는 병사들의 심정이 이해 간다. 하나, 슬쩍슬쩍 자리를 뜨는 이들을 잡아 세운 사내의 생각은 달랐다.

"그래도 우리를 구해준 이들이야. 다르다고. 이젠 악마가 아닌 붉은 눈의 영웅이 돼야 마땅하지 않겠어?"

듣고 보니 그랬다. 그리고 한 명의 동조로 시작된 이것은 곧바로 주변의 모든 이들의 고개를 끄덕이게 만들었다.

"맞아. 만약 악마라면 성 크리스교의 성녀 에리나님이 같이 계실 리가 없지! 게다가 저 막사엔 그분들뿐만 아니라 에리나 사제님 또한 함께 계시다는 거잖아?"

"에리나 사제의 은총, 너도 겪어봤지? 난 실제로 힘이 넘쳐나서 전투가 끝난 뒤에도 우리 마누라가 보고 싶더라니까!?"

"하하! 또 헛소리한다!"

좀 전의 어려웠던 분위기는 마법처럼 한순간에 씻겨져 나가 버린다. 이것이 바로 긍정의 힘 희망을 가져다준 자들에 대한 하나의 숭배적인 모습이었다. 전쟁통에서 가장 믿을 수 있는 것은 바로 자신의 곁을 지켜주는 전우이며 등을 맡길 수 있는 동료였고, 자신들을 살아남고 이길 수 있도록 이끌어주는 지휘관이었다.

그렇게 생각하다 보니 지금 저 막사 안에 있는 자들은 자신들이 구세주나 마찬가지라는 생각이 당연히 일치된다.

"그래, 그럼 그는 그렇다고 치고. 재앙의 마법사는 지금 어디에 있는 거야?"

"글쎄… 그거까진 나도 모르지."

"에이~ 이 사람 허풍 아냐? 일행이 여기 있는데 정작 중요한 사람은 안 보인다고?"

"그러니까 소문일 뿐이라고 말했잖냐."

되레 성질을 내려는 병사의 어깨를 얼싸안은 그가 이번 전투의 승리로 받은 술병을 높게 쳐들었다.

"아무튼 이번의 승리를 축하하며 건배다!!"

"인마! 나눠주고 건배해야지! 너 혼자 다 마실 셈이냐!?"

그날 밤… 죽음의 나락에서 간신히 살아남고, 그것으로도 모자라 승리를 거둔 병사들은 오랜만에 달콤한 술에 취해 곤히 잠들 수 있었다.

병사들이 말하던 막사 안에 모여 있는 이들, 아스칼과 젠가는 말없이 이미 잠자리에 들었으며, 에리나는 여자라 따로 개

인 막사를 배정받았다. 간단한 브리핑을 마치고 돌아온 아서
가 아몬을 보며 물었다.

"아몬, 얘기 들어서 알고 있겠지?"

"무슨 얘기?"

아몬의 되물음에 허리춤의 소드 벨트를 기둥에 기대어놓
은 아서가 정말 모르냐는 듯 그를 바라본다.

"오늘 브리오니아의 클라제비우츠에게서 서신을 받았다."

"왜? 그 녀석 결혼이라도 한대?"

저런 시시한 농을 하는 것을 보니 정말 모르는 듯싶다.

"아니, 그 녀석이 돌아온다고 한다. 그것도 엄청난 아군을
데리고."

"…흥!"

그 녀석이 누굴 이야기하는지 알고서 콧바람을 날리는 것
일까?

"이제야 전쟁다운 전쟁을 하겠군. 맡겨둔 검은 잘 가지고
있으려나 모르겠네."

확실히 알고 있는 듯하다. 아서가 조쉬페들을 탑에서 구한
그날, 그는 정식으로 브리오니아의 독립기사단인 환영의 기
사단의 단장이 되었다.

하지만 인원은 달랑 4명. 게다가 최측근이 아니고선 그들
의 정체를 알 수도 알리지도 않았다. 말 그대로 조쉬페만의
직속 기사단인 셈이었다.

"옛날 생각 나는군……. 그때는 상대가 괴물이 아닌 인간

이었지만."

"그래서 그게 더 힘들었지."

아득히 먼 시절, 두 사람은 그 기억을 공유할 수 있는 유일한 동반자였다. 그리고 약속의 땅이자 시작의 땅인 그곳에서 아몬을 아르킨에게 넘겨받았을 때… 아니, 아몬이 자신에게 오는 것을 막아서지 않았기에 두 사람은 강한 유대감으로 서로에 대한 신뢰를 쌓아갔다.

아몬 역시 처음부터 강하게 일어설 수 있었던 것은 아니다. 그 역시 충격적인 그날의 후유증으로 말수가 적어지고 사람이 공격적으로 변한 것이었다. 아마 그가 이런 상태로 아르킨에게 반항했다면 그 자리에서 죽임을 당할 것은 불 보듯 뻔했다.

그 역시 어쩌면 살아남기 위해, 그리고 복수라는 그 순수하면서도 획일적인 감정을 다스리기 위해 스스로 선택한 길이었을 것이다. 그리고 이제 조금의 시간이 더 지나면 그 복수라는 하나의 일념을 가진 두 사내가 만날 것이었다.

Chapter 52
그러기 위해 이곳에 온 사내니까 말이지……

전투가 끝난 질리안 성은 비교적 한가로웠다. 승리를 바로 앞에 두고 패배한 것에 대한 후유증이었는지, 아니면 드디어 끊임없이 새어 나오던 괴물들의 숫자가 줄어든 것인지는 알 수 없었지만, 성안의 사람들은 물론 이곳에 있는 아몬들에게도 잠깐의 휴식은 꽤나 좋은 것이었다.

"론드란 녀석, 도대체 세상을 어쩔 셈이지?"

"그는 세상을 재창조할 생각이다."

아서의 대답에 아몬이 어이없다는 표정을 지어 보였다. 재창조라니. 그건 마치······.

"재창조? 자기가 신이라도 된 줄 아나?"

"그래, 조만간 인간의 입장에서 본다면 신에 필적하는 힘을 얻을 수 있겠지……."

하지만 어이없어하는 아몬과는 다르게 대답하는 아서의 모양새는 사뭇 진지했다.

"조만간?"

"내가 조쉬페 국왕과 다른 이들을 구하기 위해 탑에 간 날을 기억할 거다."

"나 역시 잊지 못하는 날이지."

아서가 연합을 만들기 위한 회담에서 조쉬페를 구하던 그날, 자신은 아이리스를 만나 자신의 검을 맡겼으니까. 아몬의 말에 고개를 끄덕인 아서는 이어 말했다.

"그때의 그는 아직 불완전했어. 그의 진행도를 알아볼 수 있는 건 보편적으로 몬스터들의 업그레이드다."

"업그레이드? 그게 뭔 소리야?"

"처음엔 그저 단순한 오크 무리들에서 군대를 이룰 만한 규모가 되고 가고일이 나타나고 지금은 오우거까지 나타났지."

확실히 초반에 나타난 오크들의 무리에서 어느 순간 가고일들이 나타나 하늘을 뒤덮었고 이번의 전투에선 오우거 같은 상상도 못할 커다란 것들이 나타나고 있었다.

"그럼? 아직 더 이상한 놈들이 나올 수 있다는 거야?"

"최종적으로는 그렇겠지."

처음엔 어이없어하던 아몬도 꽤나 사태가 심각하다는 것을 알게 될 정도의 대답이었다. 앞으로 더 얼마나 이상한 녀석이 나올지 모른다는 것이 아닌가.

"그 론드라는 녀석이 완벽하게 힘을 가지게 되면 어떻게 되는 거지?"

진지한 아몬의 물음에 아서의 대답은 짧고 간단했다.

"인간이라는 종족은 씨가 마를 거다."

"거 극단적인 놈이네."

"자기 스스로도 몇백 년을 살아오면서 느낀 것이겠지? 아니, 몇백? 몇천 년일지도 몰라."

아서가 알기론 그는 오랜 세월을 살아온 인물이었다. 자신은 물론 이 앞에 아몬과는 비교도 되지 않을 세월을 살았을 것이었다. 그것은 사신이라 불리는 나머지 이들에게도 해당되는 것이었으며, 마지막 본인은 자각을 못하는 듯하다. 아이리스 또한 그럴 가능성을 배제할 수 없었다.

"녀석 또한 유물의 영향을 받았나……."

"아니, 오히려 유물을 만들거나 유물을 찾게 만든 장본인이다."

"…대단한 놈이군, 적이지만. 스케일이 있어."

"그럼 아이리스는?"

아몬 또한 어느 정도 아이리스의 상태에 대해선 알고 있는 듯했다. 다만 확신을 가지지 못할 뿐. 친구라는 녀석들이 그런 오랜 세월을 살아왔는데 아이리스라고 다를 것이 있겠는가.

"그와 동일하다. 미묘하게는 다르겠지만. 어떤 면에서냐고 묻는다면, 몸에 지니고 있어 흡수된 자와 원래의 예언대로 힘을 손에 쥔 자의 차이랄까?"

아직 아서 자신 또한 그것에 대한 차이를 알지는 못한다. 자신도 겪어본 적이 없었기 때문이다.

"사신이라고 불리는 녀석들, 너는 아는 사이지?"

"…그래. 그들 역시 이용당하는 것이 사실이지. 본인들도 그걸 어느 정도 알고 있는 듯하지만 말이야."

아서는 엘레니아를 떠올렸다. 그녀는 죽었다. 아이리스를 감싸기 위해 죽었다 들었다. 그래서 그는 곧바로 시엘을 만났다. 진실을 알려주기 위해서 말이다. 그가 만난 시엘은 이미 나름대로의 잣대에 어긋나는 일이 벌어진 것에 대해 정체성이 흔들리고 있음을 알 수 있었다.

"뭐, 옳고 그름은 없으니까. 하지만 씁쓸하군. 이용당하고 있다 해서 봐줄 수 있는 그런 건 아니야."

아몬의 말에 아서는 작게 웃었다.

"반대로 그들이 우리를 여태껏 봐줬을지도 모르지."

"시엘이란 녀석과는 싸운 적이 있다."

"그는 강해. 지금은 더욱 강해졌겠지."

아몬 역시 고개를 끄덕였다. 시엘은 강하다. 자신과 격돌했을 때의 실력은 그의 전부가 아니었을 것이다. 그 저주스러운 곳에서 자신을 압도했을 때와 자신의 마음에 분노를 부채질을 하던 그때를 생각한다.

"그래, 이기지 못할 거다… 방법이 있다면 하나겠지……."

"약한 모습이군."

아서는 아몬의 대답에 적지 않게 놀란 눈치였다. 늘 자신감 있던 그가 처음으로 자신의 패배를 순순히 인정한 것이었다. 하나 그것도 잠시, 아몬은 놀라워하는 아서를 바라보며 자신의 머리를 툭툭 내려쳤다.

"대신 머리를 좀 쓸 수 있게 됐지."

"하하……."

*　　　　*　　　　*

브리오니아 왕국은 오늘 자신들의 성 밖에서 진을 치고 있는 이들 때문에 한바탕 난리가 났다. 온몸을 검은 천으로 두르고 있는 그들의 숫자는 어림잡아도 몇 천 명에 가깝다.

처음엔 괴물들의 습격인 줄 알고 응전 태세가 일어나는 등 꽤나 큰 소란이 있었지만, 다행히 상대 쪽에서 먼저 자신들의 정체를 밝혀왔다. 하지만 그 정체라는 것이 너무 터무니없어 되레 수상한 느낌마저 들게 한다.

"우린 조쉬페 국왕을 만나러 왔다. 그와는 친구다. 우리 이야기를 하면 그가 알아서 해줄 것이다."

"웃기지 마라! 정체도 모르는 네 녀석들을 함부로 안으로 들일만큼 우리들이 호락호락한 줄 아느냐!?"

처음에 그들은 국왕인 조쉬페를 만나게 해달라 하여 비웃음을 샀지만, 곧이어 이 소식을 들은 국왕이 놀라 뛰어오는

그러기 위해 이곳에 온 사내니까 말이지…… 197

것을 두 눈으로 확인한 병사들은 혼비백산한 표정을 지었다.

그야말로 성문 앞까지 마차를 타고 쏜살같이 달려온 조쉬페의 몰골은 매우 초췌했다. 측근의 말에 따르면, 요 3일 동안 제대로 잠도 자지 못하고 여러 일들을 처리하고 있어서라고 한다. 그럼에도 그는 아이리스와 라시드를 보며 얼굴 한가득 반가운 미소를 지어 보였다.

"조쉬페."

"아이리스 씨! 그리고 라시드 씨!"

아이리스는 작은 미소를 지어 그에 답했고, 라시드는 조쉬페의 두 손을 잡으면서까지 반가움을 표했다.

"겨우 약속을 지킬 수 있게 되었네요, 아이리스 씨의 도움으로. 저희는 아이리스 씨의 의뢰로 함께 이 전쟁에 참여하게 되었습니다."

라시드의 손을 감싸 쥔 조쉬페의 손에 꾸욱— 힘이 들어간다.

"누구보다 든든한 지원군이 될 것입니다. 그것보다 어서 안으로 들어가지요. 그리고 킹스필드의 병사들 또한 저희 군 부대로 들어가시면 될 겁니다. 전쟁통이라 지금은 꽤나 한산하답니다. 하하."

초강대국이라 불리던 브리오니아도 슬슬 힘에 부칠 정도로 타격을 입었다. 살기 위한 전쟁. 그러나 최대한 자신의 국민들에겐 불안함을 주지 않기 위해 늘 웃는 얼굴로 행정을 도맡아야 하는 막중한 책임감……. 그런 상황에 나타난 이 두 사람은 조쉬페에게 있어 누구보다 든든한 원군일 것이다.

세 사람은 곧바로 왕실 안으로 들어섰다. 그의 집무실에 들어서자마자 산더미처럼 쌓여진 처리 문건들이 그들을 반긴다.

"엄청나군……."

"연합을 결성하고 나서부터 일이 몇 배로 늘었습니다. 전쟁에 관한 처리 문건들이 대부분입니다만, 민생 문제까지 계속 터지고 있어 지방 영주들 관리가 쉽지 않습니다."

웃는 얼굴로 이야기하고 있지만 그의 모습만 보고 있어도 이것이 얼마나 힘든 것인지 간접적으로나마 알 수 있었다. 이럴 때는 빨리 용건만을 말하는 것이 좋다.

"알아봐 줬으면 하는 게 있어."

"에리나 씨와 아몬 씨가 있는 곳 말입니까?"

"아니."

고개를 가로젓는 아이리스의 대답은 조쉬페가 예상했던 것과는 달랐다.

"지금 사신이라 불리는 자들이 있는 곳. 그중 사람을 조종한다는 소문을 가진 이가 있는 곳이 어디인지 알려줘."

사신이라는 말에 조쉬페의 얼굴이 딱딱하게 굳었다.

"그렇다는 것은……."

"첫 번째로 그 녀석에게 가야 해."

조쉬페 역시 아이리스가 말하는 사신들의 정체를 알고 있었다. 그의 기억을 에리나에게서 상세히 들었으니까.

그러기 위해 이곳에 온 사내니까 말이지…… 199

"알겠습니다. 하나, 오늘은 이곳에서 푹 쉬면서 여독을 푸셨으면 합니다. 내일까지 꼭 알아다 드리겠습니다. 물론 저희 병력 또한 함께 합류시켜 아이리스님을 따르도록 하겠습니다."

친구다. 그토록 찾고자 했던 친구들이 자신에게 비수를 꽂았고, 자신이 믿었던 아버지와 같은 존재에게 버림받았다. 그리고 그들은 아이리스의 소중한 사람을, 그에게 있어 너무나도 소중한 이의 목숨을 아이리스 본인의 손으로 끊어 버리도록 했다. 그 친구와 아버지와 같았던 그들에게 아이리스는 복수하기 위해…… 가는 것이다.

조쉬페의 배려 덕분에 아이리스와 라시드를 비롯한 킹스필드의 병사들은 편안한 잠자리를 가질 수 있었다.

다음날 아침, 빠른 걸음을 재촉하는 그들의 앞에 나타난 한 사람.

"클라제비우츠 씨."

"예상외로 금방 만났군."

"그러게 말입니다."

브리오니아 병사들과의 합류를 위해 기다리고 있는 그들에게 다가온 것은 클라제비우츠였다. 그 역시 아이리스와 사제지간과 같은 모양새로 1여 년을 지내다 보니 꽤 정이 들은 상태다. 게다가 헤어진 지 그리 오랜 시간이 지나지 않았기에 간단한 인사만으로 서로의 안부를 묻는다.

"반갑습니다, 킹스필드의 문주님."

클라제비우츠의 인사에 라시드는 적잖아 놀란 듯했다. 그
도 그럴 것이 합류 지점에서 만난 브리오니아의 군인이 바로
그라는 것은 합류하는 이가 누구인지도 뻔하지 않은가.

"함께 가신다는 브리오니아의 지원군이……."

"예, 저와 저의 수족들입니다."

클라제비우츠와 그의 수하인 서번트(Servant)들.

고맙게도 조쉬페는 자신의 가장 충복이자 최측근인 클라
제비우츠와 그의 수하들을 보낸 것이었다. 그것은 왕의 신분
인 자신이 직접 전쟁에 참여하지 못하는 것에 대한 최고의 배
려였다.

"펠레노에서는 결례를 범했습니다. 너그러이 용서해 주시
길……."

라시드와 클라제비우츠는 한차례 격돌한 적이 있었다. 라
시드가 엉망진창으로 당했던 싸움이었지만 말이다. 클라제
비우츠는 그것을 확실히 기억하고 정중하게 허리 숙여 라시
드에게 사과를 건넸고, 라시드는 손을 휘휘 저으며 난처한 표
정을 지었다.

"아, 아닙니다. 그때는 그때의 사정이 있었으니까요."

"이해해 주신다니 감사드립니다."

허리를 편 그는 뒤에 대기하고 있던 3명의 수하들을 불렀
다. 그들 역시 펠레노에서 만난 적이 있고, 예전 신전에서 본
적이 있는 자들이었다.

"서번트는 이제 아이리스 군과 합류한다."

"YES, For The Brilliant Sun(찬란히 빛나는 태양을 위하여)."

그들은 분명 상당한 실력자들이었다. 아서에게 환영의 기사단이 있었다면, 클라제비우츠에겐 이들이 있었으니까. 예전 신전 별관에서의 전투에서도 그들의 실력은 유감없이 발휘됐으니까.

"예전엔 결례가 좀 있었지요? 죄송합니다. 하하하. 팔마리온이라고 합니다."

유쾌하게 말을 건넨 팔마리온의 뒤를 이어 늘씬한 미녀인 멜리사까지 인사를 건넸다.

"멜리사라고 합니다."

"베론입니다."

마지막으로 점잖게 생긴 베론까지 인사를 끝내고 그들은 다시 클라제비우츠의 뒤편에 섰다. 반갑게 악수한 라시드가 입을 열어,

"예전에 한 번씩은 다 뵈었던 분들이군요."

"뭐, 좋은 일로 만난 건 아니었지만……."

툭 내뱉은 팔마리온의 말에 베른이 미간의 주름을 잡았다.

"팔마리온, 말을 가려서 해라."

베론의 질타에 팔마리온의 얼굴이 살짝 달아올랐다.

"아, 아니, 그냥 그랬다는 거지. 지금은 서로 힘을 합쳐 싸우는 동료잖아~ 안 그래요?"

클라제비우츠가 살짝 미소 짓는다. 생각한다. 펠레노에서 아이리스 일행을 처음 만난 그때를…….

어수룩하고 도저히 종잡을 수 없었던 그들의 모습은 지금
과는 너무나도 달랐다. 그래, 자신이 이들을 알게 된지도 꽤
오랜 시간이 흘렀구나…….

"훗, 어제의 적이 오늘의 동지가 되는 것인가."

그러나 아이리스의 관심은 지금과 전혀 다른 데 있는 듯했
다.

"그들이 어디에 주둔하고 있는지 알아내셨는지요?"

"그래. 하지만 공교롭게도 네 명 전부가 한자리에 모여 있
다."

곤혹스러운 일이었다. 한 명을 상대하기도 벅찰 터인데 그
런 인물들이 4명이나 모여 있다니. 하지만 아이리스는 클라
제비우츠의 우려완 다르게 전혀 개의치 않는다는 반응이었
다.

"상관없습니다."

"이럴 때 그분만 나서주셨더라면 하는 생각이 자꾸 드는
군……."

"기대하지 않는 편이 좋을 겁니다."

"그분?"

그분이라는 이야기에 팔마리온의 귀가 쫑긋 서는 모습이
보였다. 워낙 남의 일에 관심이 많은 타입이라 때때론 주변
이들이 곤란하기도 하다. 바로 지금처럼 말이다. 끼어들 자리
가 아님에도 끼어들려는 팔라미리온을 잡아 세운 베론이 조
용히 속삭였다.

"침묵의 산의 주인을 말하시는 거겠지. 괜히 끼어들어서 방해하지 마. 방해하면 죽인다."

하지만 베론의 조용한 으름장은 팔마리온의 호들갑에 의해 바로 그 효력을 잃어버렸다.

"우와! 역시 클라제비우츠님! 이제 드래곤하고도 친목을 다지시는 겁니까? 까잇거, 불러보죠! 밑져야 본전인데! 저번에 왕성 위를 날던 그 커다란 새! 아니, 드래곤 맞지 않습니까!?"

베론은 이마를 짚고 고개를 설레설레 흔들었으며, 멜리사는 조용히 주문을 읊조리기 시작했다. 마법으로라도 저놈의 입을 봉하지 않으면 분명 큰일을 낼 듯했으니까 말이다.

"훗. 팔마리온, 그분 앞에서 네가 한마디라도 당당히 내뱉을 수 있다면 내 인정하도록 하지."

"그, 그 정돈기요?"

클라제비우츠의 말에 팔마리온의 반응이 팍 하고 식어버렸다. 그리고 이어진 말에 팔마리온의 얼굴은 살짝 사색이 되었다.

"나는 솔직히 아직도 그분 앞에 서면 두렵다. 아이리스는 다르겠지만."

"아, 아하하……. 그, 그럼 안 보는 편이 났겠네요."

어색하게 웃으며 뒤로 물러선 팔마리온은 그 즉시 베론과 멜리사에게 붙잡혀 끔찍한 고문(?)을 당해야 했다.

"그들은 지금 켈드란드 성을 함락시킨 뒤, 그곳을 주둔지로 삼고 뭔가를 기다리는 것 같다."

"저를 기다리는 것이겠지요."

너무나도 덤덤한 아이리스의 대답에 클라제비우츠가 놀라워하자 아이리스는 살짝 미소 지었다.

"……."

"농담입니다."

얼굴 표정은 농담이 아니라고 말하는 듯히지만, 본인이 그리 얘기하는데 믿어야 하겠지……. 조금 떨어진 곳에서 팔마리온을 흠씬 두들겨 준 멜리사가 아이리스를 슬쩍 가리켰다.

"저 사람, 예전과 분위기가 너무 다르지 않아?"

"아, 눈이야……. 좀 살살 때리지 여자가 무슨 손이 그리 맵냐. 아, 아니, 그냥 그렇다고. 그러고 보니까 저 아이리스란 녀석, 예전엔 좀 까불거리는 것 같았는데……."

멜리사의 눈치를 보며 팔마리온은 슬쩍 예전 자신이 느꼈던 그의 모습을 꺼내놓았다. 베론의 목소리가 그 뒤를 이었다.

"여러 경험은 인간을 다듬질하고 단단하게 만들어주지. 클라제비우츠님의 말씀에 따르면, 그는 지금 정신을 차리고 있는 것 자체가 기적이라고 하더군……."

"흐음……. 왠지 멋지지 않아?"

멜리사는 벌써부터 왠지 모를 아이리스의 분위기에 빠져든 모습이다. 팔마리온은 살짝 푸르게 변한 자신의 눈두덩을 어루만지며 짧게 실소를 내뱉었다.

그러기 위해 이곳에 온 사내니까 말이지……　205

“쯧, 여자들이란……."

“말 다했어?”

“취, 취소! 취소!”

변하긴 그들 역시 마찬가지인 듯싶다. 이래저래 세 사람이 다투는 동안 얘기를 끝마친 아이리스와 클라제비우츠.

“그럼 곧바로 켈드란드로 가겠습니다.”

“그쪽을 다시 탈환하기 위해 이미 연합군에서 대규모 병력을 파견했다는데, 아마도 사신이라 불리는 그들이 모인 이유도 이 공세를 막기 위해서가 아닐까 생각한다.”

클라제비우츠가 조심스럽게 자신의 추측들을 늘어놓는다. 하지만 변하지 않는 진실이 하나 있다. 그리고 그 진실을 아이리스는 딱 꼬집어 말했다.

“평범한 병사들로 그들을 막는 건 무리겠지요. 그럼 돌아가시 출발 준비를 하겠습니다.”

아이리스와 라시드가 부대 정비를 위해 사라지고 나서야 서번트들은 클라제비우츠의 곁으로 모였다. 깍지 낀 두 손을 머리맡에 걸친 팔마리온이 빈정대듯 입을 연다.

“햐, 엄청난 자신감인데요?”

그들은 아이리스가 어떤 수준의 사람인지 알지 못한다. 그러니 저런 반응이 나오는 것도 무리는 아니었다. 그렇기 때문이라도 클라제비우츠는 자기 자신이 아이리스에게 일 년여 만에 따라잡히고, 검까지 부서지는 수모를 당했다는 말을 도저히 부하들에게 할 수 없었다. 다만, 짧게 한마디 건네는 것으로 자신의 심정을 표현할 수밖에 없었다.

"그러기 위해 이곳에 온 사내니까 말이지……. 그리고 그는 너희들의 상상 이상으로 강할 거다. 놀랄 준비들 해라."

"에에? 그 정돕니까? 설마! 클라제비우츠님보다 강한 건 아니죠!?"

"어허! 팔마리온!"

팔마리온이 주채에 클라제비우츠는 그저 웃어 보였고, 곧바로 베론의 심드렁한 질타가 바로 터졌다. 물론 그 뒤엔 멜리사의 펀치가 날아든 것은 불 보듯 뻔한 일이었다.

서번트와 클라제비우츠가 부대 정렬을 마친 아이리스들과 합류했다. 켈드란드까지의 거리는 여기서 약 빠르면 5일, 여유있게 간다면 7일의 거리.

"영광을 위한 첫 번째 발걸음이다! 모두 단단히 각오하도록!!"

"출발한다!!"

드디어 기다렸던 전쟁의 제2막이 올랐다.

Chapter 53
제2막. 내가 왔다 전해라……

병기와 병기가 충돌하고 괴물과 병사가 충돌한다. 괴물들은 괴성을 지르며 병사들을 도륙해 나갔다. 더욱 놀라운 것은 처음 무작정 돌격만 하던 오크들과 가고일들이 일사불란하게 대열을 갖춰 싸우는 것이었다.

"역시……. 사신이 있어 괴물들을 통제하는 것인가?"

절제된 움직임에 인간들은 당황하고 있었다. 다행히도 지금의 병력은 자신들이 앞서고 있었다. 하지만 그 와중에도 가장 큰 문제가 있었으니…….

"으, 으아악!!"

푸욱—!

갑작스런 동료의 공격에 쓰러진 병사의 비명 소리가 터져 나왔다.

"내, 내 팔이 멋대로!"

"미하엘, 미쳤어!?"

"아, 아니야! 내가 그런 게 아니야!!"

동료를 찌른 병사는 자신의 오른팔을 붙잡고 절규하듯 외쳤다. 자신이 그런 것이 아니었다. 움직이지 않는다! 그리고 그 오른팔은 조심스럽게 자신을 향해 오던 또 다른 이에게까지 휘둘렸다.

"미, 미친 자식!!"

"아니야! 내가 아니야!!"

푸욱―!!

결국 그는 다른 동료들의 칼에 찔려 목숨을 다했다. 억울함이 가득한 눈동자에서 한줄기 눈물이 떨어진다. 하지만 아무도 알아주지 않는다. 그의 검에 목숨을 잃은 두 동료 또한 억울한 눈물을 흘렸기에.

파앗―!

"대장님… 어째서……."

"검이! 검이 멋대로!!"

순식간에 사방팔방에서 이와 똑같은 일들이 터져 나오기 시작했다. 당사들은 영락없이 당황했고, 공격을 받은 이들 역시 놀라 피하거나 그대로 목숨을 잃었다.

그들은 적이 아닌 아군에 의해 죽임을 당했으며, 그들의 죽음으로 그 옆의 병사가 또다시 자신의 동료를 찔렀다. 그런 그들이 필사적으로 외치는 것은 단 한 마디였다.

"내가 아니야!!"

"미, 미친 자식!!"

푸욱—!!

또 다른 이가 싸늘하게 식어 대지 위를 구른다. 앞에서 괴물들의 공격을 막아내면 뒤편의 아군이 자신을 찌른다. 아군을 신경 쓰면 곧바로 오크들의 도끼와 가고일의 날카로운 발톱이 그들을 공격했다. 이 이해할 수 없는 갑작스런 상황에 연합군은 패닉 상태에 빠져든 것이었다.

"킥킥!"

그런 연합군을 멀리서 바라보는 사내가 있다. 그는 상당히 거슬리는 웃음을 내뱉으며 모든 상황을 내려다보고 있었다. 깡마른 얼굴과 왠지 모를 음산함이 그를 더욱 부각시킨다.

"버러지 같은 것들……. 그래, 죽여라. 너의 동료들을, 너의 친우들을 네 손으로 죽여라. 그리고 그들에게 죽어라. 킥! 모든 것은 새로운 세상을 위해서. 아버지를 위해서!"

베릭이었다. 그의 팔에 둘러진 팔찌는 쉴 새 없이 흔들리고 있었다. 조종하는 것이다. 이 모든 상황을……. 그는 이곳에서서 병사들의 육체를 조종하고 있었던 것이다. 혼란과 불신을 심어주면 인간은 스스로가 자멸해 버린다. 게다가 압도적인 힘을 가진 오크들과 가고일, 오우거까지 가세한다면 이 싸움 역시 자신들의 승리였다.

베릭은 이미 몇 번이고 이런 전술로 커다란 전투를 승리로 이끌었다.

"낙승. 이번에도 낙승이 분명해! 킥킥!"

그의 스산한 웃음소리가 낮게 깔린다. 슬픔을 자아내는 그의 팔찌는 계속해서 새로운 먹이를 찾아다녔다.

"제기랄! 제기랄!"

필사적으로 자신의 오른팔을 붙잡고 흔드는 병사의 눈물 어린 절규. 그러나 그의 검은 동료 병사의 목을 꿰뚫고 있었다.

"안질……. 안질… 안질!!"

병사가 찌른 이는 어릴 적부터 쭉 함께 해온 죽마고우였다. 마을을 지키기 위해 함께 자원 입대한 자신의 둘도 없는 친구이자 든든한 전우였던 그를……. 그는 자신도 모르는 사이에 찔러 버린 것이다.

"아아아! 안 돼!! 안 돼에!!"

오른팔이다. 검을 들고 있는 그의 오른팔은 이미 친구의 목을 꿰뚫었다. 병사는 움직이지 않는 팔을 몇 번이고 흔들다 기어이 바닥에 떨어진 검을 들어 자신의 오른팔을 내려쳤다.

"크아!!"

까무러칠 듯한 고통이 그를 엄습해 왔지만 병사는 곧바로 쓰러진 자신의 친구를 안아들었다. 친구의 눈가엔 눈물이 고여 있었다. 점점 싸늘하게 식어간다. 하지만 안질이라 불린

그 역시 마지막으로 자신의 팔을 자르는 병사의 모습을 보곤
그가 일부러 그런 것이 아님을 알았을 것이다.

"괘… 괜찮……."

입을 벌릴 때마다 붉은 피가 목구멍에서 넘어와 제대로 말
을 할 수 없다. 그저 안질은 자신을 부여잡고 울부짖는 친구
의 어깨를 두어 번 토닥이곤 그대로 힘없이 팔을 내려뜨렸다.

숨이 다한 것이다.

"아……. 아아……. 아아아……."

안타까움과 슬픔에 말을 잇지 못하고 있는 팔을 자른 병사
역시 무사하지 못했다. 급격하게 많은 양의 피가 쏟아져 나왔
으니 이미 그 역시 서서히 죽음의 문턱에 다다르고 있었던 것
이다.

"아… 질… 미아… 내가… 너를……. 어뗘……."

친구를 안고 있는 그의 체온 또한 점점 차가워짐을 느낀다.
귓가를 가득 메우던 병기들의 소리도 희미해져 간다. 눈앞이
점점 흐려진다. 흘러야 할 눈물도 싸늘해져 결국 흐르지 못하
고 굳어버렸다.

그 역시 친구를 안은 채 그대로 숨을 거둔 것이었다.

"쿠워어어!!"

"죽어! 이 괴물새끼들아!!"

"끼악!!"

하나 이미 아수라장인 전장은 그런 두 사람은 물론이고, 죽
어간 다른 모든 이들에게 단 한 번도 동정 어린 눈길을 주지

않았다. 그들은 그저 주변에 널려 있는 수백, 수천의 시체들
과 마찬가지일 뿐이다.

　"……."

　아무도 그들이 친구였다는 안타까운 사실도, 어이없이 찾
아온 죽음에 대해서도 알지 못한다. 그저… 그저 차가운 시체
였을 뿐이고 발에 걸리는 걸림돌일 뿐이었다.

　스윽—

　이때, 조용히 두 사람의 앞으로 다가온 은발의 사내는 걸림
돌 취급을 받을 두 사람을 안아 들곤 전장을 벗어나 그나마
피로 물들지 않은 길 위에 조심스럽게 눕혔다. 어디서 갑자기
이런 인물이 나타난 것일까?

　그는 아무런 제지도 받지 않고 이곳까지 걸어온 것 같은 모
양새였다. 마치 그만이 이 장소에서 따로 떨어져 있는 느낌이
다.

　"빨리 이곳에 오지 못해 미안합니다……."

　슬픔이 가득 배어 있는 목소리의 주인공은 다름 아닌 아이
리스였다. 그는 자신이 눕힌 병사의 잘려진 오른팔을 내려다
보았다. 그때 자신은 해내지 못했던 것을 그는 단번에 해내었
다. 그럼에도 그는 목숨을 다했고, 자신은 이렇게 살아 이곳
에 있었다.

　"당신들의 억울함……. 제가 안고 가겠습니다."

　그가 조용히 손을 뻗어 먼저 칼에 찔린 병사의 눈을 감겨주
었다. 격식있는 기도를 해줄 수는 없었다. 다만, 그의 죽음과

216

안타까움을 가슴에 새겨 넣을 뿐이다.

끼아악!

때마침 그를 발견한 한 무리의 가고일 떼가 크게 날갯짓하며 아이리스에게 달려들기 시작했다. 그런 가고일들의 위협적인 공격에도 불구하고 전혀 미동조차 하지 않은 채 묵묵히 병사의 눈을 감겨주던 아이리스.

그런 그가 조용히 입술을 달싹였다.

"꺼져."

쩌억!

맨 처음 날카로운 손톱을 뻗으며 날아오던 가고일은 그대로 몸이 반으로 찢긴 채 바닥으로 힘없이 떨어져 버렸다. 또 한 명의 부릅뜬 눈을 조용히 감겨준 아이리스가 그제야 시선을 돌려 먼발치에서 맹렬하게 날아 들고 있는 수백의 가고일 무리를 바라보았다.

"달려들지 않아도 돼……."

그가 맹렬히 날아드는 가고일들을 향해 손을 뻗는다. 이어 그의 목소리가 작게 울림과 동시에 빛무리가 그 주변으로 몰려들기 시작했다.

"윈드 스톰(Wind Storm:바람의 폭풍. 날카롭게 변한 바람의 폭풍은 주변의 모든 것들을 갈기갈기 찢어버린다. 술자의 능력에 따라 그 크기와 날카로움이 비례한다)."

그리고 이어진 그의 작은 손짓 한 번에 돌진해 오던 수십 마리의 가고일 사이에서 돌연 거센 돌풍이 몰아치기 시작했다.

스아아악!

끄에에엑!

정신을 차릴 틈도 없었다. 순식간에 생겨난 그 거대한 돌풍은 그대로 가고일 떼를 집어삼켜 버렸으며, 돌풍에 휩싸인 십수 마리는 그대로 중심을 잃고 땅바닥으로 곤두박질쳤다.

아이리스가 이번엔 대지를 향해 손을 내뻗었다.

"대지, 하늘을 찌르는 기둥을……. 어스 스파이럴(Earth Spiral:땅위 나선을 일컫는 마법. 대지의 창이 나선을 그리며 하늘 위로 뻗어 오른다. 술법자의 능력에 따라 그 강도와 길이가 비례된다)."

쿠쿠쿠쿵—!

재차 이어지는 그의 목소리에 이번엔 대지가 흔들리더니 날카로운 기둥이 되어 빠르게 솟아오르는 것이 아닌가!

푸욱! 푹! 퍽—!

떨어져 내리던 가고일들이 뻗어 올라오는 기둥에 저마다 곤두박질치던 모습 그대로 걸쭉한 피를 뿜어내며 꽂혀 들어갔다.

끄에에!!

퍼득! 퍼득!

마지막까지 날갯짓하며 발버둥치는 녀석들도 있었으나 모든 것이 허사였다. 그들은 거부할 수 없는 힘에 짓눌려 곤두박질치고 있던 것이다.

끼, 끼악!?

순식간에 한 무리가 사라져 버리자 영문을 알 수 없어 주춤 거리던 가고일들에게 아이리스가 다시 한 번 손을 내저었다.

"말했지. 다가오지 않아도 된다. 윈드 스톰(Wind Storm)."

찌이익!! 쩌적! 뜨드득―!

끼아!! 끄에에!!

그러자 이번엔 돌풍 대신 수십 마리의 가고일들의 날개가 예고도 없이 찢겨 내렸다. 날개를 잃은 녀석들은 어김없이 땅 아래로 곤두박질 쳤고, 그 아래에는 어김없이 날카로운 대지 의 창이 기다리고 있었다.

"애처로울 정도로 약하구나. 일찍 죽기엔 네놈들도 억울하 겠지."

진정 동정하는 듯한 목소리. 하지만 그의 하얀 손은 그런 목소리와는 달리 잔인할 정도로 서슴없었다.

"하지만, 이미 늦었어……. 여기가 너희들의 종착점이다."

*　　　*　　　*

화르륵―!! 꽈아아아아―!!

"끄엑!!"

"크아악!!"

괴성과 함께 또다시 수십여 마리가 대지에서 뻗어 나온 화 염의 불꽃에 타 들어갔다. 그렇게 누가 괴물이고 누가 사람인지 구별할 수 없던 일방적인 전투에 시간은 덧없이 흘러간다.

그 덕분에 좀 전까지만 해도 하늘을 가득 메우고 괴성을 퍼뜨리던 수백의 가고일과 오크들은 이제 얼마 남지 않아 눈으로도 대충 수를 짐작할 정도가 되었다.

끼, 끼륵!?

남은 가고일들의 얼굴에서 공포를 엿볼 수 있었다. 지금 자신들은 저 멀리서 손짓하고 있는 저 존재에게 아무런 반항도 하지 못한 채 그저 무의미하게 수십 마리씩 죽어나갈 뿐이다.

크… 크르르…….

그것은 오크들 역시 마찬가지였다. 그의 손짓 한 번에 무력하게 불기둥에 휩싸여 재 하나 남기지 못하고 사라져 버렸다. 결국 녀석들의 본능에 남은 선택로는 두 가지뿐. 절대적인 공포를 처음 인간들에게 줬던 것과는 다르게 오히려 자신들이 느끼며 여기저기 뿔뿔이 흩어지거나, 아니면 저 멀리서 내젓는 인간의 손짓 아래 날개가 찢겨 땅으로 곤두박질쳐 고깃덩어리가 되거나, 아니면 불에 타버려 재 한 줌 남기지 못하게 되는 것이다.

사아아악—!!

끄엑!

또다시 수십 마리의 가고일들이 날개가 찢겨 땅 아래로 곤두박질친다. 결국 계속되는 죽음에. 공포는 모를 것만 같던 녀석들은 비명을 지르고 날개를 퍼덕이며 순식간에 전장에서 흩어져 사라졌다.

"파이어 필러!"

곧이어 엄청난 불기둥이 머뭇거리던 오크들을 전부 태워
버렸다. 이성이 없는 괴물이기에, 본성이 우선시 되는 것은
어떻게 보면 당연한 일. 삽시간에 흩어진 녀석들 사이에서 우
왕좌왕하다 빠져나가지 못한 십여 마리는 어김없이 땅 아래
로 곤두박질치거나 불에 타버린다.

"말… 도 안 돼……."

"저런 거… 본 적도 없어……."

"이것이… 이것이 재앙의 마법사."

병사들은 어느 순간에서부턴가 무기를 내려놓고 갑자기
튀어나온 은발의 사내를 지켜보고 있었다. 제1의 전투이자
일선을 막아내는 것뿐이었지만, 그의 압도적인 힘은 모두를
매료시키는 데 있어 충분한 것이었다.

"우와아아!!! 재앙의 마법사다!!"

최고의 감동이었다. 재앙의 마법사라는 그 명칭이 이리 아
름답고 구세주와 같이 들릴 수 있는가? 노스키아의 대륙에서
공포의 존재로 불리던 그 존재가 이젠 구세주가 되어 자신들
의 앞에 나타난 것이었다. 병사들은 그 존재의 등장만으로 엄
청나게 사기가 올랐다.

"어떠냐! 괴물새끼들아! 이것이 바로 인간들의 대빵! 재앙
의 마법사의 힘이다!!"

"덤벼보라고! 이분이 바로 나타나는 곳마다 폭풍을 몰고
온다는 구분이시다! 아!!"

“최고다!! 내 생전 이런 적은!! 정말 최고야! 재앙의 마법사!!”

“당신은 신이야! 당신이 신이라고!! 와아아아!!”

병사들의 환호성이 하늘을 뒤흔든다. 그들의 발 구름이 대지를 뒤흔든다. 이어진 그들의 용기 가득한 환호성은 일방적으로 밀리고 있던 상황을 극적으로 역전시키는 첫 걸음이 되었다.

“뭐, 뭐야!? 무슨 일이 일어난 거냐!?”

반면 베릭은 자신들의 1선 부대가 전멸한 것에 어안이 벙벙한 모습이었다. 갑작스런 불기둥과 폭풍에 의해 사라지는 것을 똑똑히 보았다. 마법사가 분명했다. 그것도 고위의 마법사.

“괜찮아……. 아무리 대단한 마법사라 해도 역시 이 몸이 처리해 주겠다! 그, 그 녀석도 내 손으로 처단했으니까! 1선이 당했을 뿐이다. 우리에겐 아직 부대는 넘쳐나! 공격! 공격!!”

크워어어!!

끼아악!!

그렇다. 베릭의 말처럼 아이리스가 물리친 괴물들은 분명 수백에 달하였다. 그러나 그것은 그들의 수천, 수만이 남은 본진에 비하면 미미한 정도일 뿐이었다. 본격적인 전투는 어쩌면 이제부터가 진짜인 것이다.

“……뭐, 뭐야, 이 떨림……. 이 떨림은 뭐냐고…….”

222

본진과 함께 이동하는 베릭의 손이 떨리기 시작한다. 그 떨림은 불기둥이 올라왔던 곳에 가까워질수록 더욱 커져만 갔다.

"라시드……. 그리고 클라제비우츠, 부탁해."

두 사람에게 짧은 한마디를 건넨 아이리스는 곧바로 괴물들의 본진을 향해 걸음을 옮겼다. 분명 멀리서 다가오는 베릭을 본 것이었다.

"그래, 우리에게 맡겨."

아이리스는 이미 모습을 감춰 버렸다.

스르릉—

클라제비우츠가 검을 꺼내 든다. 동시에 그의 뒤로 서번트인 팔마리온과 멜리사, 그리고 베론이 섰다.

"베론, 우리 서번트 기사단의 힘을 보여줄 수 있도록 하지."

"물론입니다. 그러기 위한 저희들이 곧 부하들입니다. 모두 브리오아의 영광을 위하여!!"

베론이 큰 소리로 외치며 뒤를 돌자 놀랍게도 눈부신 광경이 펼쳐졌다. 순백, 그것은 수천의 기사들이 만들어내는 빛이었다.

"YES, For The Brilliant Sun(찬란히 빛나는 태양을 위하여)!!"

서번트……. 순백의 갑옷을 뒤집어쓴 수천 명의 기사들이 큰 소리로 자신들의 의지를 외쳤다. 그 울림은 전쟁터 안의 모든 이들의 시선을 끌기 충분했다.

"브리오니아의 제1의 검! 클라제비우츠다!! 그리고 그가 이끄는 무적의 기… 기사단 서번트!!"

"뭐, 뭐야!! 클라제비우츠님 온 건가!!"

커다란 외침에 그들을 발견한 병사들이 얼굴에 화색을 띠었다. 브리오니아 제1의 검 클라제비우츠……. 이 대륙에 그를 모르는 이는 없다. 그리고 브리오니아의 심장인 수도를 지키는 클라제비우츠가 이끄는 부대. 서번트! 그 베일이 이번 전투에서 벗어지는 것이다.

"본때를 보여주마!!"

"서번트라니! 이 전투해 볼 만하겠어!!"

점점 차 오르는 사기가 병사들 한 명에게서 느껴진다. 끓어오르는 혈기를 이길 수 있다는 신뢰감.

서번트들의 굉장한 등상에 라시드 또한 적잖이 놀란 듯했다. 그 위용은 상상 이상이었으니 말이다.

"슬슬 저희들도 나서야 할 것 같습니다."

스스슥—

"존명!! 킹스필드의 전사들, 군주님의 명을 받습니다!"

라시드의 손짓 한 번에 아무도 없을 것 같던 평지 위로 수천 명의 검은 사자들이 그 모습을 드러냈다. 그들의 낮게 깔린 음산한 목소리와 특유의 날이 휜 검이 태양 빛에 번쩍인다. 칠흑과 같은 검은 물결의 등장에 또다시 놀란 병사들은 비명과 같은 열렬한 환호성을 내질렀다.

“키, 킹스필드다!!”

“말도 안 돼! 오늘은 악이 선이 되는 날인가!?”

“킹스필드! 그 킹스필드다!!”

그 누구보다 든든한 아군이 세 군데나 생겼다. 이렇게 되면 괴물들의 군세가 얼마가 되던지 지려야질 수가 없는 싸움이다. 저쪽에 사신이라는 존재들이 있다면, 이쪽엔 재앙의 마법사와 글라세비우츠, 그리고 킹스필드의 군주인 라시드가 있었다.

또한 저쪽에 수많은 괴물들이 있다면, 이쪽엔 자신들과 킹스필드의 전사들, 그리고 서번트인 순백의 기사들이 있었다.

“이길 수 있어! 이길 수 있다고!!”

“해보는 거다! 이번에야말로 승리를!!”

병사들의 사기가 하늘을 찌른다. 검을 움켜잡은 그들의 손아귀에 바짝 힘이 들어선다. 더 이상 자신들을 향해 내달려오고 있는 괴물들의 모습이 두렵지 않다.

그들은 적이다. 자신들이 물리쳐야 하고, 충분히 이길 수 있는 그런 적일 뿐이었다.

“돌격억!! 인간의 위대함을 알려주자!!”

“와아아아아아아아—!!”

일제히 움직이는 발소리에 맞춰 흙먼지와 핏물이 사방으로 튀어나간다. 일제히 터져 나오는 커다란 함성 소리에 하늘의 구름들 또한 저 멀리 날아가 버린다.

워어어어!!

끼아아!

맹렬히 도끼를 휘두르고 날카로운 발톱을 추켜올린 괴물들의 군세 또한 무서운 속도로 달려들어 바로 코앞까지 다가왔다.

"전군! 돌격! 한 녀석도 남김없이 쓸어버려. 우리 맹세의 서번트의 용맹을 알려라!"

"우와아아아!"

"멸하라!!"

클라제비우츠와 라시드의 우렁찬 목소리가 터져 나왔다. 하늘이 울린다. 수만 병사들의 발 구름에 대지가 울리기 시작하고, 하늘 위로 화살 비구름이 쏘아져 오른다.

클라제비우츠와 라시드도 각자 소리치며 그 혼잡한 속으로 몸을 내던졌다.

곧이어 커다란 두 물결은 엄청난 폭풍을 몰아치며 격돌했다!!

피슈웅—!

서번트 기사단이 쏘아낸 수천 개의 화살이 괴물들을 덮쳤다. 그들이 쏘아낸 화살은 일반 화살들과는 달랐다. 화살의 촉부터 시작해서 대까지 전부 단단하고 무거운 쇠로 만들어진 철화살이었다.

파바바박—!

크워어어!!

끼아아아!!

덕분에 웬만한 화살은 몸으로 막아내던 오크와 하늘을 날아다니는 가고일까지 비처럼 쏟아져 내리는 철화살이 그대로 몸을 꿰뚫어 버렸다.

"와아아아—!"

곧이어 빠르게 격돌한 킹스필드의 전사들과 오크 보병들의 치혈한 전투가 시작되었다.

스슥—!

크워!?

킹스필드의 전사들은 일반 병사들과는 수준이 다른 귀신 같은 움직임을 보이며 오크들의 도끼에 단 한 명도 맞지 않았다. 그들은 맨 먼저 오크들의 다리를 공격했고, 곧바로 또 다른 이가 나타나 고꾸라진 오크의 목을 단칼에 베어버린다.

크어억!!

또 하나의 오크가 괴성을 지르며 쓰러졌다. 날카롭고 크게 휘어진 전사들의 칼은 그들의 복부를 찔렀으며, 어깨와 팔은 물론이고 심지어 단칼에 목을 휘감듯 따버리는 상황까지 연출하고 있었다. 그것은 마치 장난감을 가지고 노는 것처럼 보인다. 일반 병사들은 이 자리에 낄 수조차 없다.

부우웅—!!

게다가 처음 활을 쏘아낸 서번트들은 괴물의 군대와 격돌하자 오크들보다 몇 배는 무서운 괴력을 발산하고 있었다.

뻐어억—!

순백의 갑옷 위로 진득하고 비릿한 피가 튀어 오른다. 오크의 머리통만 한 메이스를 들고 있는 그들의 팔이 휘둘릴 때마다 괴물들은 말 그대로 피떡이 되어 쓰러져 내렸다.

한편, 아이리스는 그들보다 먼저 앞서 나가 싸우고 있었다. 그의 목표는 조금만 더 나아가면 말날 수 있는 베릭이었다.

푸욱—!

"크어!!"

아이리스의 날카로운 검이 자신의 앞을 막아선 커다란 오크의 가슴을 뚫고 나온다. 온전한 비명 한 번 지르지 못하고 바닥으로 고꾸라진 오크의 몸에서 뿜어져 나온 피가 아이리스의 은빛 머리를 점점 붉게 만들었다.

"비켜."

크, 크르르…….

날카로운 눈빛. 그와 눈을 마주치는 순간 오크들은 뱀 앞에 서 있는 쥐새끼들마냥 두려움 가득한 눈으로 괴성을 질러댔다.

크어억!

뻐억—! 촤아악—!

아이리스의 강력한 발차기에 오크 한 마리가 흙먼지와 함께 핏물을 튀기며 바닥을 뒹굴었다. 쓰러진 오크는 곧바로 몸을 일으키려 했으나 아이리스의 검이 한발 더 빠르게 그 머리를 꿰뚫어 버렸다.

"마지막이다. 비켜."

그의 말을 알아들은 것일까? 아니면 그저 몸을 지배하는 공포심에 자신들도 모르게 물러선 것이었을까? 어찌 되었든 마침내 길은 열렸다. 주춤거리며 물러선 오크들 사이에 베릭. 그가 있음을 확인할 수 있었다.

"이, 이 녀석들이 왜 이래!? 그깟 인간 마법사 하나 처리하지 못하고!!"

베릭이 오크들에게 성을 내는 신경질적인 목소리가 똑똑히 들려온다. 그래, 잊을 수 없는 그 목소리다. 그녀의 목에 가져간 검과 함께 들려오던 베릭의 간사한 웃음소리…….

"베릭."

"……!?"

자신을 부르는 목소리에 베릭은 그를 유심히 바라보았다. 목소리의 주인공을 베릭은 유심히 바라보았다. 마치 누군데 나의 이름을 알고 있느냐는 반응이다.

"내 이름을? 나를 알고 있다고? 너, 너! 누, 누구냐!?"

머리 길이와 색은 물론이고 온몸이 붉은 피로 덮여 있고, 게다가 눈빛마저 달라 바로 못 알아보는 것도 무리는 아니었다.

하나, 조금의 시간이 지나 아이리스의 모습을 확인할 수 있게 된 베릭은 갑작스레 온몸을 사시나무처럼 떨며 두려움 가득 담은 목소리로 입을 열었다.

"뭐, 뭐뭐뭐야!!"

아이리스를 가리키는 그의 손가락이 경련을 일으키듯 심

하게 흔들린다. 더불어 입을 열 때마다 부딪치는 이빨들이 그
가 지금 얼마나 당황하고 있는지를 여실하게 보여줬다.

"너……. 너, 너너너너……. 너, 너는!!"

"오랜만이다."

조용한 아이리스의 목소리에 베릭은 더욱 당황한 눈치다.
꿈에라도 그가 그곳에서 살아 나와 이곳에 있을 줄 누가 상상
이나 했겠는가. 그것도 전과 완전히 달라진 모습으로 말이다.

"미, 믿을 수 없어! 그때 분명… 분명……."

"믿지 않아도 좋아. 어차피 죽을 것이니까."

아이리스의 차가운 말투에 잠시 동안 멍한 표정을 지었던
베릭. 그러나 그는 곧 비웃음을 담은 웃음을 흘려내었다.

"주, 죽어? 누, 누가? 내가!? 키, 키킥! 확실히 마법을 쓰는
데 있어 제약이나 뭔가 변화가 있는 것은 사실이지만! 네깟
게? 네깟게!! 날 죽인다고!? 잊었나!? 잊었어!? 누가 널 조종했
는지! 너의 그 사랑하는 동료를 죽인게 누구의 손이었는지 말
이야!!"

"……."

하나 아이리스는 그런 베릭을 조용히 응시하고 있을 뿐이
었다. 그가 어떤 이야기를 하는지 알고 있다. 절대로 잊을 수
없는 그때를 이야기하는 것이겠지. 곧이어 베릭의 손목에 달
린 두 팔찌가 요란하게 흔들리기 시작한다.

"죽어! 킥킥! 그 오른팔로 이번엔 너의 목을 꿰, 꿰뚫는 거
다. 이 유령아!!"

“…….”

그러자 검을 든 아이리스의 오른팔이 서서히 올라가 자신의 목을 서서히 찔러 들어갔다.

동시에 베릭은 이상함을 느꼈다. 아이리스는 자신의 목을 검으로 찔러 들어가는 데도 눈 하나 깜빡하지 않았다. 아픔을 느낄 것이 분명할 터인데도 그는 아무렇지 않은 표정으로 여선히 칼로 자신의 목을 찔러가고 있었던 것이다.

“그, 그래!! 그렇게 꿰뚫어어!!!”

알 수 없는 소름이 베릭의 온몸을 휘감는다. 그리고 그 소름은 곧이어 현실이 되어 베릭을 덮쳐 들어왔다.

푸학!

아이리스 자신을 꿰뚫던 검이 어느새 그의 오른쪽 귀를 잘라 버렸기 때문이다. 꽤나 떨어져 있었던 아이리스는 어느새 자신의 코앞까지 다가와 있었다. 마치 시간을 정지하고 다가온 것만 같은 빠른 움직임.

“히, 히이익!! 내, 내 귀가!!”

붉은 핏물이 바닥에 떨어진다.

“…….”

베릭은 두려움을 가득 담은 눈으로 아이리스를 올려다보았다. 자신의 술법에 걸리지 않았다는 것인가? 그렇다면 어떻게 자신의 목을 그리 아무렇지 않게…….

“……!? 어, 어떻게?”

“그런 쓰레기 술법은 이제 나에게 통하지 않아.”

분명 상처가 나 있어야 할 아이리스의 목은 깨끗했다. 베릭의 맞물린 이빨이 작게 부딪치기 시작한다.

"마, 말도 안 된다. 분명 찔렀을… 텐데!!"

*　　　*　　　*

"크아아!!"

휘익—!

오크들이 칼을 내려치려는 순간 아이리스는 빠른 움직임으로 사이를 뚫고 지나갔다.

우우웅—

동시에 은색의 빛무리가 빠르게 지나간다. 순간 베릭은 자신의 두 눈을 의심해야만 했다. 도끼와 아이리스의 검이 부딪치는 소리도 나지 않았다. 오크는 있는 힘껏 그를 내려쳤지만, 도끼에 맞아 피떡이 되어 있어야 할 아이리스는 멀쩡히 서서 베릭을 응시하고 있을 뿐이었다.

크르!?

무엇인가 이상함을 느낀 오크 또한 자신이 내려쳤던 철퇴를 거둬들였다. 하지만 남은 것은 철 부분이 잘려 나간 대뿐이었다.

"너, 너. 그, 그건… 히이익!"

베릭이 또다시 절규에 가까운 비명을 내질렀다. 아이리스가 들고 있는 검을 감싸고 있는 은은한 빛무리를 본 것이다.

스악—!

지금 그 무엇보다 날카로울 아이리스의 검이 자신의 양옆에 있는 오크의 목을 간단하게 베어버렸다. 분수처럼 하늘을 향해 뻗어 나오는 붉은 핏물. 진한 피 냄새가 널리 퍼져 나간다.

"마, 막아!!"

베릭이 뒷걸음질치기 시작히며 크게 외쳤다. 그러자 그 주변을 둘러싸고 있던 오크들이 아이리스를 향해 달려든다. 오크들이 자신의 앞을 막아서면 아이리스는 어김없이 그의 검을 들어 오크의 몸을 두 동강내 버렸다.

크아아! 크르르!!

한 무리가 달려들 땐 땅 위에서 솟아오르는 불기둥으로 모든 것을 태워 버렸다.

"오, 오지 마!! 오지 마!!"

그야말로 속수무책. 베릭은 자신에게 서서히 다가오는 아이리스를 엄청나게 두려운 눈으로 바라본다. 아이리스의 앞을 막아서는 괴물들의 숫자는 계속해서 늘어갔지만, 그것으로는 아이리스의 발걸음을 늦추기엔 어림조차 없었다.

끼에엑!!

하늘에서 그의 머리를 노리고 날아들던 가고일 무리는 공중에서 생겨난 날카로운 바람에 찢겨 산산조각 나버렸다. 바로 눈앞에서 보고 있지만 베릭은 도저히 지금의 광경을 믿을 수가 없었다.

무엇보다 자신의 특기인 강제 조종술이 듣지 않는다는 건 사실상 자신의 패배나 마찬가지였으니까.

"말도 안 된다! 이건 말도 안 된다!!"

"된다."

흔들리는 눈빛. 단호한 아이리스의 대답과 자신을 바라보는 붉은 눈동자. 절규하며 도망치는 베릭을 따라 아이리스는 걸었다. 자신의 앞을 막아서는 괴물들이 있으면 어김없이 반으로 갈라내며 말이다.

"흐, 흐아아아!!"

탁다닥! 탁—!

아이리스를 피해 정신없이 내달린 베릭이 도착한 곳은 자신들이 점령한 성의 집견실로 이어지는 커다란 홀의 안쪽이었다. 베릭은 들어서자마자 재빨리 커다란 문을 닫는 레버를 내렸다.

끼기기—! 쿵!!

쇠사슬로 연결된 도르래가 요란하게 움직인다. 이윽고 보통의 힘으론 절대 열 수 없을 거대한 철문이 닫혔다.

"허억, 허억……. 어서! 어서! 어서!!"

카앙!! 카앙!!

그는 곧바로 주변에 커다란 돌을 들어 쇠사슬을 내리찍기 시작했다. 내려치는 돌의 마찰력을 못 이겨 손바닥에서 피가 나고 있었지만 그는 이미 정신줄을 놓은 사람마냥 쇠사슬을 계속해서 내려치고 있었다.

“베릭?”

“인마, 뭐 하는 거야!?”

물론 베릭이 들어선 그 홀 안에는 시엘과 필립, 그리고 로우까지 사신이라 불리는 모든 이들이 함께하고 있었다. 세 사람은 베릭이 안으로 들어서자마자 갑작스레 문을 닫고 하는 행동에 놀라 그에게 달려들었다.

키앙!! 촤르르륵—!!

베릭이 들고 있는 돌이 부서지는 것과 동시에 굵은 쇠사슬 또한 끊어져 힘없이 말려 올라갔다. 이제 더 이상 레버를 통해 그 문을 열고 닫는 것은 불가능했다. 거대한 철문, 이것을 움직이려면 자신들 또한 애먹을 것이기에. 로우는 베릭을 거칠게 일으켜 세웠다.

“베릭! 이 자식! 뭔데 이리 호들갑이야!”

“그, 그그그! 그 녀석이!!”

뚝뚝 떨어지는 손바닥의 피를 닦아낼 생각도 하지 않은 채 베릭은 로우에게 죽자살자 매달리기 시작했다.

“그 녀석!! 그 녀석이!! 괴물! 괴물이 돼서!!”

“무슨 소리야!! 진정하고 똑바로 말해!!”

베릭의 멱살을 잡아 올린 로우가 그를 거세게 흔들어댔다. 그가 자세히 살펴보니 베릭은 이미 손바닥뿐만 아니라 오른쪽 귀가 잘려 나가 있는 상태였다.

“너⋯⋯. 이 귀가⋯⋯.”

“크⋯ 크으윽!!”

베릭이 신음을 내뱉자 로우가 놀라며 잡았던 넉살을 풀었다. 그러자 갑자기 베릭이 눈앞의 로우를 거세게 밀쳤다.

"그 녀석이 나를!! 나를!! 크아아악!"

"이, 이 자식! 미쳤어!?"

로우를 밀친 베릭의 몸이 기이하게 꺾이기 시작한다. 쉴 새 없이 움직이는 그의 입 사이로 침이 쏟아져 나와 보는 사람으로 하여금 거부감이 들게 만들었다.

"히이익! 도와줘, 부탁이야! 멈춰줘어!!"

베릭은 곧바로 밀쳐져 넘어져 있는 로우에게 달려들어 그의 검을 뽑아 들었다.

차앙―!!

너무도 갑작스런 상황에 놀란 시엘과 필립, 그리고 당사자인 로우. 로우의 검을 빼어 든 베릭은 로우를 향해 무차별적으로 검을 휘두르기 시작했다.

스악―! 쉐에엑―!

"멈춰!! 미친 자식아!!"

"내가 하는 게 아니야! 내가 아니라고!!"

아무리 미운 자식이라 해도 자신의 동료인지라 함부로 손 댈 수가 없는 상황이다. 게다가 베릭은 정말로 억울하고 두려운 표정으로 자신을 바라보고 있었다.

피슛―!

결국, 베릭이 휘두른 검이 로우의 뺨 아래에 깊숙한 상처를 내고야 말았다.

"치잇!!"

이렇게 된 이상 계속해서 피할 수도 없는 노릇. 베릭을 제압하고 기절시키는 한이 있더라도 자신 또한 맞서야 했다. 로우는 자신의 향해 날아드는 검을 빠르게 피하곤 재빨리 주먹을 뻗었다.

파샷—!

하지만 로우의 주먹은 베릭의 안면에 닿지 못했다. 자신이 펀치를 내뻗는 도중에 마치 뭔가에 걸린 것처럼 옴짝달싹못하고 움직임을 멈춰 버렸기 때문이다.

"……!? 뭐, 뭐야! 몸이!!"

그것뿐만이 아니다. 울부짖으며 휘두르는 베릭의 검이 날아드는 것을 똑똑히 볼 수 있음에도 움직이지 않는 팔다리로 인해 그는 꼼짝없이 베릭이 휘두른 검 그대로 어깨를 맞아야만 했다.

푸욱—!

"크윽!!"

어깨 위로 화끈한 통증이 퍼져 나간다. 그러나 그것도 잠시, 베릭은 아무 망설임 없이 박힌 검을 빼내 버렸다. 엄청난 통증에 꽉 다문 이 사이로 신음이 새어 나온다.

"괴물!! 괴물 자식아!!"

베릭의 목소리가 넓은 접견실 안을 꽉 매우며 울린다. 이어 검을 빼낸 베릭은 움직이지 못하고 있는 로우의 목을 노리고 재차 검을 뻗었다.

"제기랄!!"

"로우, 위험해!!"

로우의 움직임이 멈춘 것에 이상함을 느낀 필립과 시엘이 그제야 급하게 뛰어들었다. 필립은 곧바로 로우의 앞을 막아섰고, 시엘은 필립이 앞을 막아섰음에도 검을 내리꽂으려는 베릭에게 달려가…….

푸욱!

"크흑!"

베릭의 심장에 검을 박아 넣었다. 다행히도 아슬아슬한 차이로 베릭의 손에 들린 검은 로우의 목 앞에 작은 상처만 남겼을 뿐이다.

"…미안하다."

"내가……. 내가 그런 게……."

베릭의 붉은 눈동자에 맺힌 눈물이 떨어지기 시작한다. 너무나도 갑작스러운 사태에 세 사람 모두가 어안이 벙벙한 표정이었다.

"로우, 괜찮아!?"

"베릭……."

어깨의 상처를 치료하는 필립과 바닥에 쓰러진 베릭을 복잡한 표정으로 내려다보는 로우. 베릭이 쓰러지자 로우의 움직이지 않던 몸이 다시 움직이기 시작한다. 아마도 베릭의 조종술에 로우가 걸렸던 것이고, 그 술자가 죽음으로써 풀린 것 같았다.

하나 그렇다면 베릭은 어째서… 자신의 억울함을 호소하며 검을 휘둘렀는가. 단지 미쳐 버린 것인가? 아무 이유도 없이!? 그가 끝까지 외치던 괴물이라는 것은 도대체 누구란 말인가!

"크… 크아아아!"

그러나 이미 심장이 꿰뚫렸을 베릭은 바닥에 쓰러져 일어서지도 못하는 상태에서도 계속해서 검을 휘두르고 있었다. 시엘의 검 또한 쓰러진 베릭의 심장에 그대로 박혀 있는 상태였기에 함부로 그에게 달려들지 못했다. 치료를 하려 해도 그가 휘두르는 검이 그것을 방해한다.

"괴물……. 녀석이 괴물이 되어 나를… 나를……."

찰그렁―!

결국 베릭은 힘이 다했는지 잡고 있던 검을 그대로 떨어뜨리곤 더 이상 움직이지 않았다. 그 주변 바닥이 피로 붉게 메워져 있다. 마지막까지 울부짖으며 눈물을 흘리던 베릭의 모습이 세 사람의 뇌리 속에 선명하게 박혀든다.

이 장면, 어딘가 익숙했다는 것을 모두는 느낄 수 있다. 설마라는 추측은 더 이상 무의미하다. 방금 전의 상황, 그리고 베릭이 두려워할 만 한 단 하나의 존재.

"대, 대체 이게 무슨 일……."

"밖에서 무슨 일이 일어나는 건가."

로우와 시엘에 비해 상대적으로 필립은 이 갑작스런 상황에 꽤나 충격이 큰 것 같았다. 로우와 시엘 역시 평상시에 베릭과 사이가 좋지 않았다고 하지만 이런 갑작스러운 상황에 기분이 좋을 리 없었다.

"우선 저 문을 열고 나가봐야겠어."

"혼자서는 무리다. 오우거 정도가 와야 간신히 열 수 있는 정도일 거다."

다친 몸을 이끌고 문 앞쪽으로 걸어서는 로우와 그에게 그것은 무리라고 이야기하는 시엘. 필립은 서서히 차갑게 변하는 베릭을 반듯하게 눕히곤 심장에 박혀 있는 검을 뽑아내었다.

드드드드……. 끼드득—

문이 열린다. 오우거라 해도 간신히 여는 것이 한계라고 말한 그 문이 두 갈래로 갈라져 서서히 열리고 있던 것이다. 사슬이 묶이지 않은 도르래는 그저 헛바퀴를 돌고 있다. 억지로 열리는 철문의 바닥은 그야말로 금이 가고 밀려 부서져 올라갔다.

쿠웅—!

이윽고 육중한 철문이 활짝 열렸다. 세 사람의 시선은 이런 말도 안 되는 상황을 연출한 이를 그저 말없이 바라보았다.

"……!?"

"……!!"

"……말도 안 된다."

그를 바라보는 로우의 힘없는 한마디. 시엘 역시 경직된 얼굴로 자신들 앞에 서 있는 사내를 물끄러미 바라보고 있었다.

"내가 왔다."

서로 다른 색의 눈동자. 예전과는 너무나도 달라진 분위기와 낮은 목소리……. 그리고 자신들을 바라보는 증오가 담긴 눈빛까지. 그는 베릭을 따라온 아이리스였다.

"너……."

그의 온몸은 이미 붉게 물들어 있었다. 아직 식지 않은 뜨거운 핏물은 아이리스가 걸음을 내딛을 때마다 아래로 떨어져 내린다.

"어떻게……. 네가……."

푸욱—

놀라움에 간신히 입을 떼던 시엘은 갑작스런 살을 찢는 소리에 놀라 뒤돌았다. 반사적으로 검이 있을 허리춤에 손이 갔지만. 아차, 그의 검은 여전히 베릭의 심장에 박혀 있었다.

"……!?"

"베릭!!"

게다가 그의 검은 어찌 된 영문인지 죽어 있어야 할 베릭의 손에 들려 있었고. 베릭은 그 검으로 무릎 꿇은 채 자신을 올려다보는 필립의 목을 꿰뚫어 버린 것이다.

뜨드득—

베릭의 눈동자엔 초점이 없다. 숨도 쉬지 않는다. 마치 죽은 인형이 멋대로 움직이는 것처럼 천천히 필립의 목에 검을 꽂아 밀어 넣을 뿐이다.

필립은 자신의 목에 꽂혀진 검을 멍하니 내려다보았다. 그래… 이것은 그때……. 그때와 똑같은 것이다. 문을 열고 들어온 자가 누구인지는 보지 않아도 알 수 있었다. 베릭이 말하던 그 괴물은……. 자신들이 엉망으로 만든 사내였을 테니까…….

털썩—

"피, 필립!!"

순식간에 베릭은 물론이고 목 깊숙이 검이 박힌 필립까지 쓰러져 버렸다. 손을 쓸 틈도 없었다.

"네, 네 녀석!?"

"그래, 사람을 멋대로 조종하는 아픔. 그리고 그것에 대한 죽음과 책임……. 그것을 느껴야 했으니까."

분노한 로우의 물음에 아이리스는 차가운 답변을 날릴 뿐이다. 그러고 보면 베릭은 죽은 자의 몸도 인형처럼 움직이지 않았던가. 그가 단순히 심장이 정지했다고 해서 움직이지 않을 거라 생각하게 한 것. 고로 자신들이 아이리스에게 정신이 팔렸을 그때를 노린 수가 분명했다. 이러지도 저러지도 못하는 두 사람을 바라보던 아이리스가 입을 열었다.

그는 그 누구와도 눈을 마주하지 않았다. 그거 황금의 눈동자에는 슬픔을, 그리고 나머지 붉은 눈동자에는 격렬한 분노를 담은 채 쓰러진 베릭과 필립을 바라볼 뿐이다.

"전해줘. 론드 씨…… 에게 내가 왔다고. 그러니 만나러 가겠다고 말이야"

"너……. 너… 너! 너! 너너너!!!"

뒤돌아서는 아이리스의 등 뒤로 로우의 절규가 터져 나왔다. 하지만 아이리스의 모습은 마법처럼 사라졌다. 게다가 두껍고 커다란 철문은 그의 절규는 아랑곳하지 않은 채 빠르게 닫혀 버렸다.

쿠웅—

"아이리스!!!!"

로우의 주먹이 단힌 두꺼운 철문 위에 내리꽂혔다.

콰앙—!!

그러자 철문은 마치 녹아든 엿가락처럼 늘어나 버린다. 그는 분이 풀리지 않는지 계속해서 철문을 내려쳤다.

"내려가서 저 인간 놈들을 모두 죽여 버리겠어."

"그만둬라. 지금 상황으론 우리가 절대적으로 불리하다."

"그건 해봐야 아는 거 아냐!"

짝—

"시엘……."

"정신 차려라. 내 눈앞에서 또 한 사람이 죽는 걸 나보고 보고 있으란 건가?"

"두 사람은 이미 늦었다. 게다가 로우, 너 역시 그에 관한 것은 어느 정도는 예상한 일이 아닌가."

"예상했다고? 이런 일을? 아니! 시엘, 난 너와 달라. 그 녀석이 살아 있으면 했지만 복수를 하리라고는 생각하지 않았다고!"

로우는 거칠게 소리쳤지만 시엘은 씁쓸한 눈빛으로 그를

바라보았다. 그리고 조용히 입을 달싹이며 말을 꺼냈다.

"…당연한 것 아닌가."

"다, 당연해?"

시엘의 대답에 로우가 살짝 당황한 표정을 짓는다. 당연하다니? 필립과 베릭이 자신들의 눈앞에서 아이리스에게 살해당했는데, 시엘은 그것이 당연하다고 말하고 있는 것인가?

"그에게 우리가 준 아픔을 생각해라."

"그래서!? 그래서!? 네! 하고 죽어주자는 거냐!?"

그렇다. 분명 자신들 또한 아이리스에게 이보다 더한 슬픔을 안겨주었다. 분명 그것은 사실이었다. 하지만 그렇다고 해서 자신의 말처럼 '네!' 하고 죽어줄 순 없는 것 아닌가.

"아니다. 다만, 진심으로 그를 이젠 적으로 인정해야 한다는 것이지."

로우는 시엘의 대답에서 너무나도 흥분했던 사신을 돌아보았다. 분명히 시엘의 말이 백 번 옳았다. 맞는 소리다. 뿌린대로 거두는 것이 삶이라 한다. 자신들은 그것을 받았다. 하지만 그것은 자신들이 뿌린 씨앗. 그렇다면 살아남기 위해, 그리고 그 씨앗을 거두기 위해 자신들은 맞서야 했다.

"제기라알!!!"

쿠르르―

성안은 로우의 커다란 외침으로 가득 찼고, 밖의 전장은 인간들의 승리의 환호성으로 가득 찼다. 성안에 발을 들여놓을 당시에 이미 아이리스의 손에 죽어나간 괴물들이 상당했기 때문이었다. 그가 걸어온 길로는 오직 괴물들의 시체뿐이어서 기세 좋게 성으로 달려들던 병사들마저 어리둥절했을 정도다.

"뭐, 뭐야, 여긴?"

"우리가 처음이 아닌가? 도대체 누가 이렇게……."

그야말로 널려 있는 수많은 괴물들의 시체들. 더욱 놀라운 것은 아군으로 보이는 사람의 시체는 하나도 보이지 않는다는 데 있었다. 죽은 괴물들의 모습을 유심히 살피던 노련한 병사가 놀란 목소리로 입을 열어,

"굉장해. 손 한 번 못 대고 죽어나갔구만……. 어찌 되었든 살아 있는 건 하나도 없는 모양이로군."

"이거 그러고 보니까, 저어기이— 끝에서부터 길이 이어져 있는 거 같지 않아? 마치 이곳을 향하는 도중 눈앞에 모든 걸 다 죽여 버린 것처럼."

동료가 가리키는 곳을 쳐다본 또 다른 이가 말도 안 된다는 듯 웃음을 터뜨렸다.

"풋! 에이~ 말도 안 된다. 그런 게 가능하다면 그건 이미 사람이 아니지 이 사람아~ 신이지, 신!"

동료의 말이 맞다면, 육안으로도 거의 확인할 수 없는 저 먼 거리를 그냥 걸어온 것도 아니라 수천의 괴물들에게 둘러싸여서, 그것도 이렇게 모두 도륙하면서 왔다는 소리 아닌가.

콰앙—!!

순간 커다란 굉음이 터져 나왔다. 그것은 마치 육중한 철문

을 때려부수는 소리였다. 성 안쪽에서 들려오는 소리다. 병사들은 바짝 긴장한 모습으로 성문 앞을 주시했고, 그 소리는 몇 번이나 들려와 그들을 긴장시켰다.

그리곤 잠시 잠잠해지는가 싶더니, 이번엔 커다란 사내의 고함 소리가 터져 나왔다.

"뭐, 뭐야!"

"어, 어이, 저기!!"

차앙—!!

놀란 동료의 말에 황급히 검을 빼어 든 그들은 곧이어 은발 머리에 전신을 붉은 피로 물들인 채 천천히 성문을 나서는 사내와 맞닥트리게 되었다.

싸늘한 표정.

"……."

"헙!"

"흐읍!"

순간이었지만 병사들은 그와 눈을 살짝 마주친 것만으로도 그 자리에 얼어붙어 버렸다. 누구냐고, 여기서 무엇을 하느냐고, 방금 전 들린 그 소리는 무엇이냐고 단 한 마디로 묻지 못했다. 자신들 또한 숱한 전투를 치렀던 병사들임에도 불구하고 사내의 박력에 눌려 옴짝달싹하지 못했던 것이다.

'무, 무섭다… 이 느낌…….'

'사, 사람이 맞는 건가!?'

그런 그들의 두려움은 아랑곳없이 은발의 사내는 천천히

괴물들의 시체를 밟고 앞으로 나아갔다. 처음 동료가 이야기
했던 그 길을 되짚어가 듯이 말이다.

"와아아아!"

그리고 사내가 되짚어가는 그 길의 주변에서 터져 나오던
함성 소리들이 하나둘 조심스레 멎기 시작했다. 아마도 사내
가 길을 따라 내려가며 마주치는 병사들 모두가 놀라 함성을
멈추고 숨죽였기 때문일 것이다. 마지막으로 그와 마주친 병
사들이 조심스레 내뱉은 그 말은 단 하나였다.

"재앙의 마법사다……."

아이리스가 사령부로 들어섰을 때, 클라제비우츠와 라시
드를 제외한 모든 이들은 다른 여느 병사들과 마찬가지인 모
습으로 놀라고 있었다.

"그래, 사신들을 만나보았는가?"

클라제비우츠는 하얀 수건을 그에게 건넸다. 아이리스는
그것을 말없이 받아 들곤 얼굴에 묻어 있는 붉은 피들을 닦아
내며 고개를 끄덕였다.

"복수를 시작한 기분이 어때?"

"만족을 위해서 시작한 것이 아닙니다."

라시드는 걱정이 가득한 눈빛으로 그를 바라보았고, 클라
제비우츠는 아이리스의 어깨를 두어 번 토닥여 주었다.

"어찌 되었든 네가, 그리고 우리가 만들어낸 승리다. 불가

능할 것만 같던 우리들의 전투에 드디어 희망이 보인 것이다.
그러니 자랑스러워해도, 괴로워하지 않아도 되는 거다.”

　이날의 승리는 그야말로 쾌거였다. 아몬과 아서가 올린 전
투와 동시에 아이리스들이 올린 승전보를 기점으로 인간들의
대대적인 반격이 시작된 것이다.

　게다가 2년 가까이 사라졌다 다시 나타난 재앙의 마법사는
사신 중 두 명을 눈 깜짝할 사이에 죽여 버리고, 그의 앞을 가
로막는 수만의 괴물들을 도륙했다는 무시무시한 소문을 달고
병사들 사이에서 영웅이 아닌 영웅으로 각인되기 시작했다.

Chapter 54

그만 가봐. 좀 쉬어야겠다

인간들의 반격은 거세었고, 연합군들의 힘은 예상했던 것 이상으로 강했다. 무엇보다 킹스필드의 참여, 서번트들의 놀라운 활약과 단원이 단 몇 명이라는 환영의 기사단이란 이름 모를 신생 기사단의 게릴라전은 그야말로 승승장구하게 만드는 요인이었다.

마지막 그 중심에는 말 그대로 재앙의 마법사가 자리하고 있었다. 그가 참여한 전투에는 괴물들의 흔적을 찾을 수가 없었다. 찾으려야 찾을 수가 없는 것이다. 모두 불타 버리거나 산산조각 찢겨져 나간다.

그는 전쟁이 지날수록 병사들에게 희망의 영웅으로 떠올랐고, 반면 괴물들에게는 악마보다 더 무서운 존재였을 것이다. 결국 그로부터 반년이라는 시간이 지나 인간들은 괴물들을 궁지에까지 몰아넣는 데 성공했다.

그 기적의 주인공들이 있었기에 가능한 일이었지만. 어찌 되었든 이 지옥 같던 전쟁의 끝이 보이기 시작한 것이다. 전쟁의 불씨는 빠르게 소진되어 가고 있었다. 이제, 이곳에서의 전투가 어찌 보면 마지막 전투라고 할 수 있게 되었다.

"드디어 도착했군."

푸르르―

그들이 타고 온 말들에게서 지친 기색이 역력함을 알 수 있었다. 서로 완전히 반대쪽을 향해 진군해 가던 아이리스와 아몬은 그들이 전쟁에 뛰어들고 나서 반년이라는 시간이 지나서야 오늘 비로소 만날 수 있게 되었다.

"아이리스!!"

에리나는 그야말로 성녀의 이미지고 뭐고 전부 벗어던지고 그를 발견하자마자 매달려 울고불고 난리도 아니었다. 덕분에 아이리스는 그동안 꽤나 커진 규모의 성녀 에리나 친위대의 미움을 사게 됐다는 웃지 못할 이야기도 있다.

"활약은 잘 듣고 있었습니다."

"그는 어디에 있지요?"

"아스칼, 안내해 드려라."

아스칼이 아이리스를 물끄러미 바라본다. 그는 완전히 뒤바뀐 아이리스의 분위기에 예전, 자신들이 노리던 얼빵한 마법사와 동일인물이라는 것을 잊은 듯했다.

아이리스는 그 길로 곧장 아스칼을 따라나섰고, 클라제비우츠와 아서는 의미심장한 악수를 나누곤 사령부 막사로 향했다.

연합군의 규모는 그야말로 엄청났다. 대륙 각지에서 살아남은 부대들은 전부 이곳으로 집결되는 듯, 연합군의 전투 막사가 펼쳐져 있는 땅은 그야말로 새까맸다.

얼굴이 비춰질 정도로 날카롭게 다듬어진 검과 더욱 빠르고 단단해진 전차들, 그리고 하늘을 향해 쏘아 올리기 편해진 석궁까지. 연합에서 개발을 거듭해 만들어진 신형 무기들은 전투에 더욱 큰 힘을 실어주었다. 그것은 마치 전쟁 중 새로운 진화를 맞이한 것과 같았다.

한참 아스칼을 따라나선 아이리스가 도착한 곳은 구석진 곳에 자리하고 있는 개인 막사였다.

"웬만하면 안으로 들어가지 않는 게 좋을 거야."

그리 말한 아스칼은 방해하지 않겠다는 듯, 꽤 뒤편에 자리하고 있는 바위 위에 걸터앉았다. 이 천막 건너편에 아몬이 있었다. 아몬 또한 아이리스가 왔다는 것을 알고 있을 것이다. 하지만 그는 그 안에서 어떤 기척도 내지 않고 침묵하고 있을 뿐이었다.

"아몬 씨, 검을 돌려 드리러 왔습니다."

자신이 절망에 빠져 있을 때 자신을 꺼내준 사람과 그의 검. 아이리스가 묻자 아몬의 카랑카랑한 목소리가 들려왔다.

"괜찮다. 이번 전투가 끝나면 돌려 받을 태니까 그때까진 가지고 있어."

"예……."

언제나 자신감 가득했던 그의 목소리가 아니다. 그것은 삶이 힘들어 노쇠하고 기력을 잃은 그런 사람의 목소리였다.

"들어가도 되나요……?"

조심스레 천막을 걷으며 안으로 들어서려는 아이리스. 보고 싶었다. 그리고 왠지 모를 불안함이 지금 그를 봐야 한다는 것을 말해주고 있었다. 하지만 아몬은 그것마저 단호하게 거절했다.

"안 돼!! 지금 몹시 기분이 좋아서 네 울상을 보면 한 대 콱 쥐어박을지도 몰라."

불안했다. 천을 젖히려던 아이리스는 잠시 주춤거리다 들어 올렸던 천을 되돌려 놓았다. 그가 원하지 않는 데에는 그만한 이유가 있을 것이다.

"…알겠습니다."

공교롭게도 때마침 불어온 작은 바람이 아이리스가 내려놓던 천을 살짝 흔들어놓았다.

팔락—

"……!?"

아이리스는 보았다. 그의 몸에 새겨진 수많은 상처를……. 마치 가뭄에 의해 갈라진 땅처럼, 그의 몸 전체에 균열이 가 있었다. 아이리스의 머릿속이 하얗게 변했다.

그가……. 죽을 것이라는 불안한 예감이 온몸을 휘감았기 때문이다. 무슨 말을 해야 할지, 자신이 지금 어떤 행동을 취해야 할지 모든 것이 깜깜하고 막막하기만 하다.

"하나만 부탁하자."

"……."

"그 녀석은 나에게 맡겨주지 않겠냐? 우, 우웁! 쿠하악!"

"이 모 씨……."

필사적으로 참으려 했겠지만 아몬은 결국 두어 번 깊은 기침을 내뱉었다.

"다른 녀석들은 모르겠지만, 그 녀석만큼은 내가 너보다 더 깊은 원망을 가지고 있어서 말이야… 쿠큭!"

자신의 계속되는 기침에서 아이리스가 어느 정도는 예상했을 거라 믿었던 것일까.

"에리나도 어찌할 수 없는 거다. 원래 살아서는 안 될 녀석이 살아 있는 거야. 네 덕분에 말이지. 그러니까 괜한 생각하지 마라."

"…예."

"그만 가봐. 좀 쉬어야겠다."

검을 쥐고 있는 아이리스의 손이 작게 떨려온다. 아몬의 미약한 숨소리는 당장이라도 손에 잡힐 듯 들려오고 있었다.

"나중에 뵙겠습니다. 전투가 끝나고……."

"그래."

아몬은 더 이상 말을 잇지 못했다. 마치 힘을 조금이라도 비축해 두려는 듯 잠에 빠진 것인지, 아니면 필사적으로 자신의 상태를 숨기기 위해 이를 악물고 참고 있는 것인지…….

그 어느 쪽이건 아이리스 자신이 이 자리에 있는 것이 그에게 있어 가장 큰 짐이 될 것임을 알기에 그는 곧바로 몸을 돌렸다.

몸을 돌려 나가는 아이리스의 뒤를 따르는 아스칼이 불만 가득한 말투로 물었다.

"왜 그를 말리지 않았나! 너는 강하다고 들었다! 그것도 엄청나게!!"

"……."

걸음을 멈춘 아이리스가 아스칼을 돌아본다. 아스칼 또한 달라진 그의 분위기에 살짝 놀라는 듯했지만 그것도 잠시, 다시 격양된 목소리로 입을 열기 시작했다.

"지금 그의 몸은! 그의 몸은 말이다! 계속된 전투 때문에!! 너는 몰라……. 그가 얼마나 자신의 몸을 혹사시키면서까지 이 일에 매달리고 있는지!!"

"아니, 알고 있다."

아이리스는 조용히 아스칼의 말허리를 잘랐다. 너무나도 단호한 그의 대답에 아스칼은 놀라 물끄러미 그를 바라볼 수밖에 없었다.

"알고 있기 때문에 말리지 않은 거다. 그의 마음을 알기 때문에……."

"너……."

생각난다. 언제나 강하고 자신감 가득했던 그의 모습이……. 처음 그를 만난 작은 산장의 오두막에서의 당황스러움과 보석을 훔치기 위한 우리 세 명의 투닥거림……. 자신에게 복수를 위해 검을 들고 나선 소년에게 보여준 결의와 늘 신경질적이지만 언제나 자신의 앞에 서서 모든 것을 막아주던 그가.

글라디스기 지신의 손에 숨을 다할 때 울부짖던 그의 모습이. 그녀와의 입맞춤에서 벌겋게 달아올랐던 그의 표정을. 기력없이 무너져 있던 자신 앞에 나타난 강인한 그의 모습을…….

"아몬 씨……."

전쟁은 슬프다. 아니, 인간과 관계된 모든 인과율이라는 것은 사람을 침식하고 병들게 만든다. 사람이라는 존재 자체가 서로를 아프게 만들며 상처주는 것일지도 몰랐다.

"하지만 인간은 그런 것들과도 싸울 수 있는 의지를 가지고 있다."

"무, 무슨 소리냐, 갑자기?"

곁에 있던 아스칼이 뜬금없는 아이리스의 말에 놀라 되물었지만 그는 입을 굳게 다문 채 더 이상 말하지 않았다.

그리고 그 다음날, 그 치열하고 마지막이 될 전쟁의 서막이 올랐다.

Chapter 55
그들의 전장

끼에엑!!

크워어어!!

하늘은 온통 붉은빛으로 둘러싸여 있었다.

대지는 온통 붉은 피로 가득 차 있었다.

"사, 살려줘!!"

카앙―!

"록스! 정신 차려! 위생병! 여기!! 여기 커헉!!"

"크와아!!"

"승리를 위하여!!"

두두두두―!!

얼마나 시간이 지났는지, 또 얼마만큼이나 더 긴 시간을 보

내야 하는지, 역겨운 피의 비릿 냄새를 어느 정도 맡아왔는
지, 코끝이 아무런 느낌이 없을 정도의 시간……. 얼마나 죽
어 왔는지… 얼마나 살아남았는지 알 수 없는 그런 길고 긴
시간…….

"왔구나. 기다리고 있었다."

"……."

나는 눈앞의 서 있는 한 사내를 바라보며 미소지었다. 그것
은 반가움을 담은 미소였을까? 아니면 가슴속에서 꺼지지 않
고 타오르는 증오에 대한 표현이었을까.

"만나고 싶었다."

"나 역시 만나고 싶었어."

덤덤하게 말을 이는 사내. 그는 로우였고, 그런 로우에게
의미심장한 미소를 날린 피투성이의 사내는 아이리스였다.
전쟁통에 더 이상 멋들어진 이야기는 피차간에 필요하시 않
았다. 쌓여 있는 이야기보따리를 풀어내면서 오순도순 노닥
거리는 놀이가 아니다. 검을 맞대어 살아남는 쪽의 이야기가
진실이 되고, 죽어 사라져 간 자는 거짓조차 만들어내지 못하
는 것이 이곳의 진리다.

"나는 너를 만나 최선을 다하기 위해 지금 내 봉인을 푼
다."

"……."

사아아—

음산한 기운이 감돌자 로우의 몸이 붉게 물들기 시작한다.

그리고 그의 모습이 조금씩 부풀어 올랐다. 더욱 커진 어깨와 길어진 팔다리. 늘 웃음을 머금고 있던 그의 얼굴은 딱딱하게 굳어 있었다.

"아이리스."

"…로우."

그는 마치 아이리스의 눈빛에서 들어야 할 이야기들을 읽어낸 사람처럼 고개를 끄덕이곤 말을 이었다.

"왜 이러고 있냐고? 나도 그리 내키지는 않지만……. 어쩔 수 없잖아, 내가 이렇게 하지 않으면 엘레니아가 목숨을 버린 게 너무나도 허망하니까. 그러니까……. 내가 이럴 수밖에 없잖아. 그리고……."

"……."

아이리스 또한 묵묵히 로우의 이야기를 듣고 있었다. 마지막에 그녀는 분명 자신을 감싸다가 목숨을 다했다. 그녀가 마지막으로 자신에게 건넸던 미안하다는 말은 아직까지도 생생하다.

"그리고……. 우습겠지만 난 그녀가 죽은 것이 네 탓이라고 생각했거든. 그래서 더욱 이러고 있는지도 몰라. 네가 우리들 앞에서 베릭을 죽였을 때 나는 묘한 흥분감에 사로잡혔다. 내가 하지 못한 일을 너는 멋지게 해냈지. 그리고 그와 동시에 분노가 솟구쳐 올랐던 거야. 그녀가 죽은 것은 어쩌면 너 때문일 것이라는 생각에 말이야."

"…틀리지 않다. 엘레니아는 분명 나를 감싸고 죽었으니까."

　미안하다는 엘레니아의 그 이야기는 자신뿐만 아니라 필립과 로우, 시엘과 베릭의 몫까지 전부 말한 것이겠지. 하지만… 그녀의 사과로써 자신의 분노와 슬픔을 재울 수는 없었다. 게다가 그런 그녀가 친구들의 손에 죽었다는 사실이 오히려 아이리스에겐 더욱 큰 절망을 안겨주기도 했다.

　"그래, 그 대답을 기다렸어. 사실 필립과 베릭의 죽음은 나에게 잠시 동안 주체 못할 분노를 주었지만 시엘의 말이 맞아. 다만, 죄 없는……. 킥! 그것도 아닌가. 따지고 보면 우리 모두가 너에게 죄를 졌군. 하지만 말이야, 엘레니아만큼은 달라… 다르다고!"

　"너는 나에게 복수할 자격이 있다."

　"물론 그냥 죽어주진 않겠지?"

　"아아."

　자리에서 일어선 로우의 두 손이 밝게 빛난다. 소드마스터가 검의 날에 오로라를 드리우는 것이라면, 그는 자신의 주먹에 그런 오로라를 두르는 것 같았다.

　"그럼 간다!!"

　말을 마치자마자 빠르게 달려든 로우가 주먹을 휘둘렀다. 그야말로 쾌속! 미처 반응하지 못할 빠르기로 로우의 주먹이 아이리스의 검을 쳐올렸다.

　카앙―!!

　"……!?"

　"뭘 놀래!? 내 주먹이 너의 검보다 더욱 강할걸!!"

오로라가 걸려 있는 자신의 검을 쳐낸 것에 놀라는 아이리스. 하지만 놀랄 새도 없이 곧바로 날아든 로우의 발차기를 맞아야만 했다.

빠억!

"크헉!!"

어중간한 발차기가 아니었다. 바람을 찢어버릴 정도의 위력의 발차기를 그대로 맞은 아이리스의 몸이 공중에 붕 떠서는 흙먼지와 함께 구석에 처박혀 버렸다. 로우는 아직 끝나지 않았다는 듯 굳은 얼굴로 아이리스에게 천천히 다가섰다.

"하아, 하아……."

아이리스 역시 살짝 찡그린 얼굴로 계속해서 피가 새어 나오는 자신의 왼 어깨를 감싸쥔 채 로우를 바라보았다.

"실력이 몰라보게 늘었구나, 아이리스!!"

기세 좋게 날아들어 내지른 로우의 검을 막아선 아이리스.

꽈지직—!

그가 밟고 있는 지면이 힘을 이기지 못하고 움푹 패여 들어갔다. 동시에 거센 압력을 동반한 바람이 터져 나와 주변 병사들의 몸을 흔들어댔다.

캉! 캉! 카앙! 카가강!

수십의 빛무리. 두 사람이 휘두르는 검과 주먹의 모습이 보이지 않는다. 다가서지도 못할 위력적인 검권풍(劍拳風)이 주변을 감싸고 있어 그들의 싸움터가 넓어질수록 다른 곳에서 싸우고 있던 병사와 괴물들 또한 자리에 있지 못하고 밀려 나기 바쁠 뿐이었다.

"하아앗!"

"흐아압!"

콰직—!

다시 한 번 큰 모래먼지를 일으키며 격돌한 두 사람.

카드득—

아이리스의 검에 작은 금이 가는 소리가 들리고, 곧이어 서로의 기운을 이기지 못한 커다란 폭발이 일어났다.

파아아앙—!!

"크윽."

"하아… 하아……."

촤악—! 타다닥—

몸을 크게 휘청이며 뒤로 물러선 아이리스와 옆구리 쪽을 감싸 쥐고 서 있는 로우. 옆구리를 감싸 쥔 로우의 손가락 사이로는 붉은 피가 흘러내리고 있었다.

"아직 끝나지 않았어!!"

휘릭—!

빠르게 자세를 바로잡은 로우가 아이리스를 향해 뛰어올랐다. 아이리스 역시 앞으로 나서며 로우를 향해 검을 찔러 들어가려던 찰나, 갑작스레 바닥을 차고 오른 아이리스는 로우의 어깨를 발판 삼아 반대편으로 날아올랐다.

쉬익—!

예상외의 빠르기에 당황한 것일까? 로우가 재빨리 등 뒤로 날아오는 그의 검을 막았지만, 늦은 타이밍에 그의 자세는 크게 흐트러졌다. 그 틈을 놓치지 않은 아이리스는 재차 검을 뻗었다.

카앙!

날카롭게 옆구리를 노린 그의 검을 로우가 가까스로 막아내며 물러섰다.

"놓치지 않아!"

"이 자식!"

크게 회전하며 내려치는 끈질긴 아이리스의 검을 로우는 비스듬하게 피해냈다. 검이 휘둘리며 내는 파공음에 귀가 따갑다. 로우 역시 그의 옆구리를 노리고 주먹을 강하게 휘둘렀으나, 어느새 검을 다잡은 아이리스는 그 공격을 쉽게 막아서며 그의 가슴을 발로 내려쳤다.

퍼억!

"크윽!"

로우의 몸이 허공에 떴다.

우우웅―

곧바로 아이리스의 검이 다시 한 번 작은 떨림을 뿜어내며 울어대기 시작했다. 시작한다. 그러자 그의 몸을 지지하고 있던 오른발이 땅속으로 움푹 파여 들어간다.

"하아앗!!"

피슈웅―!!

짧은 기합 소리와 함께 아이리스의 검에서 뻗어 나온 날카롭고 번쩍이는 빛무리가 로우의 가슴을 덮쳤다. 로우가 손을 뻗어보지만 그의 양 손목은 힘없이 잘려 나갔다.

털썩—

결국 아이리스의 마지막 공격을 막아내지 못한 로우는 양 손목이 잘리고 가슴에 커다란 상처를 입은 채 땅바닥 위로 떨어져 내렸다.

"하아……. 하아……."

숨이 거칠다. 이것이 죽음인가. 잘려진 양팔에는 감각이 없었다. 너무나도 예리하게 잘려 나가 아픔을 느끼지 못하는 것인가?

"나는……. 최선을 다했다."

"로우……."

어느새 검을 집어넣은 아이리스는 로우의 곁에 다가가 무릎을 꿇었다. 이로써 3명……. 그는 자신의 손으로 그 절친했던 친구들의 목숨을 빼앗았다.

"이제야……. 예전, 네 모습이 보이네……."

자신을 내려다보는 아이리스의 눈빛……. 그것은 더 이상 차갑지 않았다. 더 이상 분노와 원망을 섞어 자신을 바라보지 않았다. 자신은 죽는다. 그는 그것을 아이리스의 눈에서 읽을 수 있었다. 왠지 죽는다는 생각에 왈칵 눈물이 쏟아져 나오기 시작한다.

"그래, 이 말을 하지 못했지. 미안하다, 아이리스……."

“너무 늦어…….”

왜 그때 이 말을 하지 못했을까. 왜 가장 먼저 했어야 할 그 말 대신 분노한 고함을 먼저 쳤을까……. 로우는 쓰게 웃었다.

“하하하……. 이제 올라가면 엘레니아가 나를 조금이라도 용서해 줄까.”

“그녀는 착하니까,”

아이리스 역시 살짝 미소지었다. 그는 더 이상 자신의 복수의 대상도, 증오와 슬픔을 안겨준 대상도 아니었다. 그의 생명으로 모든 것을 대신했다. 그는 다시 자신의 친구가 된 것이다.

“그래……. 바보처럼 착했어. 나도 그랬어야 하는데… 미안하다. 이렇게 돼버려서.”

“…….”

황금색의 눈동자. 아이리스의 그 황금 눈동자에서 작은 눈물이 떨어져 내렸다. 그 눈물은 로우의 눈가로 떨어져 내렸다.

“울지 마라……. 하하. 내가 더 미안해지잖……. 가뜩이나 쓰다듬어 줄 손도 없는데 말이…….”

힘없이 뻗어 올린 그의 손은 마치 아이리스의 뺨을 쓰다듬기라도 하듯 몇 번 허공을 쓰다듬다 힘없이 떨어져 내렸다.

“로우…….”

그의 시체가 점점 차갑게 식어간다. 그리고 그의 잘려진 팔을 붙잡고 있는 아이리스의 어깨 또한 작게 들썩이고 있었다. 로우의 시체가 밝게 빛난다……. 그리고 그 빛이 서서히 잦아들쯤… 그의 시체는 불어오는 바람에 실려 영원히 사라져 버렸다. 영원히…….

*　　　*　　　*

이틀에 걸친 쉬지 않은 전투가 막 끝이 보일 때쯤, 사람들의 가슴속에서 작게 피어나던 희망을 불씨……. 그것은 새롭게 나타난 괴물들에 의해 단번에 짓밟혀 버렸다.

"코, 코른 평원 뒤쪽에 적들의 대군이 포착되었습니다. 그 수는 삼백오십만 이상으로 판단되었습니다!"

"뭐, 뭣이! 삼, 삼백오십만?"

병사의 보고에 장내 안의 모든 지휘관들이 놀라 웅성거리기 시작했다. 삼백오십만. 말로써는 표현이 쉽지만 막상 눈앞에 그 인원들이 서 있다면 두 눈을 가득 채우고도 넘쳐흐를 정도의 엄청난 숫자다. 게다가 이어지는 병사의 말은 그들을 더욱 경악하게 만들었다.

"정확한 수치가 아니지만 적어도 덜하지 않고, 삼백오십만에서 사백만 정도로 생각하셔야 할 듯합니다."

"아, 아직도 그렇게 많은 괴물들이 남은 것인가?"

흐르는 땀. 제각각 놀라움을 감추려 애쓰고 있지만 이 자리에서는 그 누구도 평정심을 유지할 수 없을 것이었다.

"우리 연합군들의 70% 이상을 합쳐야 나올 만한 수가 아닌가. 황당하다 못해 이젠 어이가 없군. 도대체 그 많은 괴물들이 어디서 나오는 것이란 말인가!"

"끝이다 싶으면 새롭게 나타나고, 도대체 우리보고 어쩌란 이야긴가!"

깊은 한숨과 신경질적인 반응. 그들은 지쳤다. 계속되는 이 싸움에, 그리고 끝이 날 것 같을 때 계속해서 튀어나오는 괴물들의 출현에 말이다.

"하지만… 그들이 있습니다."

"…그래, 그들이 있어. 부끄럽지만 우린 이제 그들에게 기대는 수밖에 없는 거다."

"성크리스여, 제발 그를, 그를 지켜주세요……."

에리나마저도 간절한 마음을 담아 기도하기 시작한다.

                    *   *   *

"날 기다리고 있었냐?"

"……."

아몬 특유의 빈정거림이 담겨 있는 말투. 그런 아몬을 바라보는 시엘은 미간을 살짝 찌푸렸을 뿐 별다른 말을 하진 않았다.

"만나고 싶었다."

"……."

그러나 시엘은 이번에도 별다른 이야길 하지 않는다. 경직된 얼굴엔 꽤나 놀라움이 담겨 있다는 것만 빼고 말이다.

"별로 탐탁지 않게 생각한 모양인가 보다?"

"당신이 올 줄은 몰랐다."

시엘은 자신의 앞에 서 있는 아몬이라는 사내를 바라보았다. 그의 얼굴까지 올라온 균열만 따져 보아도 한눈에도 그가 정상이 아니라는 것을 알게 해준다. 분명 신의 알에 대한 부작용이었을 것이다. 그것은 죽어야 할 인간의 수명이 억지로 늘어난 것에 대한 대가다.

"살아서는 안 되는 육신. 그 수명이 억지로 늘은 것에 대한 부작용이로군."

"잘 아는군."

시엘은 대답 대신 조용히 자신의 팔을 걷어 보였다. 그것을 바라본 아몬이 처음으로 놀라워하는 표정을 짓는다.

"너……."

"나 역시 마찬가지니까."

시엘의 팔엔 아몬만큼의 깊은 균열이 가 있었다. 수백 년의 세월. 아몬처럼 급조된 것이 아닌, 신의 알의 힘을 가진 아이리스에게서 태어난 자신들이었다. 그런 그들이었기에 보통의 인간들보다 커다란 힘과 수명을 가지게 되었지만. 영원한 것은 없다.

"우리를 낳아주신 아버지는 아이리스. 그리고 우리를 길러 세상을 바꾸고자 한 것은 론드다."

시엘의 이야기에 아몬은 특유의 미소를 그려내며 입을 열었다.

"뭐, 보아하니 대충 무슨 일인지 알겠군. 여러 가지 사정이 있긴 하겠지만 이곳은 전장. 피차 긴 얘기 안 해도 되겠지?"

시엘이 헐렁거리는 아몬의 왼팔을 내려다보며 말했다.

"여전히 무모하군."

"사내니까."

그러나 그는 짤막한 대답만을 내뱉은 후 곧장 시엘을 향해 뛰어들었다.

파바밧—!

흙먼지를 일으키며 달려온 아몬이 시엘의 가슴으로 파고들었다. 날카로운 찌르기! 아몬의 검이 순식간에 가슴팍을 찔러 들어오는 순간,

휘리릭—!

시엘은 몸을 빠르게 회전시켜 아슬아슬하게 검을 피해냈다. 동시에 그가 아몬의 비어 있는 등을 향해 검을 힘껏 내려쳤다.

스악!

"크흑!"

등 위로 새겨지는 깊은 상처. 갈라진 상처 위로 붉은 피가 흘러내린다. 아몬이 충격에 몸을 비틀거렸다.

"이 까짓것!!"

이를 악물고 아픔을 이겨낸 아몬. 크게 외치며 몸을 회전시

킨 그의 검은 곧바로 시엘의 옆구리를 파고들었다. 도저히 금 방이라도 죽을 사람이라고 믿어지지 않을 엄청난 빠르기와 힘이다.

스아악—! 캉—!!

시엘 또한 그 빠르기에 놀라며 간신히 검을 막아냈지만, 그 때 아몬은 순간적으로 잡고 있던 검의 그립을 놔버렸다.

"무슨!?"

뻐억—!

동시에 아몬의 주먹이 놀란 시엘의 안면 위로 쏟아져 내렸다. 돌아가는 그의 고개와 숙여진 허리. 아몬은 곧바로 숙여져 있는 시엘의 허리를 내리찍었다.

퍽!

"커헉!"

시엘은 황급히 뒤로 몸을 피했지만, 그새 빠르게 검을 주워든 아몬은 쉴 틈도 주지 않겠다는 듯 어깨 위와 목을 향해 검을 내질렀다. 시엘 또한 재빨리 몸을 추스르곤 날아드는 아몬의 검을 맞받아쳤다.

"하앗!!"

"하아아!!"

두 사내의 기합 소리가 동시에 하늘을 향해 뻗어 오른다.

카앙!

서로 맞부딪친 검이 날카로운 소리와 함께 하늘 위로 튀어올랐다. 곧바로 바람을 가르며 시엘의 발차기가 날아들었으나, 아몬은 상체를 크게 젖혀 그것을 피함과 동시에 곧바로 작은 틈을 파고들 듯 검을 휘둘렀다.

스악—

마찬가지, 아슬아슬한 타이밍으로 뒤로 몸을 뺀 시엘의 머리카락이 아몬의 검에 잘려 나간다. 이번엔 용수철인 양 몸을 뒤로 뺐던 시엘의 검이 아몬의 목을 향해 쏜살같이 내질러진다.

카가강!

날카로운 금속의 마찰음, 맞부딪친 두 사람의 검에서는 쉴 새 없이 작은 불꽃이 튀었다.

"꽤 하는군."

"너 역시."

얼굴을 들이밀며 시엘을 노려보는 아몬은 그립을 쥐고 있는 손아귀에 있는 힘껏 힘을 가했다.

드드득—!

아몬이 한 손으로 검을 사용하고 있음에도 자신이 힘에서 밀리기 시작하자 재빠르게 몸을 틀며 검을 흘려보낸 시엘의 검이 아몬의 목을 노리고 쏜살같이 뻗어 오른다.

키잉!

"……!?"

하나 놀랍게도 그가 올려친 검은 아몬이 들고 있는 검의 손잡이에 막혀 더 이상 들어가지 못했다.

"손잡이로!?"

“하아!!”

손잡이로 검을 막아내는 묘기를 보여준 아몬은 재빨리 시엘의 가슴을 향해 사나운 늑대의 발톱처럼 검을 휘둘렀다.

사악—!

“윽!!”

틈을 파고든 날카로운 예기는 어김없이 시엘의 가슴에 큰 상처를 냈다. 하나, 그와 동시에 자신의 어깨를 향해 날린 시엘의 검을 아몬 또한 피할 수 없었다.

푹—!

“큭!!”

퍼억—

어깨에 검이 박혔음에도 시엘을 발로 차 밀어낸 터프한 아몬의 공격. 시엘 역시 가슴에 생긴 상처쯤은 아무것도 아니라는 듯 소리치며 검을 휘둘렀다.

“하앗!!”

“흐아아!!”

‘기회는 한 번!!’

맞닿는 검의 움직임, 그 찰나에 아몬의 눈빛이 날카롭게 빛났다. 아몬이 재빠르게 오른손에 쥐고 있던 검을 놓으며 상체를 숙였다.

카앙—!

“무슨!?”

시엘의 검은 아몬이 놔버린 주인 없는 검을 요란하게 때려

부쉈다. 그의 검은 그 자리에서 산산이 부서졌고, 그 파편은 그대로 아몬 자신의 등에 박혀들었다.

투두둑—!!

"큭! 마지막이다!"

등 위로 수많은 검의 파편들이 박혀 들어갔음에도 아몬은 아랑곳없이 품 안에서 꺼낸 든 단도를 잡아 쥐곤 시엘의 가슴 사이를 빠르게 찔러 니갔디.

푸욱—!

"크윽!"

아몬의 단검이 그대로 시엘의 가슴 깊숙이 박혔다.

으득—

가슴으로부터 전신으로 퍼져 나가는 극심한 고통!! 고통을 참기 위해 깨문 시엘의 어금니는 부서져 버릴 듯 파르르 떨리고 있었다.

퓨슛!!

팔로 아몬을 밀쳐 내려 했으나, 아몬의 검은 어느새 길어져 시엘의 가슴을 완전히 뚫어버렸다. 길어진 검날을 타고 시엘의 붉은 피가 흘러내린다.

"이, 이건……."

"너희들에게 꼭 보여주고 싶은 물건이었지."

아몬이 만신창이가 되어서도 붙잡고 있는 검은 다름 아닌 글라디스의 매직소드. 그녀가 늘 품 안에 간직하고 있던 그 검이었다.

“크아!”

시엘 역시 비명에 가까운 기합을 내지르며 아몬의 등짝을 내리찍었다.

푸우욱—!

그야말로 사력을 다한 반격이다. 시엘의 검은 그대로 아몬의 가슴을 뚫었고, 아몬은 그 충격에 한쪽 무릎을 꿇었다. 충격에 아몬이 입을 벌리자 내장 조각이 피와 섞여 떨어져 내린다.

“독한… 새끼……”

“당신 또한 마찬가지군……”

쿵—

두 사람은 그렇게 서로의 가슴에 검을 박아놓은 채 쓰러져 버렸다. 아몬의 몸에선 작은 돌 부스러기 같은 살점들이 떨어져 내렸으며, 시엘의 얼굴엔 커다란 균열이 가기 시작했다.

Chapter 56
아몬

로우와의 싸움을 마친 아이리스. 그는 곧이어 시엘의 기척을 찾아 헤매다 아몬과 결사전을 치른 뒤 만신창이가 되어 쓰러져 있는 그를 발견할 수 있었다.

"시엘……."

"나는 잘못된 길을 걸었다는 걸 이제야 확신할 수 있었다."

무릎 꿇은 아이리스가 조심스레 시엘을 안아 들자 그의 피부가 모래처럼 부스러지기 시작한다. 탑에서부터 자신을 가장 잘 이해해 주던 친구. 늘 큰형 같은 이해심으로 모두의 믿음을 한 몸에 받았던 그 친구. 그리고 그녀를 죽여야 하는 검을 건네준 나의 소중한 친구…….

"시엘……. 난 너를 용서하겠어."

"그것도 알고 있었지. 그리고 결국 그것을 깨닫게 해준 건……. 그 남자였어. 게다가, 마지막엔 나랑 있기 쪽팔리다며 저쪽으로 걸어가더군. 하… 하, 그 터프함, 절대 못 이기겠더군."

"하… 하하. 그렇지… 그는 그런 사내야……."

힘없는 시엘의 웃음에 아이리스마저 같이 웃어 보인다. 무슨 말을 해 줘야 할까. 이미 친구들의 시체를 밟고 이곳까지 올라선 자신이 그들에게 이제 와서 무슨 동정의 말을 건네야 하는 것일까.

"나는 틀리지 않았다. 다만, 그것을 실행할 용기가 없었던 거야……."

"시엘……."

그의 마음을 알았던 것일까? 시엘은 자신의 길에 대한 후회가 없음을 말해주었다. 마치 너 역시 너가 선택한 길에 의심을 가지지 말라고 하듯 말이다.

"아버지, 아니, 그는 지금 브리오니아에 있다. 전쟁을 끝내려면 머리를 쳐내야 하는 법."

시엘의 숨소리는 점차 잦아들었다. 그의 가슴에 박혀 있던 글라디스의 검은 서서히 작아져 힘없이 바닥 아래로 떨어져 내렸다.

"고맙다, 나의 친구……."

"그래, 나의 친구……."

미소. 시엘의 아름다운 이 미소를 자신은 두 번 다시 볼 수 없으리라. 제 손으로 죽인 것과 마찬가지인 이 슬픔을 가슴에 묻어두리라. 떨어지는 이 눈물을 잊지 않으리라…….

그리고 모든 것을 일으킨 그를 찾아 묻겠노라. 어찌하여 이렇게 만들었냐고……. 눈을 감은 시엘은 그대로 아이리스의 품에서 밝은 빛을 내며 봄 날씨에 눈이 녹아들 듯 사라져 버렸다.

"아몬 씨!! 어디에! 어디에 있어요! 아몬 씨……."

아몬은 시엘의 말대로 꽤나 떨어진 곳에서 발견할 수 있었다. 그는 등에 시엘이 박아 넣은 검을 껴안은 채 작은 나무 기둥에 몸을 기대어놓고 있었다.

"아……. 아……."

타탁. 타. 탁. 탁탁!

아이리스의 걸음이 점차 빨라진다. 눈물이 벌써부터 뿌옇게 자리 잡기 시작한다. 멀리에서부터 달려오는 그를 발견한 아몬은 가까스로 손을 들어 보였다.

"여— 오랜만이지? 친구와의 대화가 너무 길어서 못 기다릴 뻔했다."

"아몬 씨……."

벌써부터 부서져 내리는 그의 온몸. 등을 뚫고 나온 칼과 바닥을 흥건하게 적신 붉은 핏물. 미약한 숨소리와 점점 탁해져만 가는 그의 붉은 눈동자.

"그렇게 보지 마라, 짜식아."

자신을 힘겹게 올려다보며 미소짓는 아몬을 바라보고 있

던 아이리스는 더 이상 쏟아져 나오려는 눈물을 참아내지 못하고 그만 바닥에 주저앉았다.

"아, 아아… 아…….”

계속해서 손등으로 눈물을 훔쳐보려 하지만 이 바보 같은 녀석은 계속해서 흘러내려 자신을 바라보는 아몬을 곤욕스럽게 만들었다.

"그만 울어라, 자식아. 사내잖아.”

"나는……. 나는, 강해지고 싶었습니다. 거칠 것이 없고 무서울 게 없었으면 했어요.”

"나도 그래.”

아몬이 손을 들어보려 하지만 힘에 부치는 듯 그러하지 못하자 아이리스가 재빨리 자신의 두 손으로 그의 손을 감싸 쥐었다.

"그래서 아몬 씨의 강한 모습을 보고 동경했었습니다.”

"하지만 사랑하는 여자 한 명 지키지 못하고, 너에게 찌질거렸던 날 정말 볼품 없다고도 생각했겠군.”

"하, 하하. 조금은…….”

"너무 정직한 거 아니냐? 인마.”

쏟아지던 눈물이 미소진 입가에 걸려 내린다. 아몬의 힘없는 웃음과 아이리스의 눈물의 웃음은 그 뒤로 잠시나마 이어졌다.

"하지만……. 하지만 내가 다시 태어난다면, 나는 아몬 씨처럼 살다 죽고 싶습니다. 사랑하는 여자를 위해 모든 것을 내버릴 수 있는 당신처럼 말이에요."

"고맙다."

감싸 쥐고 있는 아몬의 그 손에서 미약하게나마 작은 힘이 느껴진다.

"그럼 이 싸움을 끝내러 가겠습니다."

"먼저 가서 기다린다는 그딴 말 안 할 거니까, 오지 마."

"아몬 씨……."

"왜 인마……."

"우리 정말 즐거웠죠? 당신들을 만난 건 제 생에 절대 잊을 수 없는 행복이자 추억이에요."

그 말에 아몬의 붉은 눈동자에서 작은 눈물이 또르르 흘러내렸다. 그의 입술이 간신히 움직인다. 희미한 그 목소리를 듣기 위해 아이리스가 바짝 귀를 가져다댄다.

"하, 하하하……. 그래, 그래… 나도 너를 만나서 정말 좋았… 다."

"그녀에게 안부 전해줘요. 그리고 레베 씨에게도……."

흘러내리는 눈물이 멈출 생각을 하지 않는다. 아몬의 몸이 차가워진다. 그와 함께했던 수많은 시간들이 주마등처럼 사라져 간다. 가지 말라고 애원하고 싶지만 그러하지 못한다.

"건강… 해라. 그리고…… 고맙… 다."

눈물콧물로 범벅된 모습의 아이리스는 결국 말없는 아몬을 부여잡고 목놓아 울어 젖혔다.

"아…… 아, 아아아! 아아, 아아아!!!"

보내줘야 했다. 아몬에게 있어서 죽음은 분명 슬픈 일이 아
닐 것이다. 분명······. 분명, 그녀가 그곳에서 그를 기다리고
있을 테니까.

*　　　*　　　*

"이런 말도 안 되는 일이······."

아몬은 다른 친구들처럼 사라지지 않았다. 신의 알의 힘보
다 인간으로서의 의지가 강한 그였기에 사라지지 않았을 것
이라고 생각한다.

아몬의 시체를 바라보는 아스칼은 망연자실한 표정이었
다.

"일어나 봐요, 아몬 씨. 아직··· 나는 당신에게 배울 게 산
더미 같단 말이야! 일어나, 어서! 날 건방진 꼬마라고 평생!
불러도 좋으니까! 이 자식아!! 일어나 보라고!"

바스라질 것만 같은 그를 껴안고 오열하는 아스칼. 처음엔
앙숙이자 미움의 대상이 나중에는 자신에게 얼마나 큰 도움
을 준 사내였는지, 아스칼 또한 이제야 자신이 아몬을 얼마나
동경해 왔는지 알게 되었다.

"그런가······. 너 역시 모든 것을 버리기 위해 노력한 것인
가."

"닥쳐! 네가 뭘 알아!"

신경질적으로 반응하는 아스칼에게 다가선 아이리스는 한

치의 망설임도 없이 그에게 말했다.

"그래, 나는 모른다. 네가 얼마나 괴로운지. 하지만 단 한 가지 확실한 것. 그것만은 알고 있다. 괴롭겠지만 살아야 한다. 너는 살아야 해."

"알고 있어……. 그가 내게 늘 하던 말이니까."

아스칼이 고개를 숙인다. 커다란 포효 소리가 사방에서 터져 나왔다. 사령부에서 병사가 보고했던 사백만에 가까운 괴물들이 이곳으로 몰아닥치고 있는 것이다.

두두두두―

저 너머의 먼 산등성이에서부터 까맣게 몰려드는 괴물 떼의 모습이 눈에 들어온다. 지면을 울리는 그 소리가 얼마 안 있어 이곳을 덮칠 것이란 것도 알려준다.

"아몬 씨를 부탁한다……. 그리고 모두를 데리고 이 지역을 벗어나라."

"너는 어떻게 할 거지?"

"아몬 씨의 몫까지 싸워야겠지. 그리고 이어, 브리오니아로 간다. 만나야 할 사람이 있거든."

간단한 대답과 함께 아이리스가 앞으로 나서자 아스칼 또한 그의 곁에 붙었다.

"나도 같이 싸운다."

"방해다."

"우쭐해하지 마!"

성나 보이는 아스칼은 어느새 검을 빼낸 상태였다. 그 역시 복수를 하고 싶을 것이다. 원수를 갚고, 그의 목숨 값을 찾아 만족할 때까지 괴물들을 쓰러뜨릴 것이다.

카앙―!

하지만 그의 결의는 오래가지 못했다. 아이리스가 그의 검을 너무나도 손쉽게 부숴 버렸기 때문이었다. 그것도 맨손으로 말이다.

"……가라. 나는 아몬 씨의 죽음 속에서 복수만이 전부가 아니라는 걸…… 알게 되었어. 너무 늦은 거지. 그러니 너는 그러하지 마라."

"……."

아스칼은 대답 대신 아이리스를 조용히 바라보았다. 아이리스를 바라보는 아스칼의 눈동자가 작게 흔들린다. 곧 자신의 마음을 꿰뚫어 보는 듯한 아이리스의 눈동자를 똑바로 바라보지 못하고 피해 버렸다.

"제기랄!! 이놈도 저놈도―! 멋있는 척! 살아! 무슨 꿍꿍이인지 모르지만 살아… 그래야 돼!!"

아스칼은 곧바로 아몬을 등에 업고 사라졌다. 그의 속도라면 사령부까지 가는 데 얼마 걸리지 않을 것이다. 게다가 사령부에서 퇴각 명령이 나와 병사들이 이 지역을 빠져나간다 해도 괴물들이 이곳에 도착하는 시간보단 적게 걸릴 것이다.

뿌우우―!!

아스칼이 아몬을 업고 사령부로 달려간 지 40분이 지나 사령부에선 퇴각을 알리는 나팔소리가 요란하게 울렸다. 병사들은 영문을 알 수 없었으나 상부의 지시에 따라 죽을힘을 다해 퇴각한다. 고요하게 변한 전장…….

사악—!!

"끄엑!!"

아이리스이 겁에 퇴가하는 병사들을 쫓던 마지막 가고일이 떨어져 내렸다. 어느새 아이리스는 자리를 옮겨 시체들로 가득한 그 전장의 중심에 서 있었다. 사방 수백 미터가 온통 인간과 괴물들의 시체들로 가득하다.

불타 내리는 화살들과 주인 없이 굴러가는 작은 수레바퀴들. 고요한 이곳엔 까마귀들조차 날아들지 않는다.

"……."

두두두—

병사들이 전장을 퇴각한 지 30분이라는 시간이 더 지나고, 곧이어 수백만의 괴물들이 밀려오는 땅 울림이 바로 코앞까지 느껴지기 시작한다. 하늘은 어둑했고 땅은 괴물들로 가득하다.

드드득!!

새까만 그 죽음의 물결을 바라보던 아이리스는 서서히 눈을 감았다. 순간, 주변에서 일렁이던 불꽃들이 흔적도 없이 사라졌다. 그의 오른팔 위로 솟아나는 붉은 불꽃, 그와 같이 터질듯하게 팽창된 주변의 공기는 높은 하늘 위까지 솟아올라 전장 안을 가득 담는 커다란 결계를 만들어내었다.

단 한 곳. 가장 꼭대기이자 하늘과 마주한 그곳을 빼고 말이다.

크워어어어!!

끼에에에!!

끄아아아!!

갑작스레 공기가 바뀌자 결계 안에 들어선 수백만의 괴물들이 우왕좌왕하기 시작했다. 이 위화감을 그들은 본능적으로 느끼는 듯싶었다. 그리고 눈을 감았던 아이리스가 주문을 읊조렸다.

"메테오 스톰(Meteor Storm)."

예전의 음성이라곤 찾아볼 수 없는 아이리스의 목소리였다. 그것은 오만하였고, 그 어떤 것보다 신비로웠고, 그 무엇보다 공포스러웠다. 마치 아르킨 본인이 이곳에 나타난 착각을 가져다줄 정도였다.

크아!?

끼에엑!?

슈아아아아!!!

일순간 엄청난 굉음이 사방에 메아리쳤고, 어두운 하늘은 밝은 대낮처럼 밝게 빛나기 시작한다. 커다란 굉음에 하늘 위로 고개를 들어 올린 오크들의 두 눈이 커졌다.

콰콰콰콰콰!!

집? 아니, 성 하나는 우스울 정도의 크기의 거대한 운석이 화염에 휩싸여 수백만의 괴물들의 머리 위로 떨어져 내려기 시작하였다. 붉게 타오르는 갑주를 걸친 듯 커다한 바위는 주변의 공기들조차 태워 버려 격한 증기를 내뿜고 있었고, 미칠 듯한 압력으로 괴물들을 대지로 밀어내기 시작했다.

끄에에엑!!

크아아! 크아!!!

하늘 위를 날던 가고일들은 순식간에 날개가 붙타오르며 땅 아래로 곤두박질쳤으며, 대지를 밟고 있던 오크들은 갈라진 대지의 균열 사이로 떨어져 내렸다.

콰아아아아아앙!!

커다란 운석이 충돌함에 따라 주변의 모든 시체들이 일제히 기화되었다. 나무들은 송두리째 뽑혀 사방으로 튀어져 나갔으며, 바위 또한 한데 뒤섞여 살아남으려 도망치는 오크들의 몸을 그대로 짓눌러 내렸다.

비명을 지를 시간도 없다. 커다란 구멍이 대지 위에 새겨지고 커다란 화염이 모든 것을 뒤덮으며, 몸을 갈기갈기 찢을 바람이 마지막으로 소용돌이친다.

쿠와아아아아아아아아!!!

엄청난 대폭발이었으나 아이리스가 펴낸 거대한 결계 안에서 일어나는 일일 뿐. 멀리서 그것을 바라보는 병사들 눈엔 고요함 속에 불타오르는 무시무시한 광경일 뿐이었다. 다만, 결계 안에서만큼은 거대한 압력과 뜨거운 수증기, 그리고 고막을 찢을 굉음들이 합쳐져 폭발했다.

아이리스의 결계가 사라진 그곳엔 단 하나의 시체도 남겨
져 있지 않았다. 단지 커다란 구멍이 뚫린 대지와 검은 잿더
미들이 하늘 가득 올라섰다 눈송이처럼 내릴 뿐…….

Chapter 57
그리고 모든 것이 끝났다

"끝난 것인가. 이렇게 허무하게……?"

"그야말로 신의 힘이 아닌가……. 맞는 거겠지. 신의 힘 앞에 우리들은 나약한 뿐이니까."

클라제비우츠와 아서는 그야말로 잿더미로 변해 아무것도 남아 있지 않은 전장을 바라보았다. 한순간……. 고요한 하늘 위로 떠오르는 거대한 운석이 땅 위로 떨어져 내렸고, 이어 커다란 화염이 세상을 뒤집어 삼키는 듯했다. 소리는 들리지 않지만 끔찍한 회오리바람이 일어났고… 세상과 단절되었던 그곳이 풀려남과 동시에 잿더미가 머리 위로 떨어져 내리기 시작한 것이다.

"그는?"

헐레벌떡 달려온 병사는 초조해하는 클라제비우츠의 물음
에 숨을 고를 새도 없이 보고해야 했다.

"헉헉. 예, 샅샅이 수색했지만 보이지… 않습니다. 혹 저
구멍 안으로 빨려 들어간 것이……."

"그럴 리가. 자기가 만들어낸 구멍 따위에 빠질 리가 없
지."

아서의 비웃음에 말을 꺼낸 병사의 얼굴이 빨개졌다. 저렇
게 큰 구멍에 안 빠진다는 소리가 더 이상했지만, 높은 분들
의 의중을 그가 알 리 없었다. 그럼 대체 그는 어디로 갔단 말
인가.

"그는 브리오니아로 갔습니다."

"브리오니아?"

아스칼의 한마디에 모두가 놀라 그를 바라본다. 갑작스럽
게 브리오니아라니?

"만날 사람이 그곳에 있다고 했습니다. 차세한 건 저도 잘
모르겠습니다."

"뭐!? 여기서 브리오니아는 말을 타고 달려도 보름은 족히
걸리는 거리다. 말도 안 된다. 무슨 수로 간다는 건가? 하늘을
날아서?"

평상시엔 볼 수 없는 클라제비우츠의 황당한 반응에 아서
는 작게 웃었다. 하지만 아스칼이 자신들에게 거짓을 말할 필
요도 없을뿐더러, 지금의 아이리스라면 하늘을 날아간다 해
도 이상할 것이 없었다.

“음, 불가능할 것 같지는 않군⋯⋯.”

*　　　*　　　*

한편 아이리스가 향했다는 브리오니아는 큰 소동으로 발칵 뒤집혀 있었다.

“당신이 모든 것의 원흉!!”

조쉬페의 날카로운 외침이 한 사내에게 쏟아져 내린다. 그런 조쉬페를 바라보는 사내는 덤덤한 표정으로 답했다. 그의 주변엔 이미 수많은 기사들이 피를 흘리며 쓰러져 있었다. 머리카락 한 올도 건들이지 못한 브리오니아의 수비군들⋯⋯.

“브리오니아의 왕. 우린 구면이겠지.”

“론드! 이 세계를 어쩔 셈인가!”

갑작스런 등장과 한순간에 수비대를 제압해 버린 이 사내는 다름 아닌 론드 본인이었다. 조쉬페의 물음에 론드는 오만한 표정으로 턱을 치켜들었다.

“말하지 않았는가. 썩어빠진 인간들을 전부 죽이고 새롭게 창조한다. 세상에 있어서 인간은 필요하지 않아.”

“궤변!”

카앙—!!

조쉬페가 빠르게 날아들며 검을 내질렀으나 그의 검은 너무나도 쉽게 론드의 손아귀에 잡혀 버렸다.

우우웅—!

그리고 모든 것이 끝났다　297

“겨우 이런 하찮은 힘으로…….”

빠각—!

그의 검이 오라에 물들어갔지만 론드는 눈 하나 깜박하지 않고 조쉬페의 검을 그 자리에서 부숴 버렸다. 경악하는 조쉬페를 그대로 구석으로 던져 버린 론드의 입가에 비웃음이 떠올랐다.

“뭐, 너같이 나약한 인간들이 발버둥쳐 봤자 변하는 건 없다. 연합을 이끄는 브리오니아의 왕 조쉬페. 솔직히 예상외였다. 이렇게 궁지에 몰릴 줄이야, 아이리스가 살아 있을 때 어느 정도 눈치 챘어야 하는 것을……. 너희를 너무 얕잡아본 나의 실수겠지. 예상외로 고전했지만 진작 이래야 했어. 결국 뱀은 머리를 자르면 꼬리는 알아서 죽어버리지.”

조쉬페는 아랫입술을 깨물었다. 이대로 반항 한 번 하지 못한 채 죽는 자신이 억울해서가 아니라, 자신이 사라지고 나면 끝나가던 전쟁은 또다시 시작될 것이었고. 그렇게 되면 그 고통은 병사들뿐만 아니라 백성들에게까지 퍼져 나갈 것이 분명했기 때문이었다.

어찌해야 하는가. 지금 무력한 자신은 어떻게 해야 하는가. 그저 이렇게 앉아 입술을 깨물며 억울함을 표출하는 것밖엔 방법이 없는 것인가!

“인간은 나약하지 않아.”

“……!?”

돌연 믿을 수 없는 목소리가 조쉬페에게 들려왔다. 목소리

의 주인공을 돌아본 조쉬페와 론드의 표정은 각기 다르다. 론
드의 표정은 그야말로 딱딱하게 굳어 있었고, 조쉬페는 화색
이 돌기 시작한 것이다.

"아이리스 씨!! 어, 어떻게 이곳에!?"

"신의 알 반쪽을 찾기 위해서. 장거리지만 텔레포트했어."

텔레포트라니? 그가 지금 있는 전장은 적어도 보름은 걸릴
거리인데, 그런 거리를 단숨에 텔레포트했다는 것인가? 아이
리스는 이어 조심스럽게 조쉬페를 일으켜 세웠다.

"조쉬페, 지금 이 성에서 나가줘. 위험하니까."

"저는 이 나라의 왕입니다. 어찌 제가 이곳을 버리
고……."

진지한 마음이다. 자신은 이 나라의 왕이다. 그런 자가 어
찌 자신의 성을 버리고 갈 수 있단 말인가. 아이리스의 얼굴
표정이 가관이다. 양쪽 볼에 잔뜩 바람을 넣고 있는 것이, 억
지로 새어 나오는 웃음을 참고 있는 듯싶다.

"풉― 뭐, 예전에도 한 번 나갔다 왔는데 뭘 새삼스럽게."

"아이리스 씨……."

"걱정하지 마."

장난기 어린 아이리스의 표정. 그 모습은 예전 자신이 알고
있던 그 모습이다. 이런 상황에 절대 지어서는 안 될 표정이
기도 했지만, 아이러니하게도 조쉬페는 그런 모습에 너무나
도 큰 안도감을 느껴 버렸다.

"알겠습니다."

밖을 나서던 조쉬페는 뒤돌아 증오스런 눈길로 론드를 쏘아보았다. 하나, 론드는 그런 그는 이미 안중에도 없는 듯 힐끗 쳐다보곤 곧바로 아이리스에게 시선을 옮겼다.

"여기까지 오게 되었구나. 시엘과 로우의 말을 들었을 땐 믿지 않았다."

"왜 그랬습니까……."

"무엇을 말이냐?"

조쉬페가 무사히 나간 것을 확인한 아이리스의 표정은 다시 딱딱하게 굳어졌다. 드디어 만난 것이다. 그토록 만나고 싶어했던 이를……. 이 모든 것을 만들어낸 장본인을. 물어볼 것이 그리 많았는데… 쏟아낼 얘기가 엄청나게 많았는데… 정작 입 밖으로 내뱉을 수 있던 소리는 왜 그랬냐는 하소연뿐이었다.

"나를 왜 어째시……. 그렇게까지……."

"힘을 얻기 위해서다."

"힘? 고작 그것 때문에 그리했습니까?!"

치밀어 오르는 화를 참을 수 없다. 하나 론드는 되레 아이리스의 말투가 거슬리는 듯 언성을 높였다.

"고작이라고? 그 고작이라 말한 그 힘 때문에 세상이 이리 되었다! 그리고 그 고작이라고 말한 힘이 세상을 바꿀 것이다!"

"그렇게 내버려 두지 않겠습니다."

론드의 입가에 또 한 번 비웃음이 드리워졌다.

"할 수 있겠냐?"

"하겠습니다."

단호한 아이리스의 대답에 론드의 비웃음이 더욱 짙어졌다. 이내 그는 아이리스를 향해 손을 뻗으며 큰소리로 웃어젖혔다.

"하하하! 우선 내 몸 속의 힘이나 잘 간수하라고 말해주고 싶구나."

"무슨!? 으, 으아아아!!!"

돌연 아이리스가 고통에 신음하며 무릎 꿇었다. 그의 가슴 안에서 서서히 작은 빛무리가 모이기 시작한다. 이것은⋯ 예전 시작의 땅에서 신의 알 반쪽을 빼앗겼을 때, 그 상황과 똑같다! 입가에 드리운 미소를 지우지 않은 론드는 희열에 가득 찬 목소리로 말을 이었다.

"네가 오기를 기다렸다. 신의 알의 나머지 반쪽. 그 힘을 쓸 줄 알지만 네가 이것에 공명하여 이곳으로 온 것처럼! 나 역시 너의 나머지 힘을 가져갈 수 있다는 것이지! 한 방울도 남김없이 가져가 주마, 너의 그 힘!"

"그, 그렇겐⋯ 그렇게는 안 돼!!"

휘이이― 뜨드드드―

아이리스의 몸에서 만들어진 신의 알이 서서히 몸밖으로 빠져나오려 하자 아이리스는 빠져나오는 신의 알을 억지로 잡아두기 위해 안간힘을 쓰고 있었다. 론드의 목소리가 더욱 커진다.

"인간은 세상을 병들게 한다! 그것이 진실이다. 내가 살아 오면서 느낀 모든 것이다!"

"당신은 틀렸어! 인간도! 인간들도 세상의 일부다!"

바닥에 쓰러져 내린 아이리스도 지지 않고 소리쳤다. 이것 은 일종의 기 싸움. 이곳에서 물러나는 자가 결국 지는 것이 다.

"……!!"

쉬아악—!

돌연 강력한 화염의 바람이 불어와 론드의 뻗어져 있는 팔 을 쳐내었다.

"크윽!!"

웬만한 마법으로는 자신을 어찌할 수 없음에도 자신에게 날아든 그 화염은 손이 타 들어가는 고통을 선사하는 것이었 다. 아이리스는 아니다. 저렇게 고통스러워하며 신의 알을 잡 아두려는 녀석이 그런 힘을 낼 수는 없다. 그렇다면…… 단 한 명!

"이 도마뱀 자식이!!"

[뭐!? 이게 죽으려고. 내가 끝낼 싸움이 아닌 거 같아서 이 번만 참는다. 이번 한 번만!]

론드의 머릿속이 크게 울린다. 동시에 그의 양 코와 귀에서 붉은 피가 흘러내렸다. 아르킨의 힘은 그야말로 막강한 것이 다. 자신이 신의 알의 힘을 하나로 합쳐야 그와 거의 대등하 게 맞설 수 있는 것. 방금처럼 섣부르게 그를 도발해서는 안

될 것이었다.

"크윽……."

론드가 아르킨의 방해로 잠시 한눈 판 사이, 아이리스는 빠져나오려던 신의 알을 간신히 품 안에 잡아넣을 수 있었다. 론드는 황급히 불에 그슬린 손을 뒤로 뺐다. 아이리스의 뒤에 아르킨이 있다는 것을 알려줄 수는 없었기 때문이다.

"그래, 인간들 또한 세상이 만들어낸 일부다……. 그걸 당신은 파괴하려 하고 있다. 당신이 말하는 그 세상을 파괴하는 행위를 자신 스스로가 행하고 있단 말이다……."

"거, 거짓말!! 그렇지 않아. 그렇지 않다!"

"사실이야!"

아이리스의 단호하고 박력있는 대답에 순간 론드의 마음 속 깊은 곳에서 작은 파문이 일어나기 시작했다.

"그럼 여태껏 내가 해온 일들이 전부! 세상을 위한 일이 아니라는 것이냐!? 썩은 물을 골라낸 나의 그 의지가 잘못된 것이란 말이더냐!"

"파괴다……. 그것은 단순한 파괴일 뿐이야."

"헛소리!!"

콰아아아아아—!

감정이 격해진 론드의 외침과 동시에 나타난 검은 빛이 론드의 전신을 휘감았다. 날카로운 바람이 아이리스의 전신에 깊은 상처를 낸다.

콰과과—!!

엄청난 폭발에 성안은 그야말로 아수라장으로 변했고, 가장 높은 곳의 지붕은 뜯겨져 내렸다. 성을 지지하던 기둥들이 무너져 내려 성의 반 이상이 그 자리에서 허물어져 내렸다.

쉬아악—!!

"크으윽!!"

마법이 일제 통하지 않는 아이리스 또한 신의 알이 만들어 낸 힘 앞에서는 어쩔 수 없었다. 그 또한 지붕까지 날려 버리는 강력한 바람을 이겨내지 못하고 그대로 부서진 성의 틈새로 날아가 버렸다.

촤아악—!! 쿵!!

수십 미터를 날아가 넓은 숲에 떨어진 아이리스는 간신히 커다란 고목에 몸을 부딪쳐 멈춰 설 수 있었다.

뜨드득— 쿵!

그와 부딪친 두꺼운 나무가 쓰러져 내린다. 수많은 새들이 일제히 하늘 위로 날아올랐고, 자욱한 모래연기가 피어올랐다. 이미 밖은 애처롭게 빛나는 달빛의 세상이 되어 있었다.

"거짓말하지 마라, 아이리스……."

"……!?"

게다가 더욱 놀라운 것은, 수십 미터를 날아간 아이리스를 따라온 론드의 모습이었다. 씰룩거리며 입꼬리를 올리는 론드의 모습은 놀랍도록 변해 있었다.

완전히 붉게 변한 머리칼과 금방이라도 피가 흐를 정도로 붉게 변한 눈동자. 하지만 가장 놀라운 것은 그의 등 뒤로 뻗어 나온 한 쌍의 검은 날개였다.

"인간은 썩었다. 모든 것을 파괴하기만 하지. 자신의 편의 대로 말이야. 그리고 싸운다. 싸우고 또 사우지. 탐욕에 길들 어졌기 때문이다. 애초에 그것을 만들어낸 자가 누구인가! 그 것을 가르친 자가 누구인가! 그것은 인간 스스로다. 인간이 그것을 만들어내었고, 인간이 그것을 퍼트려 상처 입는다."

"궤변이야! 당신은 스스로를 궁지에 몰아가며 합리화시키 고 있을 뿐이야!!"

"닥쳐라! 그리고 보아라! 이것이 바로 신의 힘이다."

스와악!

먼지와 돌 부스러기들이 가장 집중되어 뿌옇던 곳에서 일 순간 강렬한 바람이 불었다. 동시에 폭발이 일어나듯 하늘 위 로 터져 오른 회오리바람은 하늘 위의 구름들을 산산이 찢어 버렸고, 밤하늘을 비추던 별들의 빛 또한 삼켜 버렸다.

부아앙—!

그가 손을 뻗자 손에서 커다랗고 칠흑 빛의 구체가 만들어 졌다. 무엇을 담고 있었을까? 자신의 몸뚱이만 한 구체를 만 들어냄과 동시에 론드는 그것을 아이리스에게 사정없이 던져 버렸다.

"희생없이 무엇을 창조하겠다는 것이냐!!"

"그런 당신이야말로! 책임없이 무엇을 희생하겠다는 것인 가!"

아이리스 역시 곧바로 날아드는 검은 구체에 손을 뻗었다.

그의 몸이 황금색으로 물들어가기 시작한다.

콰아앙!!!

검은 구체가 아이리스의 몸에 닿자마자 엄청남 굉음이 터져 나왔고, 주변 모든 바위와 나무들이 흔적도 없이 사라졌다. 곧이어 엄청난 불기둥이 하늘을 향해 뻗어 나갔다.

"아이리스으!!!"

"론드으!!"

푸와아아아―!

자욱하게 연기와 먼지들은 사방으로 뻗어 나갔고, 그 사이를 뚫고 하늘 위로 올라선 론드는 날개를 한차례 펄럭이며 하늘 위를 맴돌았다. 아이리스는 자신이 던진 어둠에 휩싸여 모습이 보이지 않았다. 론드의 어둠이 숲을 삼키고, 브리오니아의 성을 삼켰다. 인간의 탐욕과 절망, 그리고 시기와 분노 증오 질투……. 마치 판도라의 상자가 지금 막 열린 것처럼 그 어둠 안에서는 수만 가지의 악이 살아 있는 듯했다.

끝인가…….

부우웅―

그러나 그 어둠 속에서 작고 희미한 불빛이 밝혀지기 시작한다. 그 작고 희미한 빛은 점차 커지고 커져 론드가 만들어낸 어둠을 몰아낼 정도로 밝게 빛나고 있었다.

"무…… 무슨!?"

그리고 그 중심에 론드를 올려다보는 아이리스가 있었다.

파앗―!

밝은 빛의 정체는 아이리스의 등에서 뻗어 나온 커다란 빛의 날개였다.

"이제 비로서야 나는, 내 소중한 것들을 지키기 위해서 나를 버릴 수 있어. 그들을 위해 살아갈 수 있다."

론드가 던진 커다란 암흑을 걷어낸 아이리스. 그는 곧이어 등에서 뻗어 나온 거대한 빛의 날개로 하늘 위를 날아올랐으며, 그 빛은 서서히 론드와 그 주변을 감싸 안았다.

쇄아아아아—

빛의 날개는 계속해서 뻗어 나간다. 세상의 어둠을 전부 밝혀 버리려는 듯 뻗어 나간다. 브리오니아 전역을 밝은 빛으로 뒤덮였고, 나아가 시작의 땅을 비롯해… 아몬과 클라제비우츠들이 있을 전장에까지……. 그리고 그녀가 지켜보고 있을 그 하늘, 그 이상까지 뻗어 올랐다.

'따듯하다…….'

세상은 잠시 동안 눈부시고 밝은 빛으로 둘러싸였다.

스스스스스스스스—

어떤 이는 그 빛에서 따스함을 느꼈고. 어떤 이는 아련한 추억에 눈물을 흘렸으며. 사랑하는 사람과 손을 맞잡은 이들의 얼굴엔 미소가 피어올랐다.

우우웅—

그 빛 속에 함께하고 있는 론드와 아이리스……. 아이리스가 론드를 바라보는 모습에서 더 이상 증오나 분노를 느낄 수 없었다.

"이게 아마도 나와 당신의 마지막 인사가 되겠지요…….
나, 당신이 밉습니다. 하지만 이것만은 내 가슴속에서 꼭 말
하라고. 그러라고 외치고 있습니다."
　아이리스를 바라보는 론드에게서 또한 더 이상 검은 날개
는 찾아볼 수 없었다. 그의 흉흉했던 눈빛은 수그러들었고,
늘 아이리스가 사고를 치고 도망쳐 오면 사람 좋은 미소로 핀
잔을 날리던 그 론드의 모습이었다.
　"그동안…… 고마웠습니다. 이제… 그만 쉬어요."
　"……바보 같은 녀석이…… 나이 먹은 사람 울리는 게 아
니다."
　마지막, 아이리스가 만들어낸 빛의 날개에 감싸여 사라진
어둠처럼 론드 또한 그 어둠과 함께 사라져 버렸다.

　그리고 모든 것이 빛에 파묻혀 끝났다.

에필로그

살아남기 위한 인간들의 전쟁은, 살아남는 것을 넘어 다시 자신들의 삶을 찾을 수 있는 승리로 막을 내렸다. 연합군의 승전보는 곧바로 모든 이들에게 희망을 담고 전해졌다.

브리오니아를 포함한 거의 대부분의 국가들은 재건이 힘들거나 재건하는 것 자체가 불가능했다. 하지만 사람들은 희망을 잃지 않았다. 살아 있다는 것은 곧 또 다른 시작을 할 수 있는 기회를 가진 것이었으니까.

"자네도 오늘 연합의 수장인 조쉬페님을 보러온 건가?"

"아무렴! 우리들을 구해주신 진정한 영웅을 이 두 눈으로 똑똑히 보고 싶어서 왔지!"

“그나저나. 그 끔찍한 전쟁이 끝난 지도 벌써 한 달이 지났구먼.”

“들리는 소문에는 새로운 나라의 재건을 발표하신다 던대?”

“에끼! 그걸 모르고 여기 모인 사람들이 있을 거 같아? 전부 이 역사적인 발표와 시간을 함께하려고 모인 것 아닌가.”

“아, 그렇겠군!”

모든 싸움이 끝난 뒤 브리오니아에 모여 있는 수백, 수천만의 사람들. 그들은 반쯤 부서진 성, 그곳의 가장 높은 테라스에 서 있는 사람들을 올려다보고 있었다. 그들은 다름 아닌 각 나라의 국왕들이었다. 그들은 연합을 만들어 괴물들에 맞서 싸웠고, 그 결과 이런 승리를 백성들에게 안겨준 영웅으로 알려졌다.

“제가 이 책임을 다할 수 있을지 의문입니다.”

조심스런 조쉬페의 말에 다른 연합의 수장들은 그를 독려하기 시작했다.

“누군가는 해야 할 일이지 않습니까.”

“게다가 연합을 이끌어온 국왕의 능력을 모르는 사람은 이곳에 아무도 없네.”

하나, 백성들을 내려다보는 조쉬페의 얼굴은 그리 밝지 않았다. 이곳에 가장 있어야 할 사람이 자리하지 않았기 때문이었다.

“그가 함께 있어줬다면 좋았을 텐데…….”

아이리스. 그는 이곳에 있지 않았다. 그는 바로 어제 홀연히 자취를 감췄다. 노란 이들이 그를 사방팔방을 찾아보았지만 남겨져 있는 것은 잘 지내라는 말 한마디 적혀 있는 쪽지뿐이었다.

"클라제비우츠, 그가 지금 어디로 갔는지 알 수 있나?"

"에리나 성녀님과 함께 떠나셨습니다."

그리고 떠나는 그를 마지막으로 만난 것은 클라제비우츠였다. 워낙 새벽잠이 없는 그였기에 우연치 않게 떠나는 아이리스를 만날 수 있었던 것이다. 아니, 어쩌면 그가 마지막 말을 남기기 위해 그를 기다렸던 것일 수도 있다.

"어디로 간다는 말은 없었는지요?"

"예, 그저 웃으며 이렇게 말했습니다. '조만간 놀러올게'라고 말입니다."

"하, 하하……. 마치 예전의 그로 돌아온 것 같군요."

"그리하겠노라 약속했으니까요."

아이리스를 비롯한 몇몇 이들의 존재에 대해선 별로 아는 사람도 없었으며, 알고 있다 하여도 그저 떠도는 풍문에 불과한 상태였다. 게다가 아이리스 본인 또한 조쉬페나 다른 이들에게 알리지 않았으면 하는 당부와 부탁이 있었기에. 공식적으로 그의 존재가 알려지는 일은 없을 것이다.

"하겠습니다."

조쉬페는 천천히 고개를 끄덕였다. 그는 분명히 돌아올 것이다. 그리 약속했으니까. 그러니 자신도 앞의 일을 걱정하거나 의심하지 말 것이었다. 그가 돌아왔을 때, 사람들의 가슴 속엔 희망이 가득하다는 것을! 당신의 그 선택이 옳았다는 것을 증명해 보일 것이다.

"그대는 훌륭한 일을 한 것이오, 조쉬페 국왕. 백성들에게 어깨를 펴도 된다네."

그의 의사를 확인한 클라제비우츠. 그는 이어 테라스 밖으로 나선 뒤 큰 소리로 외쳤다.

"나뉘어져 있던 국가들과의 경계를 허물어 버리고 하나의 나라로 재건하는 데 있어 모든 분들의 찬성이 이뤄졌음을! 그리하여 지금 이곳 브리오니아를 수도로 삼아 모두가 하나가 될 새로운 왕국이 세워짐을 모든 이들에게 알린다!!"

"와아아아—!!"

"우리 모두를 이끌어줄 위대한 국왕을 위해 환호를!!"

"와아아—!!"

"조쉬페!!"

"조쉬페!! 조쉬페!!"

모여 있는 수천만의 목소리가 하늘을 울린다. 반쯤 부서져 있는 성은 그 여파로 작게 흔들리기까지 한다. 그리고 백성들의 열렬한 환호를 들으며 테라스 앞에 그가 모습을 나타내자, 그들의 환호성이 몇 배는 더 커졌다.

"와아아아—!!!"

새로운 시작에 대한 기대와 자신들을 구해낸 영웅에 대한 찬사가 쏟아져 나온다. 한참 이어진 함성이 끝날 생각을 않자 조쉬페는 조용히 손을 들어 그들의 함성에 감사를 표했다.

곧이어 함성을 멈춘 그들은 조쉬페의 이어질 연설에 두 귀를 쫑긋 세운다. 곧이어 조쉬페의 청명한 목소리가 퍼져 나가기 시작한다.

"나, 브리오니아 폰 조쉬페는! 이제 더 이상 백성들의 위에 있는 삶을 살지 않겠습니다. 오늘부로 왕권 체제를 버리고! 모든 이들이 함께 만들어갈 수 있는 공화국 체제를 도입할 것을 이 자리에서 선언합니다!"

"와아아아―!"

터지는 함성 소리에 그가 다시 한 번 손을 들었고, 장내는 또다시 조용해진다. 그의 발표에 적지 않아 놀라는 이들도 있었으나 대부분의 모든 이들은 그의 말에 환영하는 분위기였다.

"초대 의원들은 모든 각국의 왕이었던 분들로 이루어질 것이며, 우린 계급의 평준화를 위해 노력할 것입니다! 지금 이 자리에서! 우리가 이 땅을 밟고 새로이 시작할 수 있도록 용감히 싸워준 모든 병사들, 그리고 생명을 바쳤던 고귀한 모든 이들을 위해 기도합시다."

조쉬페의 말에 모든 이들의 고개가 절로 숙여지는 것을 볼 수 있었다. 작은 꼬마 아이에서부터 깊은 주름살을 찾을 수 있는 노인들까지 두 손 모아 아스라져 간 생명들을 위해 기도한다.

'고맙습니다. 감사합니다……. 그대들이 있어 세상의 모든

것들이 더욱 강하고 아름다워질 수 있었습니다.'

"이제! 노스키아 공화국의 탄생과 그 시작을 알립니다!"

"와아아아—!!"

훌륭하게 연설을 마친 그가 안으로 들어오자 공화국의 의원이 된 다른 나라의 국왕들과 라시드가 따스하게 그를 맞이한다.

"축하합니다, 의원장님."

"축하드립니다."

"감사합니다. 이 신념과 정의가 흔들리지 않도록 여러분들이 곁에서 도와주십시오."

모든 이들과 일일이 악수를 마친 조쉬페와 마지막으로 악수한 것은 킹스필드의 수장이자 그의 절친한 동료, 그리고 친구인 라시드였다.

"이젠, 우리 킹스필드 같은 곳은 필요없게 될지도 모르겠군요. 양지가 너무 강해지면 음지는 점점 설 곳을 잃어가니까요."

조쉬페는 라시드의 말에 그의 손을 한 손이 아닌 두 손으로 맞잡았다. 그리곤 고개를 작게 가로저었다.

"아니요. 어딘가 분명 음지는 생겨나게 될 것입니다. 그리고 사라지지 않은 채 계속해서 그 세력을 키워 나가겠지요. 하지만 더 이상 음지를 위해 일하지 않도록 제가 만들어드리겠습니다. 공화국의 한 일원으로서 저희와 함께 가도록 하겠습니다."

“아버님의 오랜 비원이 이렇게 풀리는군요. 좋아하실 겁니다.”

라시드 역시 그 말에 미소지으며 그의 손을 두 손으로 맞잡았다. 쭉 음지에서 생활하며 손가락질 받고 공포로 대변되었던 자신들의 존재가, 이젠 밝은 빛을 받으며 살아갈 수 있는 곳이 된 것이다.

“와아아아—!!”

테라스 밖 백성들의 환호는 조쉬페의 선언이 끝난 그 뒤로도 수 시간 동안 계속되었다. 그 커다란 함성은 브리오니아 전역은 물론이고, 노스키아 대륙 전체를 덮어버릴 정도의 희망의 함성이었다.

*　　　*　　　*

“흥, 살아서 겨돌아오긴 했네. 게다가 여자까지 끼고 말이야. 너, 그 성년가 뭐시긴가로 불리는 녀석이지? 그리고 저번에 한 번 왔던 적도 있고.”

“예, 예……. 그렇습니다, 위대한 존재시여.”

에리나의 기어들어 가는 목소리에 아르킨은 꽤나 흡족해하는 듯했다. 그리고 그런 그의 모습에 아이리스는 그저 웃어 보였다.

“허쭈!? 이젠 대놓고 웃어?”

미간의 주름을 잡으며 으르렁거리는 아르킨. 에리나는 잔

뜩 겁먹은 표정으로 아이리스의 뒤편으로 슬금슬금 숨어들었
다. 하지만 아이리스는 편안한 표정으로 입을 열어,

"감사합니다."

"뭐가?"

"살아서 이곳에 올 수 있도록 해주셔서."

아르킨의 미간에 잡혔던 주름이 일제히 풀렸다. 그가 새끼
손가락으로 두어 번 정도 귀를 파내는 듯싶더니 손을 튕기곤
입을 열었다.

"네가 잘나서 살아온 걸 뭐 하러 나한테 감사하냐. 그래,
이제 어떻게 할 거냐? 뭐, 뭣하면 여기서 나랑 지낼래?"

알게 모르게 뺨을 붉힌 아르킨의 이야기. 게다가 그는 방금
전에 말을 살짝 더듬기까지 했다. 전혀 상상도 하지 못할 아
르킨의 제안이었으나 아이리스는 그저 미소지은 채 고개를
가로저었다.

"아니요. 가보고 싶은 곳이 있습니다."

"뭐, 맘대로 해. 그, 그냥 불쌍해서 예의상 물어봐 준거다."

"하하하, 그럼 이제 가보겠습니다."

꾸벅— 깍듯하게 허리 숙여 인사한 아이리스가 몸을 돌려
내려가기 시작한다. 그 뒤엔 긴장한 에리나가 종종걸음으로
따라붙어 있었다.

"야."

아르킨의 목소리에 에리나가 흠칫 놀라 그 자리에 멈춰 선
다. 아이리스 또한 멈춰 그를 돌아보았다. 그런 아이리스를

바라보는 아르킨의 얼굴에는 좀처럼 볼 수 없는 아름다운 미소가 그려져 있었다.

"살아줘서 고맙다."

아르킨의 미소를 간직한 채 산을 내려온 아이리스와 에리나.

"화염의 지배자님의 미소는 정말 아름다웠어."

"겉으론 역정내는 것 같아두 알고 보면 따스한 분이지."

매사 투덜대긴 하지만 그는 늘 언제나 아이리스를 도와주었고, 그를 단련시켜 주었다. 게다가 따지고 보면 모든 것들이 그가 있어 가능한 것이었다. 반면 자신은 그가 말하던 친구의 삶. 그것에 대한 조금의 보탬이라도 되었을까……. 그것은 마지막 그의 미소를 생각해 보면 알 수 있는 답이다.

"조쉬페님이랑 라시드 씨는 서운해하겠네. 말도 안 하고 나온 거……."

"뭐, 또다시 만날 수 있는데 뭐. 더 이상 돌아갈 곳이 없는 그런 외톨이가 아니잖아. 게다가 저 너머의 잊혀진 땅으로 간다는 걸 알게 되면 못 가게 길길이 날뛸 게 뻔할 거고 말이지."

장난스럽게 이야기하는 그의 목소리가 귓가를 아른거린다. 마치 마법에 빠진 듯한 이 기분, 그를 위한 삶을 살고 싶다는 간절한 바람. 나는 그의 말에 강하게 고개를 끄덕였다.

"응! 에리나는 아이리스와 함께라면 어디든지 갈 수 있어."

"네가 있고, 내가 있어. 그리고 우린 다른 사람들과 함께할 수 있어.”

그의 황금의 눈동자와 붉은 눈동자가 나를 뚫어져라 바라본다.

“그러니까, 나는 더 이상 누군가를 찾아 헤매는 외톨이가 아니야.”

아름다운 미소가 나의 두 눈 가득히 들어온다. 가슴이 터질 것 같은 애틋한 마음을 진정시키는 나의 앞에 그의 하얀 손이 자리하고 있다.

슥―

수줍게 잡아 쥔 그의 손에서 따스한 온기가 느껴진다.

“그럼 멋지게 떠나보실까?”

유쾌함 가득한 그의 목소리가 멀리서 불어온 바람에 실려 귓가를 스쳐 지나간다. 이어 나의 입가에도 행복을 가득 머금은 미소가 떠올랐다.

“응!”

『랜덤메이지』 完

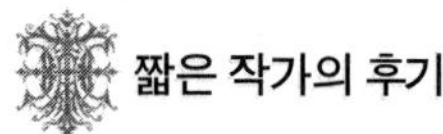 짧은 작가의 후기

아이리스 일행의 모험에 함께해 주신 모든 독자 여러분들 감사드립니다.^^

아울러 너무너무 수고해 주신 관계자 여러분들과 제 담당이었던 유능한 이환진! 편집자님! 감사드립니다. 앞으로 더 새로운 작품, 더 좋은 작품과 더! 다듬어진 작품으로 여러분 마음의 문을 두드리겠습니다.

늘 행복하세요.^^

적포용왕

김운영
新무협 판타지 소설

『신마대전』『흑사자』의 작가 김운영
그가 낚아 올리는 무협의 절정
낚시 신동 백룡아! 장강에서 천존과 맞짱 뜨다

적포천존(赤布天尊

고금제일강(古今第一
인칭타자연재해(人稱他自然災
40세 이후로 상대가 누구든 몇 명이
한 번도 패하지 않고 모두 이긴 적포천존
70세 중반에 반로환동하여 무림인들
절망에 빠뜨린 그가 말년
제자를 만들어 말년에 호강할 계획을 세운

천하에 두려울 것이 없는 '자연재해'
그의 제자들이 무림에 나타났

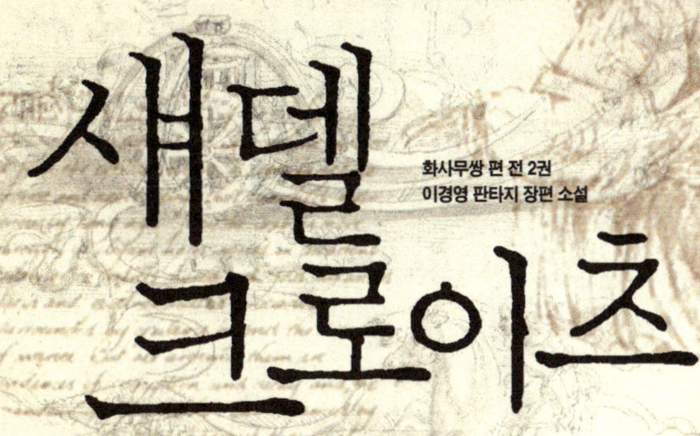

섀델 크로이츠

화사무쌍 편 전 2권
이경영 판타지 장편 소설

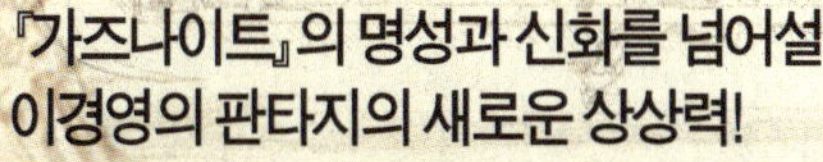

『가즈나이트』의 명성과 신화를 넘어설
이경영의 판타지의 새로운 상상력!

자신만의 독특한 세계관을 창조한 작가
이경영의 새로운 도전과 신선한 충격.

바란투로스의 특수부대 섀델 크로이츠의 리더 파렌 콘스탄.
야만족을 돕는 안개술사를 물리치기 위해 아시엔 대륙에서 온
불을 뿜는 요괴 소녀 카샤.
너무나 다른 두 사람이 운명의 길에서 만나다.
친구란 이름으로 시작된 모험, 그 앞에 놓인 난관과 운명의 끈은
어떻게 될 것인지……

"질투가 날 만도 하지.
요괴가 산신령을 엄마로 두는 건 흔한 일이 아니거든.
괜찮다, 파렌. 본좌가 아는 요괴들 전부 본좌를 질투하고 부러워하니까."
소녀는 손에 잔뜩 받은 빗물을 홀짝 마셨다.
파렌은 그 순수함에 웃음을 흘렸다.
그는 지금까지 자신이 봤던 그녀의 기이한 행동들을 어렴풋이나마 이해할 수 있을 것 같았다.
그렇게 친구가 된 둘은 그 길로 긴 여행을 떠나게 된다.

본문 중에-

세상을 보는 또 하나의 창 - inthebook.net
유행이 아닌 자유추구 - chungeoram.net

Book Publishing CHUNGEORAM

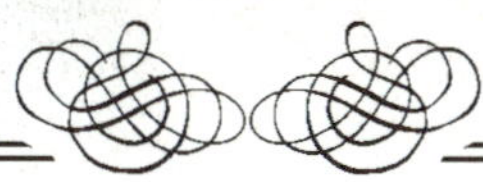

공부하는 감각의 차이가 자녀의 미래를 결정한다.
이 시대가 필요로 하는 명품 인재 만들기!

❖ **똑소리 나는 부모의 똑소리 나는 자녀 교육법!**

어린 시절의 습관은 평생을 결정한다.
제대로 바로잡지 못한 나쁜 습관은 자녀의 미래에 검은 그림자를 드리울 수도 있다.
대부분의 부모들은 아이의 잘못된 습관을 발견하면 언성을 높이는 경향이 있다.
하지만 그것이 문제 해결의 방법이 아님을 당신은 이미 알고 있을 것이다.
지금 당신은 적절한 대안을 찾지 못해 힘겨워 하고 있지는 않은가.
내 아이가 명품 인생으로 살아가길 희망하는 부모라면 이 책에 귀를 기울여 보자.

❖ **내 아이가 세상의 중심에 우뚝 설 수 있게 하는 방법!**

이 책은 잘못된 공부습관과 대인관계 형성 등의 문제 등을
87가지 이야기를 통해 알아보고 그에 걸맞는 올바른 해결책을 제시해주고 있다.
이 한 권의 책을 통해 똑소리 나는 부모가 되어보자.
그리고 내 아이가 최고의 명품으로 거듭날 수 있도록 노력해보자.
이 책은 분명 당신에게 꼭 맞는 효과적인 자녀교육서가 될 것이다.

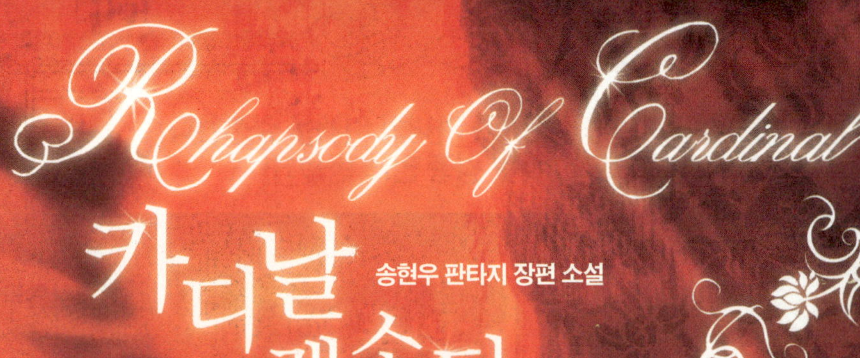

놀라운 경험(the enormous experience)!
He created a completely new world.
It is a place who have never known and where never been able to imagine.
This splendid world will introduce the enormous experience for the
person only who reads.
그 누구에게도 알려진 것이 없으며 상상조차 할 수 없었던 새로운 세계를
작가는 완벽하게 창조해내었다.
이 멋진 세계는 독자들만이 체험할 수 있는 놀라운 경험으로 인도할 것이다.

판타지는 허구다? 아니다. 판타지는 일상이다.
우리의 삶은 연속된 판타지의 연장선상에 놓여 있고,
상상은 우리의 일상을 더욱 살찌운다.
『카디날 랩소디(Rhapsody of Cardinal)』를 경험하는 독자들은
더욱 풍부한 일상 속에서 새로운 삶을 경험할 것이다.
멋진 만남! 흥미로운 경험! 이것이 『카디날 랩소디』가 가진 장점이며,
작가 송현우가 독자들에게 바라는 꿈이다.

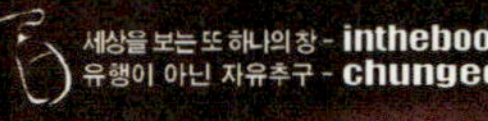
세상을 보는 또 하나의 창 - inthebook.net
유행이 아닌 자유추구 - chungeoram.net
Book Publishing CHUNGEORAM